ALEX KAVA

VERSIEGELT

Das Buch

In Haywood County wird der Notstand ausgerufen. Schwere Erdrutsche und Schlammlawinen forderten Tote und Verletzte. Ryder Creed wird an den Ort der Katastrophe gerufen. Mit seinem Suchhund soll er das Gelände durchkämmen. Ohne Fragen zu stellen. Plötzlich taucht FBI-Ermittlerin Maggie O'Dell auf, um Ryder Creed bei der mysteriösen Suche zu unterstützen. Schon bald stoßen die beiden auf die Leiche eines Wissenschaftlers. Doch dieser kam nicht in den Schlammmassen ums Leben. Immer näher kommen Ryder Creed und Maggie O'Dell einem Netz aus Lügen, das bis in die höchsten politischen Kreise weist …

Die Autorin

Alex Kavas Debütroman *Das Böse* war auf Anhieb ein großer Erfolg, seither sind ihre Thriller regelmäßig auf den internationalen Bestsellerlisten vertreten. *Versiegelt* ist nach *Todesflehen* der zweite Teil ihrer Serie um den charmanten Hundeführer Ryder Creed, der FBI-Profilerin Maggie O'Dell zur Seite steht.

ALEX KAVA

VERSIEGELT

THRILLER

Aus dem Amerikanischen
von Sabine Schilasky

DIANA

Von Alex Kava sind im Diana Verlag erschienen:
Erloschen – Menschenleer – Todesflehen – Versiegelt

FSC
www.fsc.org
MIX
Papier aus verantwortungsvollen Quellen
FSC® C014496

Verlagsgruppe Random House FSC® N001967

2. Auflage
Deutsche Erstausgabe 12/2016

Die Originalausgabe erschien 2015 unter dem Titel
Silent Creed bei G.P. Putnam's Sons,
an imprint of Random House LLC, New York

Redaktion: Heike Hauf
Umschlaggestaltung: t. mutzenbach design, München
Umschlagmotiv: © Ten03; Mikadun; Andrey Tiyk/Shutterstock
Satz: Leingärtner, Nabburg
Druck und Bindung: GGP Media GmbH, Pößneck

Printed in Germany
ISBN 978-3-453-35855-3

www.diana-verlag.de
Besuchen Sie uns auch auf www.herzenszeilen.de
Dieses Buch ist auch als E-Book lieferbar.

Für Deb Carlin und den Rest der Truppe:
Duncan, Boomer und Maggie.

Ihr alle habt einen festen Platz in meinem Herzen.

Und wieder für Scout.

Diese ganze Reihe ist für dich, Kumpel!

1

Haywood County,
North Carolina

Daniel Tate biss die Zähne zusammen und sah in dem Moment weg, als die Nadel seine Armvene durchstach. Er hatte zwei Einsätze im Irak und einen in Afghanistan hinter sich, war angeschossen worden, hatte Sprengstoffanschläge überstanden und war einer Granate ausgewichen. Aber Spritzen – verdammt, er hasste Spritzen.

»Das wird Ihnen helfen zu entspannen«, sagte Dr. Shaw.

Als sie hereingekommen war, hatte Tate sich gefreut, eine Frau zu sehen. Doch sie hatte sich kaum vorgestellt, bevor sie ein Edelstahltablett mit Ampullen, medizinischen Instrumenten und, natürlich, mehreren Spritzen heranrollte. Ihr schwarzes Haar war streng nach hinten gebunden, sodass nur noch lange Ponyfransen bis zum dicken Brillengestell hingen. Sie war jünger, als er erwartet hatte, und ihre Haut war glatt, ohne Fältchen in den Augen- oder Mundwinkeln. Zudem war sie hübsch, doch anstatt sie jetzt anzusehen, ließ Tate seinen Blick durch den Raum schweifen. Er wollte die Spritzen nicht mal sehen, also starrte er lieber an die Wände.

Es war ein seltsamer Raum, mit nichts als einem Untersuchungstisch. Die Wandverkleidung wirkte eigenartig nachgiebig, ähnlich diesen Spezialplatten, die man in Sporthallen unterm Basketballkorb findet, damit die Spieler beim Sprung besser abfederten. Nur, dass sie hier an den Wänden waren – nein, sie *waren* die Wände –, weiß getüncht und nahtlos. Der Begriff »Gummizelle« lag nahe.

Und rein gar nichts hing an der Wand. Üblicherweise wäre das der Platz, wo Arztpraxen Urkunden oder Diplome zeigten. Nicht, dass es eine Rolle spielte. Tate konnte sowieso nicht mehr zurück. Das war ihm schon klar gewesen, als er auf Seite sieben des dicken Vertrags unterzeichnet hatte, den sie ihm unter die Nase hielten, als er ankam.

Er wusste nicht einmal, wo genau er hier war, da es auf der anderthalbstündigen Fahrt vom Flughafen hierher Bindfäden geregnet hatte. Das war gestern gewesen, oder zumindest dachte er das. Seine Uhr und das Mobiltelefon waren zwei der persönlichen Gegenstände, die er abgeben musste. Abgesehen davon, dass er nun nicht sagen konnte, wie spät es war, störte es ihn nicht weiter. Allerdings verstand er nicht, warum er weder seine eigenen Schuhe noch seine eigene Unterwäsche tragen durfte. Die Krankenhauskluft war okay, doch die Papierschuhe machten ihn wahnsinnig. Er hatte das Gefühl, nur noch zu schlurfen, und das Geräusch erinnerte ihn viel zu sehr an die alten Leute in dem Pflegeheim, in dem seine Frau arbeitete.

»Nachdem ich Ihnen das Mittel gegeben habe, werde ich Ihnen einige Fragen stellen«, erklärte Dr. Shaw.

Er blickte zu ihr und verzog das Gesicht. Sie zog noch eine Spritze auf. Die Nägel an ihren langen schmalen Fingern waren blutrot lackiert. Und sie trug einen Ring am Daumen. Das war komisch, aber junge Frauen taten das wohl, oder? Winzige Diamanten blitzten an dem Ring. Tate konnte an nichts anderes denken, als dass es ihm recht geschah. Schließlich hatte er die sieben Seiten gestern nicht richtig durchgelesen. Ihm war es nur um die versprochenen dreitausend Dollar gegangen, diesen Absatz hatte er doppelt geprüft.

Er hasste es, dass seine Frau einmal wöchentlich Doppelschichten schob, damit sie über die Runden kamen. Und ihre älteste Tochter hatte angefangen, in einem Coffee-Shop zu bedienen. Sogar Danny junior packte mit an, indem er Zeitungen austrug. Aber Tate hatte keinen Job gefunden.

Stimmt nicht. Er hatte sich seit seiner Rückkehr in keinem Job *halten können.*

Die Ärzte nannten es »posttraumatische Belastungsstörung«, doch blickte Tate in den Spiegel, sah er einen kerngesunden Mann. Es war egal, dass sein Gehirn immer wieder Informationsbrocken verdrehte und ihn die Schlaflosigkeit nötigte, endlos durch die Straßen seiner kleinen Heimatstadt zu wandern. Er musste endlich seinen Teil beitragen und helfen, die Familie zu ernähren. Selbst wenn es bedeutete, einige Nadelstiche auszuhalten.

Diesmal war es gleich, wohin er sah. Sobald das dünne Metall in seine Vene glitt, fühlte er die Flüssigkeit in seinen Körper rauschen. Eine Hitzewelle kroch seinen Arm hinauf, über die Schulter und in die Brust. Sie raubte ihm den Atem, und er spürte, wie er am ganzen Leib erschauderte.

»Sie könnten ein Engegefühl in der Brust empfinden«, hörte er Dr. Shaw sagen. Nur klang es jetzt, als würde sie vom Nebenzimmer aus mit ihm sprechen.

Er drehte den Kopf, um sie anzusehen, und allein diese Bewegung verursachte ihm Übelkeit. Tate versuchte, ihre

Augen inmitten des verschwommenen Bildes auszumachen. Das kleine Rosen-Tattoo, das er vorhin seitlich an ihrem Hals bemerkt hatte, bekam Beine und krabbelte wie ein Insekt über ihre Haut. Tate blinzelte angestrengt, wollte sich konzentrieren. Schweißperlen traten ihm auf Stirn und Oberlippe.

»Nasenbluten ist ebenfalls nicht ungewöhnlich«, fuhr die Ärztin ruhig und gelassen fort. »Ich stelle Ihnen jetzt einige Fragen, Daniel.«

Tate, wollte er korrigieren. Jeder nannte ihn Tate. Doch er war ganz von diesem Käfer gebannt, der sich in ihren Hals bohrte. Sein Herz raste, und das Atmen fiel ihm schwer.

»Daniel, können Sie für mich von hundert rückwärts zählen?«

Er hatte einen metallischen Geschmack im Mund, und es kostete ihn sehr viel Anstrengung, Lippen, Zähne und Zunge zu bewegen, die seine Stimme zu blockieren schienen.

»Daniel, können Sie von hundert rückwärts zählen?«, wiederholte sie.

Plötzlich hörte er sich sagen. »Das wäre schwierig, denn ich mag keinen Reis.«

Noch während er es aussprach, wurde ihm bewusst, dass es die falsche Antwort war, doch die Frage hatte er schon wieder vergessen. Nichts außer diesem schwarzen Insekt an ihrem Hals war mehr von Bedeutung. Warum merkte sie nicht, wie es sich unter ihre Haut grub?

»Dr. Shaw«, rief eine Stimme von der Tür.

Tates Körper zuckte heftig, als er den Mann sah. Sein Kopf war kahl rasiert und glänzte fast so hell wie sein langer weißer Kittel. Tate musste wegsehen. Die Helligkeit schmerzte in seinen Augen. Kaum fokussierte er wieder, sprühte das Licht Funken wie elektrische Ladungen, und Tate wusste, dass er ihnen nicht trauen konnte.

»Ich bin mitten in einem Test«, sagte Dr. Shaw zu dem Mann.

»Es wird schlimmer.«

»Können Sie bitte ein paar Minuten warten, Richard? Ich habe gerade erst angefangen.«

»Um Himmels willen, Sie haben ihm doch nicht das Serum gegeben, oder? Es dauert zweiundsiebzig Stunden, bis sich das wieder vollständig abgebaut hat! Und wir müssen jetzt hier weg.«

»Beruhigen Sie sich bitte.«

Tate konnte nicht sagen, ob sie mit ihm oder dem Mann redete, denn sie starrte ihn direkt an.

»Die reden von Erdrutschgefahr. Wir müssen unbedingt evakuieren.«

»Ich habe schon Hurrikans miterlebt, Richard. Dies hier ist bloß Regen.«

Allerdings ging sie von Tate weg und zu dem Mann an der Tür. Beide waren nicht bemüht, leise zu sprechen. Vielmehr schienen sie Tate völlig zu vergessen. Sie bekamen offenbar nicht mit, dass er inzwischen keuchte, sich linkisch die Augen rieb, und ihm Schweiß übers Gesicht lief.

»Das Wasser ist fast über die Brücke.« Richard klang panisch, war laut und gestikulierte wild. »Wenn wir jetzt nicht verschwinden, laufen wir Gefahr, hier festzusitzen.«

Dr. Shaw war von Tate abgewandt, sodass er das Insekt an ihrem Hals nicht mehr sah. Er blickte zu seinen eigenen Händen und Armen.

»Wir können nicht einfach unser gesamtes Forschungsmaterial zurücklassen. Und wir sind hier sicher«, sagte Dr. Shaw zu Richard. »Dieses Gebäude ist wie eine Festung.«

Tate versuchte nachzusehen, ob auf dem Mann irgendwelche Insekten waren. Seine Augen beruhigten sich endlich, da sah er ein grün-schwarzes, behaartes Ding hinter den Ärzten vorbeihuschen. Es sah wie ein kleiner Affe aus, der den Flur entlangflitzte.

»Tja, ich verschwinde. Mit oder ohne Sie.«

»Das wäre ein Fehler. Lassen Sie uns das besprechen.« Sie warf einen Blick über ihre Schulter, und als sie Tate etwas zurief, hallte es wie ein Brüllen durch den kleinen Raum. »Ich bin gleich wieder zurück, Daniel. Bleiben Sie hier.«

Sie trat zu dem Mann auf den Korridor und wollte die Tür schließen. Die schien jedoch nicht mehr richtig in den Rahmen zu passen, also ließ Dr. Shaw sie weit offen.

»Sehen Sie! Das ist kein gutes Zeichen«, sagte Richard. »Türen und Fenster klemmen als Erstes. Es ist übel, glauben Sie mir. Wir müssen weg!«

Nun zog sie kräftig an der Tür, sodass sie zuknallte.

Tate saß da und lauschte dem Wummern seines Herzens. Es schlug in seinem Kopf, und er legte die Hände auf seinen Brustkorb, um sich zu vergewissern, dass es noch am richtigen Fleck saß. Er war nicht sicher, wie viel Zeit vergangen war, seit die Ärzte aus dem Raum gegangen waren. Es könnten Minuten gewesen sein. Oder eine Stunde. Dann riss ihn ein lauter Knall vom Untersuchungstisch.

Es klang wie eine Granate. War das möglich?

Tate krabbelte unter den Tisch, wobei es überall an

ihm zuckte und krampfte. Er lauschte auf mehr Granaten. Der Raum begann zu schwanken und sich seitlich zu neigen. Lag das am Medikament? Verwirrte es seinen Gleichgewichtssinn? Es ploppte in seinen Ohren, und anstelle seines Herzschlags hörte er nun ein Rumpeln.

Und fühlte es. Eine Vibration brachte die Instrumente zum Klimpern und rüttelte sie von dem Tablett. Die Bodenfliesen hoben und senkten sich unter Tate, und er hielt sich am Untersuchungstisch fest.

In dem Moment sah er Risse in den weiß getünchten Wänden auftauchen. Sie wölbten sich nach innen, als würde sie ein Bulldozer von außen eindrücken. Tate fühlte, dass etwas von der Decke fiel. Er duckte sich wieder ganz unter den Tisch und traute seinen Augen kaum. Es regnete Schutt und Kiesel, und Tate konnte nasse Erde riechen.

Das Rumpeln schwoll zu einem Donnergrollen an. Von wegen Bulldozer. Hier rollte ein Güterzug auf ihn zu. Tate winkelte die Arme über dem Kopf an und rollte sich zusammen.

Noch mehr Krachen. Metall kreischte. Leuchtröhren explodierten.

In der plötzlichen Dunkelheit konnte Daniel Tate nichts mehr sehen. Der Boden wurde zu einer Achterbahn, und er klammerte sich an den Stahltisch über ihm, während die Welt erzitterte, rumpelte und auf ihn herabprasselte.

2

Florida Panhandle

Ryder Creed war bereits seit zwei Stunden auf, als sein Mitarbeiter aus dem großen Wohnwagen stieg. Die Wahrheit war, Creed schlief nicht viel. Heute war er im Dunkeln aufgewacht und hatte festgestellt, dass er unten im Zwinger inmitten seiner Hunde eingenickt war, den Kopf auf dem Bauch seines ältesten, Rufus.

Bei dem Zwinger handelte es sich um ein umgestaltetes Lagerhaus, dessen ersten Stock Creed sich zu einem Loft ausgebaut hatte, sogar sehr luxuriös und komfortabel. Als er es renovierte, hatte er seiner Geschäftspartnerin Hannah Washington erklärt, dass er über dem Zwinger wohnen wollte, um das größte Kapital ihres Unternehmens, K9 CrimeScents, stets im Blick zu haben.

Tatsächlich war Creed einfach gern den Hunden nahe. Manchmal, mitten in der Nacht, wenn ihn Visionen und Bilder im Schlaf heimsuchten, empfand er es als sehr tröstlich, von seinen Hunden umgeben zu sein. Hannah und er hatten jeden Einzelnen von ihnen auf die eine oder andere Art gerettet. Zugleich retteten die Hunde Creed in einer Weise, die er keinem erklären könnte. Nicht einmal Hannah.

Nun beobachtete er, wie Jason Seaver sich den Schlaf aus den Augen rieb. Als er zum Zwinger ging, bemerkte Creed, wie jungenhaft er wirkte. Jason hatte die Welt in die Luft fliegen gesehen, ehe er zwanzig wurde, fast zehn

Jahre jünger als Creed. Der Junge war einer von Hannahs Geretteten. Sie sagte, Jason erinnere sie an Creed, und das sei einer der Gründe, weshalb sie ihn angeheuert hatte.

Unter Jasons Arm hing ein verschlafener schwarzer Welpe. Noch keinen Monat war es her, dass Jason den Labradorwelpen Scout taufte, und seitdem hatte sich der Kleine beinahe verdoppelt. Nun brachte Jason den Welpen zum Spielen zu dessen Hundemutter und den Geschwistern, solange er arbeitete. Heute Morgen allerdings setzte er Scout schon ab, ehe sie den Hof erreichten.

»Guck mal«, sagte er zu Creed, während er drei Schritte rückwärtsging und sich hinkniete. »Hierher, Scout. Komm her und gib Küsschen.«

Der Welpe wedelte mit der ganzen hinteren Körperhälfte und drohte vor lauter Begeisterung das Gleichgewicht zu verlieren. Er sprang zu Jason, stellte sich auf die Hinterbeine und gab ihm einen großen Schlabberkuss direkt auf den Mund.

»Das wird sicher praktisch, wenn er auf Kadaversuche ist«, bemerkte Creed, musste aber grinsen.

»Ich dachte eher daran, Chicks anzulocken.«

Jason hob Scout wieder hoch, und als er im Hof war, rannten die anderen Hunde herbei, um ihn zu begrüßen. Sie stupsten sich gegenseitig aus dem Weg und wetteiferten um Jasons Aufmerksamkeit. Keinen von ihnen kümmerte, dass der eine Ärmel des Jungen ab dem Ellbogen leer hinabbaumelte. Als Creed dem jungen Veteranen erstmals begegnete, war er mürrisch, reizbar und so unsicher wegen seines amputierten Arms gewesen, dass er praktisch jeden herausforderte, nur ja ein Wort darüber zu verlieren. Dass er nun daran dachte, Frauen aufzureißen –

und sei es, indem er seinen Welpen schamlos ausnutzte –, musste ein gutes Zeichen sein.

Jetzt müsste Creed es bloß noch schaffen, einen anständigen Hundeführer aus ihm zu machen.

»Heute fangen wir mal mit dem echten Zeug an«, sagte er zu Jason und hielt ein fest verschlossenes Einweckglas in die Höhe.

»Was ist das?«

»Ein bisschen Erde und ein Wolldeckenfetzen. Beides lag unter einer Leiche.«

»Cool! Wie bist du darangekommen?«

»Grace und ich haben geholfen, den Kerl zu finden. Weil es kein Mord war, überließen mir die Detectives einige Sachen für das Training.«

»Andy behauptet, dass du einen riesigen Vorrat hast.«

Andy war eine der ersten, die Creed ausgebildet hatte. Zu der Zeit hatte sie mehr über Hunde gewusst als er, weil sie jahrelang als Veterinärtechnikerin gearbeitet hatte. Dies war ihre zweite Laufbahn. Creed war nicht so blöd, eine Frau nach ihrem Alter zu fragen, schätzte Andy aber auf Anfang bis Mitte vierzig.

»Ach ja? Tja, du darfst nicht alles glauben, was Andy dir erzählt. Hier, nimm das.« Er warf Jason das Glas zu und begriff zu spät, dass Jason es womöglich nicht mit einer Hand fangen konnte. Aber es war kein Problem für den Jungen.

»Jetzt versteck es gut.« Creed zeigte zu dem Weg, der in den Wald führte. »Den Deckel öffnest du erst beim Versteck. Der Inhalt ist in Mulltuch eingewickelt. Lass das dran.«

»Soll ich es verbuddeln?«

»Verbuddeln, auf einen Baum werfen, in einem Bach versenken, was immer du willst. Denk nicht zu viel drüber nach. Anschließend kommst du zurück.«

Das Anwesen war fünfzig Morgen groß und zu drei Seiten von Wald umgeben. Die Abgeschiedenheit war einer der Gründe, wegen denen Creed dieses Grundstück im nördlichen Florida Panhandle gekauft hatte. Und die Trainingsmöglichkeiten waren fast unbegrenzt.

Sein Mobiltelefon vibrierte, als er Jason nachblickte, wie er im Wald verschwand. Creed sah auf das Display. Hannah. Vor nicht mal einer Stunde hatten sie zusammen Kaffee getrunken und Hannahs frisch gebackene Zimtbrötchen gegessen.

»Fehl ich dir schon?«

»Ich sollte dir öfter morgens Zucker geben, wenn du davon so süß wirst.« Doch sie kam sogleich zum Geschäftlichen. »Erdrutsch in North Carolina. Irgendeiner vom DoD. Man verlangt explizit nach dir.«

Department of Defense – das Verteidigungsministerium? »Nach mir oder Grace?«

Über den Sommer waren sie recht präsent in den Medien gewesen, wobei sich der Wirbel hauptsächlich auf Grace konzentrierte, ihren fantastischen Jack Russell Terrier. Die struppige kleine Hündin hatte die Herzen der Nation im Sturm erobert, als sie half, mehrere Drogenschmuggler hochzunehmen und einen Menschenhändler auffliegen zu lassen, indem sie fünf Kinder aufspürte und rettete.

»Eher nach dir, nicht nach einem bestimmten Hund.«

»Wann war der Erdrutsch? Reden wir über Rettung oder Bergung?«

»Gestern Abend spät bis in den Morgen. Es regnet immer noch, und wie ich verstanden habe, könnte es noch weitere Erdrutsche geben. Vielleicht Rettung und definitiv Bergung.«

»Dann muss ich sofort los. Wie lange fahre ich dahin? Fünf Stunden? Kannst du herkommen und mit Jason weitermachen?«

»Ich ziehe schon meine Drillichhose an.«

Creed musste schmunzeln. Hannah war der einzige Mensch, den er kannte, der von Jeans als »Drillichhosen« sprach. Sie würde es hassen, als Südstaaten-Schönheit bezeichnet zu werden, aber sie hatte manchmal die Züge von einer. Hingegen würde sie sagen, dass sie eine bodenständige Landfrau war, ganz sicher keine Lady, die sich zum Lunch verabredete.

»Aber du musst nicht fahren«, fuhr sie fort. »Sie schicken einen Jet. Eine Gulfstream 550.«

»Die schicken was?«

»Ja, ich habe das sogar aufgeschrieben. Gulfstream 550. Das ist eine von den schicken Maschinen, oder?«

»Warte mal. Sagtest du nicht, die Anfrage kam vom Verteidigungsministerium?«

»Stimmt.«

»Was haben die mit einem Erdrutsch in North Carolina zu tun?« Creed gefiel das nicht.

»Danach frage ich nicht. Vielleicht hatten sie irgendwelches Trainings-Personal in der Gegend. Der Mann am Telefon hat gesagt, dass er dich kennt, weil ihr zwei vor Jahren mal zusammengearbeitet habt.«

»Ich kenne keinen beim DoD. Und ich habe schon ewig nicht mehr mit einem Militärhund gearbeitet.«

Creed hörte, wie Hannah in Papieren blätterte. Ihre Buchführung war tadellos, und sie holte grundsätzlich mehr Informationen ein, als sie tatsächlich brauchte, ehe sie einen Auftrag annahm.

»Hier ist es«, sagte sie schließlich. »Logan. Lieutenant Colonel Peter Logan.«

Afghanistan. Creed hatte das Gefühl, ihm würde reine Säure in den Magen laufen.

Über sieben Jahre war es her, doch die bloße Erwähnung von Peter Logan genügte, um all die Bilder und Erinnerungen zurückzubringen, von denen er gehofft hatte, sie längst begraben zu haben.

3

Pensacola,
Florida

Emotionen wandern die Leine abwärts.

Das war einer der ersten Sätze, die Creed seinen Leuten einimpfte, und was er sich selbst immer wieder sagte. Als Hundeführer musste man seine Gefühle im Griff haben und sie möglichst aus dem Spiel lassen, weil Hunde sie sofort spüren konnten.

Als Creed den Mittelgang der Gulfstream entlangging, blickte er sich zu Bolo um, der am Ende der Leine praktisch auf Zehenspitzen tippelte. Creed fühlte sich nicht minder unwohl in dieser hypereleganten Kabine – als hätte er hier nichts verloren. Und das spiegelte der Hund wider.

Creed tätschelte den großen Hundekopf, strich Bolo über den Rücken und den dünnen krausen Fellstreifen, der in die entgegengesetzte Richtung verlief. Dieser Streifen war typisch für einen Rhodesian Ridgeback, und aus irgendeinem Grund beruhigte Bolo sich leicht, wenn Creed ihn dort streichelte.

»Hallo«, begrüßte ihn eine Frau vom hinteren Kabinenende, die kurz aufsah, ohne zu unterbrechen, was sie gerade tat.

Geschirr klimperte, und Creed roch frisch aufgebrühten Kaffee. Die Frau trug einen marineblauen Blazer, einen passenden Rock und schwarze Pumps. Wahrscheinlich eine Stewardess.

»Reisen Sie mit Mr. Creed?«

»Ich bin Mr. Creed.«

Sie hielt inne.

Er sah, wie sie einen Schritt zurücktrat, um ihn besser mustern zu können. Da Creed damit gerechnet hatte, dass er direkt nach der Ankunft mit der Arbeit beginnen würde, war er in seiner üblichen Montur: Jeans, Wanderstiefel, T-Shirt und offenes langärmliges Oberhemd. Sein krauses Haar ging fast bis über den Kragen, und er rasierte sich nie richtig glatt, sondern gerade so, dass es nicht aussah, als käme er eben aus dem Bett. Doch vermutlich war es nicht bloß seine Erscheinung, die sie stutzig machte.

»Tut mir leid, ich hatte nur jemand …«

»Jemand Älteres erwartet?«

Ihr Erröten sagte eigentlich schon alles, bevor sie antwortete: »Ja, eigentlich schon.«

Und in diesem Moment wurde ihm klar, dass sie jünger war, als er zunächst gedacht hatte. Wie er musste sie um die achtundzwanzig bis dreißig Jahre alt sein. Vielleicht glaubte sie, dass ihre Uniform sie reifer und autoritärer wirken ließ – wie so viele. Creed arbeitete mit allen möglichen Uniformierten, offiziell wie inoffiziell, und mit Leuten mit Titeln. Die Strafverfolgungs- und Regierungsbehörden liebten ihre Titel und Marken, und dauernd ging es um Zuständigkeiten. Creed interessierte ihr bescheuertes Autoritätsgerangel nicht, und was andere von ihm hielten, war ihm erst recht egal.

Nachdem sie begriffen hatte, dass er ihr offizieller Fluggast war und kein sehr lässig gekleideter Lakai, verließ sie die Bordküche und kam ihn richtig begrüßen.

»Ich bin Isabel Klein, Mr. Logans Assistentin«, sagte sie und reichte ihm die Hand.

Nach einem festen Händedruck bot sie Bolo ihre offene Hand an, damit er sie beschnüffeln konnte. Diese kleine Geste bewegte Creed, ihr den anfänglichen Lapsus zu verzeihen. Er sah die Frau genauer an.

Und sie bemerkte es. Er hätte schwören können, als sie in seine Augen sah, war da ein Anflug des Errötens, wenn auch nur kurz. Sie nahm ihm seine kleine Reisetasche ab und schwang sie nach oben ins Gepäckfach. Mehr durfte sie ihm nicht abnehmen, beschloss er und begann, die Träger seines Rucksacks abzustreifen.

»Setzen Sie sich hin, wo Sie mögen«, sagte sie, während sie hinter ihn blickte. »Wie heißt er?«

»Bolo.«

Sie lächelte. »So wie die Abkürzung BOLO?«

»Ja.«

Genau daher kam der Name: Be On the Look Out – sei auf der Hut. Und er passte hervorragend zu dem Hund. Der spitzte jetzt die Ohren, weil sein Name fiel, und Creed bedeutete ihm, Sitz zu machen, während er den Rest ihrer Ausrüstung in den Fächern oben verstaute. Bolo hatte einen extrem ausgeprägten Beschützerinstinkt, was Creed betraf, weshalb Creed achtgab, wie und wo er den Hund einsetzte.

Bolo war muskulös und besaß ein enormes Durchhaltevermögen, was ihn perfekt für die stundenlange Arbeit auf solch wüstem Terrain wie nach einem Erdrutsch machte. Er zählte zu Creeds Multitask-Hunden, die nach Lebenden wie nach Opfern, die weniger Glück gehabt hatten, suchen konnten.

Ridgebacks stammten ursprünglich aus dem heutigen Simbabwe, wo sie meist in Rudeln bei der Löwenjagd eingesetzt wurden. Daher rührte auch der Spitzname »Afrikanischer Löwenhund«. Diese Rasse hielt mühelos die langen heißen Tage wie die feuchtkühlen Nächte aus. Bolo würde sich bei diesem Auftrag prima machen, vorausgesetzt Creed konnte verhindern, dass er jeden umschmiss, der seinem Halter gegenüber die Stimme erhob.

Isabel sah wieder an Creed vorbei, diesmal zum Eingang. »Bringt noch jemand die anderen Hunde?«

»Nein, es gibt keine anderen Hunde. Nur Bolo und mich.«

»Nur ein Hund?«

»Ein Hundeführer, ein Hund.«

»Mr. Logan deutete an, dass es mehrere geben würde.«

Das war noch so ein Klassiker: Die Leute rechneten immer mit mehr – mehr Hunden, mehr Zauber.

Creed nahm sein Tablet und ein Taschenbuch aus seiner Umhängetasche und legte alle drei Sachen auf den Sitz, neben dem er sitzen wollte. Bolo wies er an, sich neben dem großen Sessel auszustrecken, wo er zu seinen Füßen wäre.

Beim Start wollte er ihn so nahe wie möglich haben.

Dann holte er das Hundegeschirr hervor und legte es dem Ridgeback an. So konnte Creed den Hund halten, ohne ihn an die Leine zu nehmen, falls ihn das Fliegen nervös machte. Bolo war noch nie geflogen. Einer seiner anderen Hunde, Grace, hatte den ersten Flug vor einem Monat an Bord eines Coast-Guard-Helikopters absolviert, und sie hatte es geliebt. Diese Luxusmaschine fände Grace sicher langweilig, dachte Creed, als er die Lüftungsdüsen so einstellte, dass die kühle Luft über Bolos Rücken wehte. Und der Hund legte sich hin.

Isabel stand allerdings immer noch neben Creed, als wartete sie auf jemanden oder etwas. Und so wandte er sich fragend zu ihr, ehe er sich hinsetzte.

»Kann ich Ihnen beiden noch etwas bringen? Wein? Scotch? Der Jet hat eine sehr gut bestückte Bar.«

»Ein paar Flaschen Wasser wären super.«

»Ah, sicher doch! Natürlich.«

Endlich drehte sie sich um und ging nach hinten in die Bordküche. Offensichtlich war sie dazu angehalten, sehr zuvorkommend zu sein, was Logan ähnlich sah.

Creed schaute sich in der holzvertäfelten Kabine um und sank in das weiche Leder. All dies hier schien ein bisschen übertrieben für jemanden, der in Afghanistan lediglich ein Kompanieführer gewesen war. Wahrscheinlich versuchte Logan, ihn zu beeindrucken. Und Creed konnte nicht umhin sich zu fragen, wie viel diese Extravaganz den Steuerzahler kostete.

Hannah hatte gesagt, dass Logan jetzt Lieutenant Colonel war, aber Creed, den solche Dinge gewöhnlich nicht kümmerten, hatte vergessen zu fragen, was Logans Titel bedeutete oder wen oder was er neuerdings anführte. Fraglos hatte Hannah ihm einiges an Infomaterial in seine Tasche gepackt, und dort würde es auch bleiben. Creed fand es besser, zunächst nur das Wesentliche zu wissen.

Verstrickte sich ein Hundeführer in Einzelheiten, konnte er die Hunde leicht falsch anleiten und nach Signalen oder Zielen suchen lassen, die unwichtig waren. Viel zu oft jagten Hundeführer ihre Hunde auf Dinge los, die von der Polizei oder irgendeiner anderen Behörde erwartet wurden. Und in diesem Fall wollte Creed nicht mal wissen, wie viele Leute vermisst wurden. Er wollte nicht über die statistische Überlebensrate bei solchen Erdrutschen nachdenken oder wie viel Zeit den Opfern unter Schlamm und Schutt noch blieb.

Fakten waren super, aber Creed ließ lieber Raum für die wenigen Fälle, die sämtlichen Statistiken und Vergleichswerten widersprachen. Das mochte wenig pragmatisch sein – ja, manch einer würde es als albern abtun –, aber Creed hätte die letzten sieben Jahre in diesem Geschäft nicht überstanden, würde er nicht an Wunder glauben.

Trotzdem beschloss er zu fragen, als Isabel ihm das Wasser brachte.

»Was genau ist Logans Job dieser Tage beim DoD?« Er bemühte sich, es beiläufig klingen zu lassen, als seien sie alte Bekannte, die sich einfach aus den Augen verloren hatten.

Sie war sichtlich überrascht, antwortete jedoch ohne zu zögern: »Er ist der stellvertretende Direktor der Defense Advanced Research Projects Agency.«

Creed nickte gelassen, nahm dankend die Wasserflaschen entgegen und wartete, dass Isabel Klein sich wieder ihren Aufgaben zuwandte. Gleichzeitig überlegte er, was der stellvertretende Direktor der DARPA mit einem Erdrutsch in North Carolina zu tun haben könnte.

Zehn Minuten nach dem Start war Isabel wieder da. Ohne zu fragen oder eine Einladung abzuwarten, setzte sie sich auf den großen Sessel Creed gegenüber, wobei sie achtgab, Bolo nicht zu stören, der vor Creed liegen blieb.

»Mir wurde gesagt, dass ich all Ihre Fragen beantworten soll, sobald wir in der Luft sind.«

»Damit ich keinen Rückzieher machen kann, falls mich etwas an dem Auftrag stört?«

Sie lächelte, lehnte sich zurück und schlug die Beine übereinander. Auch wenn er keine Fragen hätte, würde sie anscheinend nicht wieder gehen.

»Ich bin nicht sicher, wie groß das betroffene Gebiet ist«, sagte sie. Offenbar hatte sie beschlossen, ihm alles an Informationen zu geben, was sie hatte – ob er wollte oder nicht. »Der größte Erdrutsch war gestern Abend gegen halb elf. Soweit ich es mitbekommen habe, gab es noch mindestens zwei mehr, wenn auch kleinere. Sind Sie mit Erdrutschen vertraut?«

»Ein wenig.«

Sie wartete auf mehr. Aber Creed fand, wenn sie ihn angefordert hatten, müssten sie seinen Lebenslauf kennen. Und falls Isabel es nicht tat, hatte sie ihre Hausaufgaben nicht gemacht.

Als nichts mehr von ihm kam, fuhr sie fort: »Die Region, um die es uns geht, ist eine Forschungseinrichtung, die circa fünf Morgen einnahm. Es ist also ein relativ kleines Suchgebiet, und das Hauptgebäude ist ein zweigeschossiger Backsteinbau.«

»Wo war es während des Rutsches? Unten oder oben?«

»Mir wurde gesagt, ziemlich in der Mitte.«

»Wie viele Leute?«

»Wissen wir nicht genau. Es passierte ja außerhalb der gängigen Arbeitszeiten. Wir versuchen immer noch, die Leiterin zu erreichen, und wir befürchten, dass sie und einige Mitarbeiter noch im Gebäude gewesen sein könnten.«

»Hat jemand gesehen, in welchem Zustand das Gebäude ist?«

Ihr Blick wandte sich von ihm ab und wanderte zu Bolo und aus dem Fenster, bevor er wieder zurückkam.

»Ein Kollege vor Ort sagte, dass er es nicht gefunden hat«, antwortete sie schließlich.

»Er konnte nicht näher rankommen?«

»Nein, er konnte es nicht finden. Das Gebäude ist weg, vergraben unter Schlamm und Schutt.«

4

Washington, D. C.

Senatorin Ellie Delanor folgte ihrer Stabsmitarbeiterin durch die Menge der Demonstranten die Stufen hinauf zum Capitol. Und sie ertappte sich bei dem Gedanken, dass sie bei der Auswahl ihrer Mitarbeiter künftig lieber auf Muskeln als auf Verstand achten sollte. Amelia Gonzalez war brillant und effizient, doch klein und zierlich wie sie war, stellte die Frau kaum mehr als eine Ablenkung dar und bot Ellie nicht annähernd Schutz in diesem Gedränge. Ellie musste sich durch Massen von Körpern schieben.

Wenigstens machten die Demonstranten heute keine Anstalten, sie zurückzustoßen, gaben aber auch den Weg nicht frei. Ellie beobachtete, wie sich Gonzalez zwischen den Leuten durchquetschte, ohne Platz für Ellie zu schaffen. In dieser Stadt hatten die Leute keinen Respekt, erst recht nicht, wenn sie Ellie als Senatorin erkannten.

Dennoch waren diese Protestler regelrecht höflich verglichen mit dem, was Ellie sonst gewohnt war. Sie bemerkte, dass viele von ihnen die Nationalfarben trugen und kleine Flaggen schwenkten. Zudem waren sie älter als die typischen politischen Demonstranten oder Aktivisten, und als Ellie sich umblickte und einige direkt ansah, nickten sie ihr sogar zu. Ja, eigentlich wirkten sie eher wie Ellies Wähler zu Hause in Florida. Steckte man sie in den Konferenzraum eines Holiday Inn, könnten sie glatt als Mitglieder ihrer Wiederwahlkampagne durchgehen.

Das hier waren ihre Leute: Veteranen in T-Shirts und Baseball-Kappen, Mütter und Großmütter, Geschäftsfrauen und Anführer von Bürgerinitiativen. Sie standen nicht auf den Stufen des Capitols, um ihr den Eingang zu versperren, sondern waren hier, um sie an ihre Pflichten zu erinnern.

Es sollte Ellie stärken für die Kongressanhörungen, die morgen beginnen sollten. Ellie hatte kämpfen müssen, um dabei zu sein. Allerdings waren es nicht diese Leute oder auch bloß der Wunsch, sie zu verteidigen oder für sie zu sprechen, was Ellie bewog, dem Ausschuss beizutreten. Ihr ging es vielmehr um politischen Einfluss und positive Resonanz für ihren Wahlkampf, der schnell ungemütlich und schmutzig geworden war.

Es hatte mal eine Zeit gegeben, als ihr kolumbianischer Ehemann – nein, Exmann, das durfte sie nicht vergessen. Sie durfte nicht riskieren, das wieder durcheinanderzubringen. Jedenfalls hatte es mal eine Zeit gegeben, in der George Ramos mit seinem Filmstar-Aussehen und seinem Charme ein Stimmengarant für sie gewesen war. Aber jetzt …

Dreizehn Jahre Ehe. Wie konnte sie nicht geahnt haben, dass er Drogen schmuggelte? Und nicht bloß schmuggelte! Er war der Kopf eines kolumbianischen Kartells gewesen, das den Südosten der USA kontrollierte. Sein bevorstehender Prozess könnte Ellies gesamte Karriere torpedieren, wenn sie die Geschichte nicht irgendwie zurechtbog.

Sie hatte alles getan, was sie konnte, um öffentlich zu zeigen, dass sie sich nicht nur eisern bemüht hatte, ihren Mann – *verdammt, Exmann!* Sie hatte dafür gesorgt, dass ihr Exmann, der Vater ihrer beiden Kinder, angeklagt wurde. Es würde keine Gefälligkeiten geben, keine Ausnahme, absolut keine Hilfe von ihr während seines Prozesses. Vielmehr wollte sie, dass er die härteste Strafe bekam. Als US-Senatorin besaß sie noch hinreichend Einfluss in ihrem Heimatstaat, um sicherzustellen, dass George Ramos für seine Verbrechen bezahlte.

Nur konnte sie das unmöglich, sofern sie nicht ein paar Pluspunkte in den Medien sammelte und die Wahl gewann, und die erhoffte sie sich von dieser Kongressanhörung.

Sie schaffte es die letzten Stufen hinauf und durch die Türen, ohne einen Kommentar abgeben zu müssen, und vor allem, ohne ein einziges Mal beschimpft zu werden. Das war ein guter Start in den Tag. Ja, es war verrückt, aber dass niemand sie als Drogenhure oder *Puta* bezeichnete, machte diesen Tag bereits zu einem guten.

Ellie traf ihren Stabschef im Eingangsbereich, der seinen gewohnten Platz an ihrer Seite einnahm. Seine Begrüßung fiel knapp aus, und anstelle eines Kaffees reichte er ihr ein gefaltetes Blatt, ohne seine Schritte zu verlangsamen.

Es waren zu viele Menschen um sie herum, als dass sie ihn danach fragen konnte, zumal er sich solche Mühe gegeben hatte, ihr den Zettel unbemerkt zuzustecken. Und da sie nicht sicher war, ob ihre Reaktion womöglich Aufmerksamkeit erregte, musste sie wohl oder übel warten. So oder so war ihr klar, dass dieser Tag zwar gut angefangen haben mochte, aber anscheinend nicht so weiterging.

5

Haywood County,

North Carolina

Creed war bei warmem Sonnenschein gestartet und landete nun unter einer bleigrauen Wolkendecke, die den Nachmittag zum Abend machte. Dem Piloten gelang es zu landen, bevor das Gewitter von Neuem einsetzte. Creed fragte Isabel Klein, wie lange es geregnet hatte.

»Es hat noch gar nicht wieder aufgehört.«

Creed hatte schon dreimal nach einem Hurrikan geholfen, nach Überlebenden und Opfern zu suchen. Bei solchen Suchaktionen konnte das Wetter sein ärgster Feind sein. Regen und Wind beeinträchtigten die Duftspuren und wuschen sie mit der Zeit vollkommen aus. Auch die Temperatur war ein kritischer Faktor. Hitze beschleunigte die Verwesung, aber schwüles Wetter konnte Hund und Hundeführer ziemlich zu schaffen machen. Grundsätzlich sollte es im September in North Carolina nicht problematisch werden. Creed hatte sich die Wettervorhersage angesehen, die gut zwanzig Grad tagsüber und um die zehn Grad nachts ankündigte. Der Regen könnte jedoch beides ändern.

Erdrutsche brachten noch eine Menge anderer Herausforderungen mit sich. Es mochte kontraproduktiv scheinen, auf weiteren Regen zu hoffen, doch genau das tat Creed, obwohl er Nieselregen diesem Guss hier vorgezogen hätte. Aber sobald der Regen aufhörte und der Schlamm zu trocknen begann, würde es wie eine Fährtensuche durch Zement. Letztes Jahr hatte er sechs Tage mit der Suche in Oso, Washington, verbracht, wo ein Erdrutsch dreiundvierzig Menschenleben forderte.

Auf der Fahrt zur Unglücksstelle saß Creed mit Bolo auf der Rückbank. Er hatte den Sicherheitsgurt durch das Hundegeschirr gefädelt, ließ aber die Hand auf Bolos Rücken. Der dichte Regen machte es unmöglich, draußen etwas zu erkennen. Als Creed zu dem Hund blickte, war dessen Nase an das gegenüberliegende Fenster gedrückt, als versuchte Bolo gleichfalls, etwas zu sehen.

Sie beide hatten schon bei so einem Wetter gearbeitet. Das Donnergrollen und gelegentliche Krachen erschreckte Bolo nicht. Wie die meisten ihrer Hunde war auch Bolo von Creed und Hannah gerettet worden. Damals war er kein Jahr alt gewesen, hatte noch seine Welpenzähne gehabt, und seine Rasse konnten sie bestenfalls erahnen. Hannah war überzeugt, dass in Bolo auch etwas vom Labrador steckte. Ridgebacks waren von Natur aus keine Schwimmer, doch Bolo war vernarrt in Wasser und besaß die labradortypischen Schwimmhäute. Entsprechend machte ihm Regen nichts aus, allerdings müsste Creed ihn davon abhalten, in überflutete Bereiche zu streben. Im Geiste ging er schon alle Hindernisse und Risiken durch. Und nun fiel ihm etwas ein, das die größte Hürde sein könnte.

»Trifft Logan uns an der Unglücksstelle?«

Zuerst war er sich nicht sicher, ob sie ihn einfach überhört hatte bei dem prasselnden Regen auf dem Wagendach und den beschleunigten Quietschgeräuschen der Scheibenwischer. Dann sah er Isabel einen Blick mit dem Fahrer wechseln, bevor sie antwortete: »Nein. Ich glaube, er hängt noch bis morgen in D. C. fest.«

Creed tat, als sei es unwichtig. Ganz sicher brauchte er Peter Logan nicht dort, um seinen Job zu machen. Ganz im Gegenteil; ohne ihn dürfte es leichter sein. Trotzdem wunderte ihn, dass Logan bei dieser Dringlichkeit nicht vor Ort gefragt war.

»Wer ist für die Räumung des Bereichs zuständig, in dem wir suchen müssen?«

Wieder wechselten die beiden vorn einen Blick. Creed wollte ihnen sagen, dass er von ihrem streng geheimen Quatsch nichts wissen musste, sondern nur einige grundlegende Informationen brauchte. Als Isabel sich mit ihrer Antwort zu viel Zeit ließ, wurde ihm klar, dass sie anscheinend nichts sagen konnte, weil sie selbst nichts wusste.

Als hätte sie seine Gedanken gelesen, zuckte sie mit den Schultern. »In diesem Bereich werden das wohl wir sein.«

Creed wartete auf ein Lachen, das nicht kam. Sie scherzte nicht. Und mit dieser kurzen Antwort hatte sie Bände gesprochen. Isabel Klein war noch nie bei einer Such- und Bergungsaktion in einem Katastrophengebiet dabei gewesen – oder in irgendeinem Gebiet.

Creed kraulte Bolos Nacken, womit er mehr sich selbst als den Hund beruhigen wollte. Sie beide hatten es schon mit Amateuren zu tun gehabt, was jedoch nicht bedeutete, dass es Creed gefallen musste. Normalerweise war er kein Mann, der auf Regeln und Vorschriften pochte, doch ein gewisses Protokoll schützte seine Hunde in einer gefährlichen Arbeitssituation.

Bolo drehte sich zu Creed und sah ihn an. Diesen Blick kannte er: Bolo wollte endlich an die Arbeit gehen – oder vielmehr spielen. Wäre es doch nur so einfach!

6

Pensacola,
Florida

Hannah Washington wurde das Gefühl nicht los, dass sie den Auftrag lieber abgelehnt hätte, egal wie hartnäckig Creed beteuerte, alles sei gut. Er hatte gar nicht gut ausgesehen. Während der Dreiviertelstunde, die es dauerte, ihn und Bolo zum Flugplatz zu fahren, war Creed still und finster gewesen, als hätte sich allein mit der Erwähnung dieses Peter Logan eine dunkle Wolke über ihn gesenkt. Und alles, was der gesagt hatte, war, dass er den Mann aus Afghanistan kannte und sprach von einem Gefallen.

Hannah blickte in den Rückspiegel, in dem Grace sie anstarrte. Die Hündin war enttäuscht, dass sie nicht mit Creed und Bolo mitkommen durfte. Grace war nicht bloß ihr bester Spürhund, sie war auch ein Multitasker. Sie konnte Kadaver genauso aufspüren wie Überlebende und hatte gelernt, eine Vielzahl von Gerüchen zu unterscheiden, angefangen bei Viren und Tumoren bis hin zu Kokain, Meth und Heroin.

Grace und Creed hatten fast den ganzen Sommer zusammen mit dem Flughafenzoll und der Küstenwache gearbeitet. Da wurden sie sogar richtig berühmt. Aber Creed bestand darauf, dass Grace zu klein für die Arbeit an Katastrophenschauplätzen war. Zum Trost hatte Hannah sie mitgenommen, ein paar Erledigungen zu machen.

Leider wirkte Grace immer noch eingeschnappt und

starrte Hannah an, als wollte sie sie dazu bringen, zu wenden und zu Creed zu fahren.

»Jetzt mach du mir nicht auch noch Vorwürfe«, sagte Hannah und blickte über die Schulter zur Hündin.

Sie bereute schon, dass sie Creed losgeschickt hatte. Es war Hannahs Job, eingehende Aufträge und Anfragen zu prüfen. Sie musste sicherstellen, dass es für ihre Hunde okay und nicht übermäßig gefährlich war. Dasselbe galt für die Hundeführer. Aber sie konnte Rye nicht vor Dingen schützen, von denen sie nichts wusste.

Sie waren seit Jahren Geschäftspartner, Freunde, fast eine Familie, dennoch wusste Hannah, dass Creed in seinem vorherigen Leben Dinge widerfahren waren, von denen sie vielleicht nie erfahren würde.

Was völlig in Ordnung ist.

Die Vergangenheit eines Menschen gehörte meistens genau dahin, wo sie war, sicher vergraben. Und Hannah kam es ganz gewiss nicht zu, über irgendwas zu urteilen. Allzu gut wusste sie, dass es manche Sachen gab – seien es Fehler, dumme Entscheidungen oder simple alte Erinnerungen –, die man mit Fug und Recht für sich behielt. Sprach man sie erst mal aus, gehörten sie einem nicht mehr allein.

Aber sie wusste auch, dass Ryder Creed eine Menge Schmerz durchgemacht hatte, und zwar von der gefährlichen Sorte, die einen schon mal in den Wahnsinn treiben konnte, wenn man nicht dagegen ankämpfte. Und obwohl er beständig besser damit umging, sickerte einiges in seinen Alltag durch. Was wiederum bedeutete, dass es sich auf Hannahs Leben und das ihrer beiden kleinen Söhne auswirkte – folglich zu ihrer Sache wurde.

Dennoch hatte Creed es weit gebracht, wenn sie an den zornigen Marine dachte, den sie vor sieben Jahren kennenlernte. Sie hatte in Walter's Canteen in Pensacola Beach bedient, und es war kurz vor Ladenschluss. Hannah erinnerte sich, dass sie müde gewesen war und ihre Füße wehtaten. Sie wollte nur noch aufräumen und nach Hause, als der Marine, dem sie einen Drink zu viel gegeben hatte, eine Prügelei anzettelte – und nicht mit einem, sondern gleich mit drei Kerlen. Die drei Schläger hätten fraglos einigen Schaden anrichten können, hätte Hannah sie nicht rausgeschmissen. Den Unruhestifter zwang sie zu bleiben und das verschüttete Bier und die Scherben aufzuwischen.

Bis heute sah sie seinen Blick vor sich. Seine Wut wich einem Anflug von Schrecken und einer Menge Furcht. Jahre später gestand er, dass er noch nie erlebt hatte, wie jemand auf so ruhige, ernste Art wütend auf ihn war. Okay, »ruhig« und »ernst« waren Hannahs Worte. Wenn sie sich recht entsann, waren Ryes wohl eher »bevormundend« und »angepisst« gewesen. Er sagte, noch nie zuvor hätte ihn eine Schwarze mit einem Vortrag so beschämend in Form gepfiffen und zusammengestaucht wie ein evangelischer Pfarrer.

Als sie nun mit beiden Händen voller Einkaufstüten den Korridor des Segway House entlangging, brachte sie der Gedanke, dass jemand sie mit einem Pfarrer verglich, zum Schmunzeln. Sie lächelte Grace zu, die neben ihr her tapste.

»Hannah, lass mich dir tragen helfen«, erklang eine Stimme hinter ihr.

»Frankie Sadowski, was in aller Welt machst du denn hier? Ich dachte, du bist auf dem Weg nach D. C.«

Sie wartete und ließ ihn eine ihrer Taschen mit seinen krummen, arthritischen Fingern übernehmen. Als er noch eine verlangte, gab sie gleich nach, denn jeder Widerstand war zwecklos. Trotz seiner knorrigen Hände und dem dichten Silberschopf war Frankie Sadowski groß und schlank. Wüsste Hannah nicht, dass er fast siebzig war, würde sie ihn glatt fünfzehn Jahre jünger schätzen. Ausgeprägte Lachfalten machten sein wettergegerbtes Gesicht weich, und seine blauen Augen blitzten vor Leben.

»Ich warte, bis Susans Schicht vorbei ist. Sie kommt mit mir. Angeblich braucht sie mal einen Tapetenwechsel. Und sie hat ja auch einige Überstunden in der Klinik gemacht.«

Frankies Tochter arbeitete im Trauma-Zentrum des Sacred Heart.

Frankie zeigte mit einem Nicken zu Grace. »Wer ist dein kleiner Freund?«

»Das ist Grace.«

»Ich hoffe, sie soll hier keine Leichen aufspüren.« Er lachte über seinen Scherz, doch Hannah lächelte nur.

»Ich versuche, ein Programm mit Therapiehunden aufzubauen. Und Grace ist für alles zu haben.«

Hannah sah zu der Hündin und stellte fest, dass Grace vor Frankies Füßen hockte, aber Hannah direkt in die Augen starrte. Ein solches Starren war gewöhnlich Graces Signal, dass sie gefunden hatte, wonach sie suchen sollte, nur hatte Hannah ihr ja gar nicht befohlen, irgendwas zu suchen.

»Als ich drüben auf Susan wartete, habe ich einige Zeit mit Gus Seaver verbracht«, erzählte Frankie. »Er bat mich vorbeizusehen und mich nach seinem Enkel zu erkundigen, Jason.«

Hannah wusste, dass Gus und Frankie zusammen im Vietnamkrieg gedient hatten. Es gab eine kleine Gruppe von Veteranen, die wieder den Kontakt zueinander aufgenommen hatten und gegenseitig auf sich achtgaben, seit drei von ihnen krank geworden waren – zu krank, um für sich selbst zu sorgen.

Anfangs hielten sie es für reinen Zufall, dass sie dieselben Symptome aufwiesen. Dann erfuhren sie vor Kurzem, dass ihre Einheit irgendeiner toxischen Chemikalie ausgesetzt gewesen war. Frankie zeigte keine Symptome, hatte aber einen Kreuzzug gestartet. Deshalb wollte er nach D. C. und bei einer Kongressanhörung aussagen.

Nun wartete er, bis mehrere Bewohner vorbeigegangen waren, und bedeutete Hannah vorauszugehen – er war eben ein Gentleman durch und durch. Sie klopfte sich seitlich ans Bein, was das Zeichen für Grace war, mit ihr zu kommen.

»Übrigens hatte ich gehofft, dich hier zu treffen«, sagte Frankie. »Damit wir über ihn reden können.«

»Über Gus?«

»Nein, Jason.«

Sie nickte, wollte jedoch nicht hier auf dem Korridor weiterreden. »Lass mich nur schnell ein paar Sachen in den Kühlschrank packen.«

In der Küche zeigte sie Frankie, wo er die Tüten abstellen konnte. Dann begann sie auszupacken, während sie sich umblickte, ob auch niemand in der Nähe war.

»Jason ist vor einem Monat aus dem Segway House ausgezogen«, sagte sie.

Frankie zog die Brauen hoch, blieb aber stumm. Hannah überraschte nicht, dass Jason seinem Großvater wenig von sich erzählt hatte. Wie so viele, die verwundet heimkehrten, wollte er seiner Familie nicht zur Last fallen.

Segway House war eine Übergangseinrichtung für Soldaten, die nach ihrer Rückkehr aus dem Irak oder Afghanistan nirgends sonst hinkonnten. In den letzten Jahren hatte es sich zu einer kurzfristigen Auffangstation für verlorene Seelen gewandelt – Drogensüchtige, jugendliche Ausreißer und misshandelte Frauen.

Neben Unterkunft boten sie Mentoren- und Bildungsprogramme an sowie eine Handvoll anderer Dienste. Hannah war eine der Gründerinnen, und Frankie war einer der ersten Ehrenamtlichen gewesen.

Aber Hannah fragte sich, warum Jason seinem Großvater nichts von seinem neuen Job erzählt hatte. Es war doch eine gute Nachricht

»Ist alles in Ordnung mit ihm?«, fragte Frankie.

»Er arbeitet für Ryder und mich.«

»Im Ernst?«

»Er ist in einen der Wohnwagen auf dem Grundstück gezogen.«

Das sollte Frankie freuen, doch Hannah bemerkte, dass er nach wie vor die Stirn runzelte.

»Wohnt er ganz allein da draußen?«

»Er ist so gut wie nie allein.« Jetzt begriff sie es. Im Segway House war Jason von anderen Veteranen umgeben gewesen, mit denen er reden konnte und die ihn unterstützten. »Er hat Rye und mich und die anderen Hundeführer. Wir haben sogar zwei Tage die Woche eine Tierärztin in unserer Praxis dort, von dem Zwinger voller Hunde ganz zu schweigen.«

Frankie nickte, lächelte allerdings nur sehr flüchtig. »Er hat Gus nichts erzählt.«

Hannah hörte, dass er besorgt war, und versuchte, den angedeuteten Vorwurf zu ignorieren.

»Ihm gefällt, was er tut. Und er scheint auf dem richtigen Weg zu sein«, erklärte sie und zähmte ihre wachsende Verärgerung.

»Hat er dir das gesagt?«

Sie bemerkte etwas an seinem Blick und verstand auf einmal, warum Jason es seinem Großvater verschwiegen hatte. Zwischen Sorge und Mitleid verlief ein schmaler Grat. Der Junge hatte seinen halben Arm verloren. Das bedeutete nicht, dass er sein halbes Leben verlieren musste.

»Worüber genau macht Gus sich solche Sorgen?«

Frankie zuckte mit den Schultern und blickte sich in der Küche um. Der gestählte Kriegsveteran, der für seine Kameraden in den Kampf gezogen war, schien auf einmal unsicher und um Worte verlegen.

»Ich denke, Gus sorgt sich, dass Jason … du weißt schon.«

Er zögerte, als könnte sie ihm helfen, den Satz zu beenden. Stattdessen baute Hannah sich vor ihm auf und stemmte verärgert die Hände in die Hüften.

»Offensichtlich weiß ich es nicht«, sagte sie. Wieder saß Grace zu Frankies Füßen und starrte Hannah an.

»Gus fürchtet, dass der Junge sich etwas antun könnte.«

7

Haywood County,
North Carolina

Creed atmete auf, als er die gelben Helme der Rettungskräfte und zumindest einen Kettenbagger sah. Ein Arbeitszelt war aufgebaut worden, dessen Planen im Wind schlugen und mit Betonklötzen beschwert waren. Auf der einzigen asphaltierten Zufahrt zum Gelände stand ein Notarztwagen abfahrbereit für geborgene Verletzte.

Für die dreißig Meilen vom Flugplatz hierher hatten sie anderthalb Stunden gebraucht. Selbst auf dem Umweg klafften riesige Löcher in den Straßen, als wäre dort vorher eine Art Godzilla durchgetrampelt.

Eine Absperrung blockierte die Einfahrt, und ein Deputy in Regenmantel und mit einer Plastikhülle über seinem Hut bedeutete dem SUV anzuhalten. Isabel beugte sich über den Fahrer, um ihren Dienstausweis ans Fenster zu halten. Der Deputy machte ein Handzeichen, dass sie das Fenster herunterlassen sollten, damit er den Ausweis besser sehen konnte, was Isabel ein genervtes Seufzen entlockte. Der Regen hatte ein wenig nachgelassen, und Creed hörte deutlich, wie Isabel murmelte: »Haben diese Leute denn keine Ahnung, wer wir sind?«

»Guten Tag«, sagte der Fahrer, als der Deputy nach dem Ausweis griff, um ihn sich anzusehen.

Er holte einen Zettel aus seiner Jacke und suchte blinzelnd nach Isabels Namen auf der Liste. Creed entging nicht, dass sie sich anstrengte, ihre Ungeduld zu zügeln.

»Sie stehen nicht auf der Liste«, sagte er und gab ihr den Ausweis zurück.

»Was? Das kann nicht sein. Wir sind vom Department of Defense!«

»Bedaure, Sie könnten vom Weißen Haus sein, doch wenn Sie nicht auf der Liste stehen, darf ich Sie nicht durchlassen.«

Der Deputy linste zur Rückbank, und kaum entdeckte er Bolo, änderte sich seine Miene. »Ist das der Rettungshund?«

»Ja, und wir …«

»Warum sagen Sie das nicht gleich?«, fiel er Isabel ins Wort. »Der große Typ mit dem grauen Schnauzer ist Oliver Vance. Er ist der Chef vom Notfalldienst für North Carolina. Ich glaube, er ist gerade im Zelt. Er meldet sie an und bringt Sie auf den neuesten Stand. Links von hier ist ein Stück fester Boden. Da können Sie parken.«

Sobald der SUV schlitternd zum Stehen kam, sammelte Creed seine Ausrüstung und Bolo ein. Er hörte, wie Isabel und der Fahrer sich noch darüber stritten, warum sie nicht auf der Liste standen, als er schon hinüber zum Zelt stapfte. Oliver Vance kam ihm entgegen.

»Willkommen.« Vance streckte ihm seine behandschuhte Hand entgegen, so groß wie ein Fanghandschuh beim Baseball. »Ich bin Oliver Vance. Hier nennen mich alle Ollie.«

»Ryder Creed. Und das ist Bolo.«

»Bolo?« Er lachte. »Wir sind sehr froh, Sie beide hier zu haben. Jemand sagte, dass Sie ein Marine waren und als Hundeführer in Afghanistan.«

»Das ist richtig.«

»Die Bedingungen an der verschütteten Stelle sind noch instabil, aber ich schätze mal, dass Sie solche Sachen aus Afghanistan kennen und an unsicheres Terrain gewöhnt sind.«

Creed erinnerte sich, was immer über Hundeführer gesagt wurde, wenn er eine Einheit aus dem Stützpunkt geführt hatte: »Als Erste raus. Als Erste tot.«

Ihr Job war es gewesen, die Einheit zu begleiten und ihnen den Weg durch feindliches Terrain freizumachen, womit sie zu den ersten Angriffszielen wurden – und das nicht nur für versteckte Talibankämpfer. Sie waren auch die Ersten, die auf vergrabene Landminen traten.

»Wenigstens wird hier keiner auf meinen Hund schießen«, sagte er zu Vance.

»Was für Schweine«, sagte der Mann kopfschüttelnd. »Ich war bei Desert Storm dabei und finde bis heute, wir hätten uns damals gleich um die kümmern sollen. Das hätte uns einen Haufen Ärger erspart. Ich habe die verdammte Gegend gehasst. Manchmal fühle ich heute noch den Sand im Arsch.«

Creed musste grinsen. Vance führte ihn zu einer trockenen Bank in der Zeltmitte. Er streichelte Bolo, während Creed einige Sachen aus seiner Tasche holte. Um sie herum arbeiteten die Rettungskräfte, die sich mit Rufen verständigten.

»Wie viele Vermisste haben Sie noch?«, fragte Creed.

»Die ungesicherte Schätzung liegt bei fünfundvierzig.«

»Er ist hier, um einen bestimmten Bereich für Lieutenant Colonel Logan abzusuchen«, sagte Isabel zu Oliver Vance, als sie unters Zeltdach kam.

Sie war gut einen Kopf kleiner als Vance und verschränkte die Arme vor der Brust, als könne ihr das die nötige Autorität verleihen. Kurz vor der Landung hatte sie sich umgezogen und trug nun eine Jeans und Wanderstiefel, die brandneu aussahen. Ihre Regenjacke wirkte auch eher so, als hätte sie noch nie an einem Katastrophenschauplatz gearbeitet.

»Wer ist das?«, fragte Vance, wobei er Creed ansah und mit dem Daumen auf Isabel wies.

Ehe er antworten konnte, sagte sie: »Mr. Creed wurde vom Department of Defense engagiert, um einen bestimmten Bereich abzusuchen.«

»Bolo und ich können nur suchen, wo schon für die Suche gesichert wurde.« Creed stellte sich zwischen die beiden und blickte zu Isabel hinab. »Deshalb fragte ich, wer das Sagen hat. Ich muss mich ans Protokoll halten.«

»Protokoll?«

»Das hätte Ihr Boss Ihnen sagen müssen.«

»Wir haben Anweisungen …«

»Wenn Logan hier ist«, unterbrach Creed sie, »kann er vielleicht Änderungen im Protokoll durchsetzen. Bis dahin suchen Bolo und ich da, wo Mr. Vance und seine Leute die Suche freigeben.«

»Das werden wir ja sehen.« Sie zückte ihr Mobiltelefon und schwenkte es vor ihm, als wollte sie ihn damit einschüchtern.

Creed wandte sich zu Vance. »Ich müsste eine Karte des Gebiets sehen, über das wir reden.«

Vance blickte Isabel nach, die zurück zum SUV stapfte, und nahm eine Kautabakdose aus seiner Tasche. Er öffnete den Deckel und bot Creed welchen an. Als Creed stumm verneinte, nahm Vance einen Krümel und schob ihn sich hinter die Unterlippe, wo bereits ein Klumpen war.

»Schwer zu verkraften«, sagte er, »wenn der, mit dem man zum Ball geht, nicht mit einem tanzen will. Das wird sie Ihnen wahrscheinlich nicht vergessen.«

Creed wurde ungeduldig. Bei der dichten Bewölkung und dem ununterbrochenen Regen hätten sie bald kein Tageslicht mehr.

»Was ist mit der Karte?«

Vance zog eine laminierte Karte aus seiner Regenjacke und breitete sie auf einem Behelfstisch aus. Mit dem Zeigefinger umrahmte er den Bereich, der schon freigeräumt wurde.

»Was glauben Sie, wo der Erdrutsch ausgelöst wurde?«, fragte Creed.

»Wir konnten noch keinen Helikopter losschicken, um alles von oben anzusehen. Das Wetter ist die Pest. Aber ich schätze, es ging hier oben los.« Er zeigte auf eine Linie direkt unterhalb der Bergspitze.

»Und er endet hier, wo wir stehen?«

»Fürs Erste. Wir haben noch mehr Schutt- und Geröllabgang ein Stück rechts von uns bemerkt. Wenn dieser Regen nicht aufhört, könnte auch der Bereich, den wir schon geräumt haben, wieder unsicher werden. Alles ist noch instabil. Wir haben versucht, mit dem am dichtesten besiedelten Teil anzufangen. Es ging gegen halb elf gestern Abend los, da waren einige Leute schon im Bett. Häuser, die früher mal an die drei Morgen oberhalb standen, sind bis hierher gestürzt oder gerutscht.«

Wieder fuhr er mit dem Finger über die Karte. »Wir

haben ein Haus, das noch intakt ist. Es ist geradewegs vom Fundament und bis hier runtergeschlittert, wo es in ein anderes Haus krachte. Aber die übrigen Häuser …« Er seufzte. »In diesem Chaos ist es schwer, überhaupt etwas zu erkennen. Hatten Sie schon mal mit einem Erdrutsch zu tun?«

»Oso.«

Vance nickte. Mehr gab es dazu nicht zu sagen. Oso, Washington, war einer der schlimmsten Erdrutsche gewesen.

»Dann wissen Sie ja, was wir hier haben: Jauchegruben, Dämmstoffe, Propan, eine Lkw-Ladung Glas. Eine teuflische Mischung von Toxinen, die früher mal Häuser waren.«

»Was ist mit Überlebenden?«

»Wir konnten bisher vierzehn bergen. Zwei haben es nicht geschafft, fünf wurden ins Krankenhaus gebracht. Einige der Überlebenden haben gesagt, dass sie noch Angehörige in den Trümmern haben. Aber das gilt nur für diesen Bereich. Wir hoffen, dass Sie und Ihr Hund uns helfen, die zu finden.«

Creed zog Bolo die gelbe Neonweste über den Kopf und sicherte sie. Der Hund wedelte freudig mit dem Schwanz. Diese besondere Weste hatte einen Streifen, der oben quer über den Rücken verlief und als Griff benutzt werden konnte, falls Creed den großen Hund aus dem Schlamm ziehen musste.

»Mir war gar nicht klar, dass es so viel Kram für den Hund gibt«, sagte Vance hinter ihnen, der interessiert beobachtete, wie Creed ein winziges, wasserfestes GPS-Gerät in eine Netztasche der Weste steckte, direkt über Bolos rechter Schulter.

»Normalerweise lasse ich ihn ungern von der Leine, aber an mich gebunden zu sein, würde ihn langsamer machen.«

Dann machte Creed sich selbst bereit. Er stopfte seine Hosenbeine unten in die Wanderstiefel und wand sich wasserfestes Band um die Knöchel, um den Übergang von Hose zu Stiefel abzudichten. Er hatte bereits Spezialsocken an, die die Feuchtigkeit von der Haut fernhielten. Das Band würde nicht unbedingt dafür sorgen, dass seine Füße trocken blieben, aber es verhinderte, dass ihm Schlangen oder Insekten in die Hosenbeine krochen.

Er setzte seinen Helm auf: eine kugelsichere Halbkugel, die knapp bis zu seinen Ohrmuscheln reichte. Er war ganz ähnlich den Helmen, die Vances Mannschaft trug, nur dass Creeds kein eingebautes Headset hatte. Seine Handschuhe ließ er vorerst in der Tasche seiner Regenjacke. In die andere Tasche steckte er ein geknotetes Tauspielzeug und schloss den Reißverschluss. Dabei riss Bolo die Augen weiter auf und wedelte stürmisch. Creeds Hunde waren alle auf Spielzeugbelohnungen trainiert. Futter wurde nie benutzt, denn bei Futterbelohnungen konnte viel zu viel schiefgehen. Als Letztes hängte Creed sich einen kleinen Rucksack über, in dem noch andere Dinge waren, die Bolo und er vielleicht für die Suche brauchten. In diesem Fall enthielt er unter anderem eine Leine mit einem einfachen Karabiner, falls er sich im Schutt verfing und sich freikämpfen musste.

Schließlich drehte er sich wieder zu Vance, denn ihm war eben etwas eingefallen. »Woher wussten Sie, dass ich komme?«

»Was meinen Sie?«

»Miss Klein stand nicht auf der Liste derjenigen, die aufs Gelände gelassen werden sollten, aber Sie hörten sich an, als würden Sie mich erwarten. Sie wussten sogar, dass ich ein Marine war.«

»Einer der Jungs hat es mir heute Morgen erzählt.« Er kratzte sich das dichte graue Haar unter seinem Helm.

Creed tat es mit einem Achselzucken ab. Wahrscheinlich spielte es keine Rolle. Also fragte er: »Was ist mit der DoD-Einrichtung?«

»Darüber weiß ich nicht viel. Die liegt versteckt auf Bundesgelände. Geheimquatsch. Keiner hier kann mir verraten, wofür die eigentlich war, und schon gar nicht, wie viele Leute da gearbeitet haben. Ich würde sagen, die ist ungefähr einen Morgen nordöstlich von diesen Häusern.«

»Sie glauben aber, dass sie betroffen war?«

»Oh ja. Die ist sicher hinüber. Aber so spätabends hoffe ich, dass keiner mehr da war. Wir haben sie nicht mal auf unserer Liste für unbestätigte Vermisste, weil keiner mir irgendwelche Informationen geben will.«

»Die größte Herausforderung für meinen Hund werden die Gerüche sein«, erklärte Creed. »Er ist auf diesen Bereich beschränkt, aber die Geruchsspuren könnten sich über den gesamten Hang erstrecken oder zumindest so weit, wie alles mitgerissen wurde. Wo Bolo anzeigt, könnte ein Teil des Feldes sein, aber vielleicht nicht genau die Stelle, an der ein Opfer liegt.«

»Ganz gleich, wie weit er danebenliegt, ich muss einfach hoffen, dass er uns Zeit erspart.«

»Da ist noch etwas«, sagte Creed. »Ihrer Beschreibung nach war das ein mächtiger Erdrutsch.«

»Und schnell. So etwas habe ich noch nie zuvor gesehen.

Wir haben hier immer mal welche, aber selten in dieser Dimension.«

»Dann muss ich Sie warnen. Es kann gut sein, dass nicht nur die Häuser auseinandergerissen wurden.«

8

Washington, D. C.

Senatorin Ellie Delanor betrachtete den Aktenstapel auf ihrem Schreibtisch. In der Ecke ihres Büros warteten noch sechs Kartons mit weiteren Akten. Senator Quincy, der den Vorsitz bei der Anhörung hatte, hatte ihr die heute Morgen geschickt.

Ihr Stabschef stand in der Tür. Die Notiz, die er ihr gereicht hatte, sollte sie hierauf vorbereiten.

»Wurde irgendein Fehler gemacht?«, fragte sie Carter.

Die Antwort kannte sie bereits, hoffte jedoch, dass er die Verzögerung mit einer simplen Verwechslung erklären konnte. Sie wollte einfach nicht glauben, dass ihr Kollege, der Senator von Illinois, der ihr vier Amtszeiten voraus war und sie in den Ausschuss berufen hatte, sie noch vor Beginn der Anhörung sabotieren würde. Aber bedachte sie, was sie schon alles hatte hinnehmen müssen, sollte es sie eigentlich nicht wundern. Der Senat war nach wie vor ein Altherrenverein. Und sie war gewarnt worden. Ihr war bewusst, dass sie die Quotenfrau für die Medien mimte. Und dies hier war bloß ein weiteres Mittel, sie in ihre Schranken zu weisen.

»Angeblich hat das DoD sie eben erst freigegeben«, antwortete Carter, wobei er auf die Kartons zeigte. Der Stapel auf dem Schreibtisch war gestern Morgen angekommen.

Ellie sah ihn an, suchte in seiner Miene nach einem

Hinweis, ob er das glaubte. Ja, leider war sie dieser Tage auf einen achtundzwanzigjährigen Büromitarbeiter als Bullshit-Radar angewiesen. So was passierte, wenn man entdeckte, dass einem der Exmann in dreizehn Ehejahren größtenteils die Hucke vollgelogen hatte. Man wusste nicht mehr, wem man noch glauben konnte.

»Ich habe einige Akten überflogen«, sagte er. »Tonnenweise geschwärzte Absätze, teilweise ganze Seiten.«

»Und was heißt das?«

»Wir hätten auch nicht viel herausgefunden, wären die Unterlagen vor zwei Monaten gekommen anstatt heute.«

Den Ordner-Etiketten sowie den Kartonbeschriftungen entnahm sie, dass die Dokumente aus den Jahren 1951 bis 1975 stammten. Es war verblüffend, wie Unterlagen vor dem Computerzeitalter geführt wurden. Hunderttausende von Dokumenten, Blatt für Blatt sortiert. Es gab keine einfache Methode, in diesem Wust von Papier nach Informationen zu suchen, und alles einzeln durchzusehen würde Monate dauern. Wollte man sämtliche Dokumente richtig lesen, wäre noch mehr Zeit nötig.

Und was sollte es bringen? Das DoD, gegen das ermittelt wurde, durfte selbst bestimmen, welche Fakten sensibel waren und deshalb gar nicht rausgegeben wurden.

Oder wollten die, dass sie das alle nur glaubten? Ellie fragte sich, ob Carters und ihre Reaktion genau die war, die sie sich erhofften: Sie werfen einen Blick auf die endlosen Aktenberge und glauben, alle wichtigen Informationen wären nach wie vor unter Verschluss. Und dass sie sich dann vielleicht die Mühe sparten, den nicht geschwärzten Teil tatsächlich durchzugehen.

Carters Mobiltelefon plärrte mit einem nervigen Klingelton los. Er holte es hervor und sah aufs Display.

»Das ist Senator Quincys Büro«, sagte er, während er schon auf das Telefon tippte, um das Gespräch anzunehmen. »Hier Carter.«

Er hörte zu und nickte, als könne ihn die Person am anderen Ende sehen. Ellie beobachtete ihn und erkannte, dass der junge Mann ein Spieler geworden war – Pokerface, die Augen unbewegt, das Gesicht ausdruckslos und die Körperhaltung lässig und bar jedweder Unruhe oder Ticks. Wann war er so gut geworden, dass nicht mal mehr sie ihn durchschaute? Er war so ein niedlicher, unschuldiger Junge gewesen, als sie ihn eingestellt hatte, mit leuchtenden Augen und voller Bewunderung für sie.

»Senator Quincy hat eine Notfallsitzung einberufen«, unterbrach er plötzlich ihre Gedanken und hatte von ihr unbemerkt das Telefonat bereits beendet.

»Wegen der Akten?«

»Nein, weil Dr. Hess morgen doch nicht aussagen kann.«

»Was?«

Colonel Abraham Hess war einer ihrer Zeugen: ein brillanter Biologe und Arzt, der sich in seinen fünfundfünfzig Jahren in der Army einen hervorragenden Ruf erworben hatte. Noch dazu ein Freund von Ellies Vater. Ellie kannte ihn seit Kindertagen.

»Es gab einen Erdrutsch in North Carolina.«

»Er hat keine Angehörigen in North Carolina.«

Carter zuckte mit den Schultern, nahm seine Umhängetasche auf und wartete auf sie.

»Irgendwas wegen einer Forschungseinrichtung«, sagte er.

Alles, was Ellie hörte, war, dass sie ihr Star bei dieser Anhörung versetzte, und das durfte sie nicht zulassen. Sie schnappte sich eine Akte, einen Stift und eine Ledermappe, allzeit darauf bedacht so auszusehen, als hätte sie alles im Griff. An der Tür blieb sie stehen und wandte sich zu Carter um, der bereit war, ihr zu folgen. Sie zog ein Blatt Papier aus der Mappe, notierte mehrere Namen und Telefonnummern, und reichte ihm den Zettel.

»Bevor du zu mir ins Meeting kommst, ruf diese Leute für mich an. Ich will, dass Colonel Hess noch heute Nachmittag eine Vorladung zugestellt wird.«

»Eine Vorladung?«, wiederholte er, als hätte er das Wort noch nie gehört.

»Ja, Carter. Es ist eine Kongressanhörung, also darf ich das. Er ist mein Zeuge, und er wird morgen da sein.«

Sie wartete nicht ab, ob er weitere Fragen stellte. Genau genommen hatte sie keine Ahnung, ob das, was sie verlangte, tatsächlich machbar war. Aber sie war es leid, dass Leute sie auflaufen ließen, hatte es satt, mit Aktenkartons beworfen zu werden, die sie in nicht mal vierundzwanzig Stunden durcharbeiten sollte, und war es endgültig leid, wie ein Püppchen behandelt zu werden, das gefälligst stumm rumsitzen und hübsch aussehen sollte. Wenn Colonel Hess glaubte, er könne die Freundschaft ihrer Familien ausnutzen, um sie reinzulegen, hatte er sich geschnitten. Senatorin Ellie Delanor hatte genug davon, sich übers Ohr hauen zu lassen.

9

Haywood County,
North Carolina

»Ödland« war der Begriff, der Creed als Erstes in den Sinn kam. Der sanfte Abhang am Fuß des Berges war mal Wald gewesen. Nun deuteten nur noch die verdrehten Wurzeln, die aus der Erde staken, auf die einstigen Bäume hin.

Creed ging vorsichtig und befahl Bolo, es ihm gleichzutun. Das Schwierigste, wenn man einen Hund für Bergungsarbeiten ausbildete, war, ihn dazu zu bringen, wider seinen Instinkt zu handeln. Kein Rennen. Kein Springen. Die Wucht könnte den Schutt destabilisieren und bewirken, dass der Boden, auf den der Hund sprang, unter ihm nachgab. Zum Glück liefen keine Sturzbäche über das Gelände, aber Creed war sicher, dass sie noch auf welche treffen würden, und dann musste er seinen wasservernarrten Hund davon abhalten, sich hineinzuwerfen.

Er hatte schon damit gerechnet, dass der Schlamm an seinen Stiefeln saugen und das Gehen beschwerlich machen würde. Binnen Sekunden waren seine Sohlenriefen ausgefüllt und schwer, womit das Profil nutzlos war. Er glitschte ein bisschen, sodass er sich bemühen musste, das Gleichgewicht zu halten. Der Untergrund war durchnässt und rutschig. Und zu allem Überfluss konnte Creed nun erkennen, dass der Hang selbst aus Schlick und grünen abgebrochenen Stamm- und Astteilen ohne Rinde bestand, soweit das Auge reichte.

Zuerst hatte er sich gefragt, ob hier eine Holzfällerfirma eine Wagenladung verloren hatte. Bei näherem Hinsehen wurde ihm klar, dass das keine gefällten Stämme waren. Es handelte sich um ganze Bäume, die von dem Erdrutsch entwurzelt und blank geschliffen worden waren. Hier also war der Wald – all die verschwundenen Bäume – gelandet.

Zwanzig Fuß vor ihm schnüffelte Bolo bereits und scharrte. Er lief auf derselben Stelle im Kreis, den Schwanz gerade nach hinten ausgestreckt. Schon jetzt ging sein Atem zu schnell, zuckte seine Nase und waren seine Ohren nach vorn gerichtet. Creed beobachtete, wie sich Bolos Schwanz langsam krümmte. Dann blickte der Hund über seine Schulter zu Creed. Als er sah, dass Creed ihn ansah, scharrte er wieder und setzte sich hin.

So schlug der große Hund Alarm. Aber konnte es sein, dass er jetzt schon etwas gefunden hatte? Das Schotterfeld musste voller Gerüche sein.

Creed näherte sich langsam und bemühte sich, nicht auszurutschen. Weil er zu lange brauchte, stand Bolo wieder auf und drehte sich zu ihm. Wieder scharrte er im Boden, als wollte er sagen: *Hier ist es. Wieso brauchst du so lange?*

Als Bolo sich diesmal wieder hinsetzte, starrte er zu der Tasche in Creeds Regenjacke, in der sein Tauspielzeug steckte. Nur konnte Creed ihn nicht für einen möglichen Falschalarm belohnen.

Wo Bolo hockte, war eine Lücke inmitten der aufragenden Baumteile – im Umkreis von mindestens drei Metern standen keine Stammteile. Stattdessen sah es aus, als sei eine Metallplatte teils im Schlamm vergraben. Die könnte zu einem Gebäude gehören. Vielleicht ein Teil von einem Dach. Creed zog seine Handschuhe an und wischte mit einer Hand über die Oberfläche. Er grub Schlammklumpen weg und suchte nach einer Kante, die er greifen konnte. An anderen Stellen war das Metall unter gut dreißig Zentimetern Schlamm und Asphaltbrocken vergraben. Plötzlich zuckte Creed erschrocken zurück, denn er begriff, was er hier sah.

Es war der Unterboden eines Fahrzeugs.

Zuerst hatte er es nicht erkannt, denn die Reifen und Räder waren abgerissen. Nun roch er eine schwache Benzinnote, und den Rissen im Metall nach zu urteilen, musste der Tank beschädigt sein, sodass der Inhalt ausgelaufen und auf den Hang gespritzt war, während das Fahrzeug den Hügel hinuntergepurzelt war.

»Wir haben hier einen umgekippten Wagen«, rief Creed Vance und dessen Crew zu. Sie hatten sich auf Creeds Wunsch hin zurückgehalten, solange er und Bolo arbeiteten.

»Verdammt, wie konnten wir das übersehen?«, erwiderte Vance.

»Ich hätte es auch nicht erkannt, hätte Bolo nicht angeschlagen.«

Vance blickte von der Fundstelle zum Hund, als würde ihm jetzt erst klar, was das bedeutete. Der Hund könnte Opfer erschnüffelt haben. Er drehte sich zu seinen Männern um und brüllte: »Schnell, bringt den Bagger her! Wir haben hier unten einen Wagen.«

Fast flüsternd fragte er Creed: »Also hat der Hund Ihnen gesagt, dass da noch jemand drin ist?«

»Ich sagte Ihnen ja schon, dass sich die Gerüche bei so

einem Erdrutsch über das ganze Gebiet verteilen. Ich kann Ihnen nichts versprechen.« Creed blickte zu Bolo, der geduldig dasaß und auf seine Belohnung wartete. »Er scheint allerdings sicher.«

»Jemand lebt noch?«

»Bolo ist ein Multitask-Hund.«

Vance starrte Creed für einen Moment an, ehe er fragte: »Und was zur Hölle heißt das? Ich dachte, er ist ein Such- und Rettungshund.«

»Ist er. Er spürt menschliche Gerüche auf. Zu denen gehört aber auch Verwesungsgeruch.«

Vance richtete sich wieder auf, und Creed beobachtete, wie ihm alles klar wurde. Dann murmelte er: »Mist! Genau das hatte ich befürchtet.«

Im selben Augenblick stellte Bolo sich wieder hin. Seine Ohren zuckten und neigten sich nach vorn. Er senkte die Nase zum Boden, legte den Kopf leicht schief, schnupperte aber nicht. Er hörte etwas.

Vance begann etwas zu sagen, doch Creed bedeutete ihm mit erhobener Hand, still zu sein. Er lauschte.

Nichts. Er konnte gar nichts hören.

Er beobachtete Bolo weiter, während Vance seinen Leuten signalisierte zurückzubleiben. Der große Hund scharrte nicht mehr nach Geruchsspuren. Er neigte den Kopf von einer Seite zur anderen und horchte nach irgendwas unten, das nur er hören konnte.

Gab der Boden nach? Manche Hunde fühlten einen Erdrutsch, bevor er einsetzte. Creed blickte sich um, wobei er nur den Kopf bewegte und die Schlammwand hinter ihnen betrachtete.

»Denken Sie …«, begann Vance.

Creed legte einen Finger an die Lippen. Nun sah Vance sich ebenfalls um, tat es aber Creed gleich und blieb dabei stocksteif stehen.

In dem Moment hörte Creed ein gedämpftes Bellen.

Er blickte auf. Vance hatte es auch gehört.

»Ihr Hund hat einen Hund gefunden?«

Creed schüttelte den Kopf. »Er weiß, dass er bei Tieren nicht anzeigen soll.«

Vance zog die buschigen Brauen zusammen. Wieder wartete Creed. Als Vance nun begriff, brüllte er seinen Leuten zu: »Bringt die Ausrüstung her. Sofort!«

10

Hatten Creeds Hunde einmal angezeigt, nahm er sie beiseite, damit die Fachleute ihre Arbeit machen konnten, seien es Forensiker oder, in diesem Fall, ein Bergungsteam. Er bemühte sich stets, die Grenze zwischen seinem Job und ihrem einzuhalten. Und es war wichtig, dass seine Hunde es auch taten.

Er führte Bolo weg und warf ihm sein Tauspielzeug zu. Dabei passte er auf, so zu werfen, dass der Hund es fangen konnte, ohne zu springen. Speichelfäden flogen aus Bolos Maul, als er das Spielzeug fing. Bolo sabberte, weil er so lange warten musste, auch wenn ihn das erstickte Bellen abgelenkt hatte.

Creed hasste es, die Belohnung hinauszuzögern, aber ein falscher Alarm musste immer ausgeschlossen werden. Ob die Leute in dem Fahrzeug lebten oder nicht, Bolo hatte sie trotz hunderter Pfund verbogenem Metall und dicker Schlammschichten gefunden. Er verdiente seine Belohnung. Und nun durfte er ein bisschen mit dem Spielzeug herumlaufen, bevor sie wieder zur Suche zurückkehrten.

Er ging mit Bolo zu einem abschüssigen Bereich weiter oberhalb, wo sich der Boden fest anfühlte. Näher am Hang konnte er die nasse Erde riechen, und in dem Schutt unter ihnen erkannte er eine Mischung aus zerbrochenen Ziegelsteinen und zersplitterten Ästen. Glasscherben funkelten im grauen Schlamm, weshalb Creed sich um Bolos Pfoten sorgte.

Vance dirigierte einen Minibagger anstelle des großen zur Fundstelle. Und er wies seine Leute an, vorsichtig zu sein, als er dem Baggerfahrer zuwinkte. Creed vermutete, dass sie entweder einen kleinen Kreis um das Fahrzeug herum freischaufeln wollten oder es anheben und herausziehen würden. Beides könnte einen weiteren Rutsch auslösen.

Er rief Bolo, hob eine flache Hand, und der Hund gab sofort sein Spielzeug her. Kaum hatte Creed es wieder eingesteckt, fing Bolos Nase zu arbeiten an. Ehe Creed ihn aufhalten konnte, bewegte sich der Hund an der Schlammwand entlang, die Nase zuckend in die Luft gereckt und den Schwanz gerade nach hinten gestreckt. Ohne Frage wimmelte es in diesem gesamten Bereich von Gerüchen, die mit dem Schlamm und Geröll den Hang heruntergespült wurden. Creed müsste ihn zu sich rufen, bis sie später an dieser Stelle zu suchen begannen. Genau das dachte er, als er das Knacken hörte.

Zunächst klang es wie ein Echo der Baggerschaufel, deren Metall sich an dem des Wagens rieb. Doch noch während Creed sich zum Bagger umsah, wurde ihm bewusst, dass das Geräusch von oben kam.

»Bolo, weg!«, brüllte er so laut er konnte, doch der Hund, der die Gefahr spürte, zögerte. Seine Nase zuckte immer noch, und sein Instinkt war stärker als das unbekannte Kommando.

Wertvolle Sekunden verstrichen, als Creed auf dem Boden ausrutschte. Er hielt inne, damit seine Bewegung nicht zusätzlich für Instabilität sorgte. Wenigstens so lange, bis sein Hund hier weg war. Doch es nützte nichts. Erde regnete herab. Creed riss das Tauspielzeug aus seiner Tasche. Er musste sich auf Bolos anderen Instinkt verlassen.

Ein ausgeprägter Spieltrieb! Gott sei Dank!

Nun hatte er die Aufmerksamkeit des Hundes. Creed warf das dicke Tau, dessen schwere Knoten an beiden Enden den Flug beschleunigten, und schleuderte es im Bogen so weit weg wie möglich. So musste der Hund diagonal laufen und nicht geradeaus dahin, wo das Geröll und der Schlamm von oben landen müssten.

Schon dieser simple Wurf drohte Creed aus dem Gleichgewicht zu bringen. Er fing sich ab und versuchte, wieder Tritt zu fassen, da nahm das Rumoren zu. Nun fühlte er die Vibration. Aus dem Augenwinkel sah er, wie der Hügel hinter ihm aufzureißen begann. Brocken lösten sich und fielen um ihn herum. Wegrennen war unmöglich, denn nun, da er sich bewegen wollte – musste –, wurden seine Stiefel zu Schlittschuhen, die abwechselnd ein Stück rutschten, im nächsten Moment gegen Steine rammten, sodass Creed beinahe nach vorn stürzte.

Er spürte einen Druck von hinten. Schutt prasselte auf seinen Helm, und hier war nichts, woran er sich festhalten konnte. Die Wucht warf ihn um, und er landete auf dem Rücken. Creed war es gewohnt, im Golf zu schwimmen. Er war ein exzellenter Schwimmer und wusste, wie man in Wellenlücken Luft holte und wann man sie anhielt. Nur gab es hier keine Lücke. Es war eher wie ein Schwall von Wellen, die ihn nach unten drückten. Nur dass es kein Wasser war. Der dicke Schlamm riss ihn mit, umhüllte ihn und trieb ihn so schnell nach unten, dass es schon große Mühe kostete, seine Arme und Beine zu kontrollieren.

Er zog den Kopf ein und machte sich zu einer Kugel – das Kinn auf die Brust gedrückt, die Knie angezogen, die Arme mit geballten Fäusten vor der Jacke verschränkt, die Nase in der Armbeuge.

So überschlug er sich rollend und wurde viel zu schnell. Die Schwerkraft verwandelte ihn in eines von vielen Geröllteilen, schlug ihn gegen die anderen. Abgebrochene Äste stachen ihm in die Seiten. Steine knallten gegen seinen Helm. Scharfe Gegenstände schnitten ihm in die Kleidung und die Haut.

Die Kraft zerrte an ihm, wollte ihm die Gliedmaßen entreißen, während sie ihn weiter bergab schleuderte. Doch er blieb so fest zusammengerollt wie möglich. Mittlerweile wusste er nicht mehr, wo oben und unten war. Es gab keinen Himmel mehr, nur dichtes, verschwommenes Grau, das alles Licht schluckte. Er wartete, dass der Erdrutsch sich verlangsamte. Wartete, dass er anhielt. Wartete, dass er auf dem Boden aufschlug.

Dann plötzlich hielt es an. Er hielt an.

11

Kein Geräusch. Die Welt war kreischend zum Stillstand gekommen, genau wie Creed. Alles war still, wie ausgestöpselt und gedämpft. Alles bis auf das Pochen seines Herzens.

Creed öffnete die Augen und sah Schwärze mit kleinen grauen Flecken. Er bemühte sich, die Finger zu lockern und sich den Schlamm vom Gesicht zu wischen. Dann blinzelte er und versuchte, etwas zu erkennen. Immer noch nichts als Schwärze mit grauen Punkten. Vielleicht war es, wie in ein dunkles Zimmer zu treten, und er musste schlicht warten, bis sich seine Augen angepasst hatten. Er ermahnte sich, ruhig zu bleiben.

Der Geruch von nasser Erde füllte seine Atemwege. Ein stechender Schmerz bewirkte, dass er flach und vorsichtig atmete, obwohl er nach Luft ringen wollte. Die wenige Luft, die er bekam, war getränkt von Feuchtigkeit, was das Atmen schwierig machte. Creed schmeckte nasse Erde, Kies und Schlamm auf seiner Zunge und zwischen seinen Zähnen und seinen Wangen. Er wollte ausspucken, bremste sich jedoch. Stattdessen holte er mit dem Finger so viel heraus, wie er konnte. Mit einiger Anstrengung gelang es ihm, seinen Arm etwas zu bewegen, indem er ihn drehte und stemmte, um die dichte Masse um sich herum zu lösen.

Seine Beine steckten fest. Seine Arme waren gegen seine

Brust gedrückt. Er versuchte, mit den Ellbogen Halt zu finden, um sich aufzustemmen. Sein Rucksack war noch da, und Creed hörte ein Knirschen. Er erreichte lediglich, dass er den Inhalt in dem Schlamm zerdrückte und das bisschen Luft ausquetschte, das er überhaupt um sich herum hatte. Von allen Seiten drückten Gewichte gegen ihn.

Verhärtete sich der Schlamm bereits? Wie viele Minuten? Wie viele Sekunden, bevor die Hülle um ihn herum betonhart würde?

Seine Augen hätten sich inzwischen an die Lichtverhältnisse gewöhnen müssen, trotzdem sah er nichts als Dunkelgrau wenige Zentimeter vor sich. Er durfte nicht in Panik geraten. Es musste möglich sein sich freizugraben.

Konzentriert atmete er ruhig ein. Angst bewirkte, dass man schneller atmete, und er musste Ruhe bewahren. Er schaffte das hier, wenn er nur ruhig blieb. Seine Handflächen waren nahe an seinem Gesicht. Er konnte die Schatten seiner Finger sehen, wenn er sie bewegte. Wieder wischte er Schlamm und Erde von seinem Gesicht. Er kratzte an der Wand vor sich, um eine Luftblase zu schaffen. Krümel fielen zur Seite.

Creed hielt inne.

Er kratzte wieder, und noch mehr Teile fielen. Sie fielen weg von ihm. Aber er musste sich sicher sein, deshalb kratzte er erneut, und wieder traf ihn nichts im Gesicht.

Die Schwerkraft log nie.

Bei dieser Erkenntnis raste sein Herz los. Panik breitete sich in ihm aus. Er war nicht bloß lebendig begraben, sondern lag auch noch mit dem Gesicht nach unten. Jedweder Versuch, sich selbst auszugraben, hatte sich soeben von schwierig in unmöglich verwandelt.

12

Creed rammte seinen Helm gegen das Gewicht, das ihn zu erdrücken drohte. Kleine Brocken rieselten ihm in den Nacken. Er hatte nur wenige Zentimeter ausgeholt, und jedes Mal füllte sich der Raum, den er geschaffen hatte, mit mehr Schutt. Er stieß wieder nach oben, bog den Rücken, und ihm wurde schlecht, weil die Masse auf ihm sich schon so hart anfühlte. Er war in einem Schlammsarg gefangen, und der wurde sekündlich fester.

Er hatte es geschafft, seine Hände zu befreien, und der Raum unter ihm füllte sich nicht sofort wieder. Aber er konnte sich nicht mehr Luft verschaffen, nur etwas mehr Bewegungsspielraum.

Die Sekunden glitten dahin. Creed hatte keine Ahnung, wie viel Zeit verstrichen war, auch wenn ihm allzu bewusst war, wie wenig Luft ihm noch blieb. Schon jetzt fühlte er den Unterschied, heiß und stickig, als läge er unter einer nassen Wolldecke. Und weil sein verbrauchter Atem nirgends hinkonnte, vergiftete er die restliche Luft mit Kohlendioxid. Die Mischung würde schon bald seine mentalen Fähigkeiten beeinträchtigen.

Allein der Gedanke trieb ihn an, weiter zu kratzen und zu graben, nach einer Luftblase zu suchen. Sicher musste es zwischen dem Schutt und Geröll noch mehr eingeschlossene Luft geben. Erneut versuchte er, sich zu drehen. Er stemmte sich gegen den Rucksack und schlug seinen Helm von einer Seite zur anderen.

Plötzlich hörte er auf.

Da war ein Knirschen über ihm. Und ein Hecheln. Er konnte einen Hund hecheln hören.

Bolo! Hatte er es rechtzeitig geschafft?

Creed lauschte angestrengt. Er neigte den Kopf zur Seite, und nun fühlte er Tropfen auf seiner Hand. Das Hecheln kam nicht von einem Hund. Es war seines!

Speicheltropfen aus seinem Mund.

Wie konnte das sein, wo sich seine Kehle wund und knochentrocken anfühlte? Das Schlucken kostete viel Kraft. Nun atmete er schwer, rang nach Luft und bekam doch keine. Er versuchte, das Keuchen einzustellen, denn seine Atmung war zu tief, zu schnell. So würde er die wenige Luft in Nullkommanichts aufgebraucht haben.

Panik holte ihn ein. Er hatte sie schon mehrmals mühsam verdrängt, aber bald könnte er sie nicht mehr kontrollieren.

Creed lag flach da, die Hände gegen die Furche gestemmt, die er unter sich freigekratzt hatte. So stemmte er sich nach oben, bis seine Handgelenke und Ellbogen schrien, er solle aufhören. Er drückte, bis sein Rücken schmerzte, seine Nackenmuskeln sich anfühlten, als würden sie explodieren, und der Schmerz in seiner Brust zu schlimm wurde. Atemlos schlug er Schlammbrocken fort, hörte jedoch gleich, wie sich der gewonnene Raum aufs Neue füllte. Alles Denken wich seinen Urinstinkten.

Als er schließlich aufhörte, war es nicht, weil seine Muskeln versagten. Es lag an dem Summen, das seine Ohren auszufüllen begann, unerbittlich, aber einlullend wie ein Wiegenlied.

Creed war schwindlig, und plötzlich löste sich die Erschöpfung in eine ungewöhnliche Ruhe auf. Er spürte, wie er ins Wasser glitt, ließ seinen Körper los. Überließ es dem Wasser, ihn zu tragen.

Dann schloss er die Augen, und bald trieb er dahin.

13

Washington, D. C.

Ellie saß still an der Ecke des langen Konferenztisches. Sie hatte sich Senator John Quincys ausführliche Erklärung angehört, was die Dokumente vom DoD betraf. All ihre Energie, die sie auf dem Weg hierher aufgebaut hatte, war verpufft, kaum dass sie zur Tür hereinkam. Senator Quincy hatte sie mit Leichtigkeit entwaffnet, indem er sie vor dem vollzähligen Ausschuss einlud, sich an die Tischecke zu ihm zu setzen. Ellie war so verwirrt, dass sie kaum wahrnahm, wie er ihr sagte, sie sehe heute aber »hübsch« aus.

Diese Kongressanhörung war nicht die erste zu dem Thema. Senator Quincy erinnerte sie alle daran. Der Kongress hatte sich bereits mit beiden geheimen Regierungsprojekten aus den 1960ern und den 1970ern befasst. Projekt 112 und Projekt SHAD waren Testreihen, die vom Department of Defence durchgeführt worden waren. Der Sinn, wie Senator Quincy aus einem Dokument vorlas, war, »die Verwundbarkeit von amerikanischen Kriegsschiffen und Soldaten bei Angriffen mit chemischen oder biologischen Waffen zu prüfen und Methoden zu entwickeln, wie auf solche Angriffe zu reagieren ist, während man gleichzeitig die Kampffähigkeit erhält.«

»Im Grunde«, fuhr Quincy fort, »behauptet das DoD, sie hätten herausfinden wollen, wie sich chemische und biologische Substanzen bei unterschiedlichen Rahmenbedingungen verhielten, wie sie unser militärisches Personal beeinträchtigen und wie lange es dauert, wirksam darauf zu reagieren. Sie haben Schiffe besprüht und Aerosole in kontrollierten Bereichen freigesetzt, um einen feindlichen Angriff zu simulieren. Erst 2002 gab das DoD zu, dass bei diesen simulierten Angriffen die tatsächlichen Substanzen zum Einsatz kamen. Abscheuliches Zeug wie VX-Nervengas, Sarin und E.coli wurden bei unseren Soldaten und Marineleuten eingesetzt, ohne deren Wissen oder Zustimmung.«

Ja, dachte Ellie, das klang wie Hohn. Andererseits war sie mit einem Colonel als Vater aufgewachsen und hatte immerzu gehört, dass einige wenige Opfer zum Wohle der ganzen Gesellschaft bringen mussten. Wer zum Militär ging, hatte nicht zwangsläufig darin eingewilligt, Landminen oder Macheten-Angriffen von Taliban ausgesetzt zu werden, aber es geschah als Teil des Krieges. Diese Soldaten und Seeleute waren Teil des Vorhabens, die freie Welt gegen einen Feind zu verteidigen, der solche Waffen einsetzte.

Im Geiste hatte Ellie bereits entschieden, dass es sich bei Projekt 112 und Projekt SHAD nicht um finstere und üble Machenschaften ihrer Regierung handelte, wie Senator Quincy zu beweisen hoffte. Allerdings fand sie sehr wohl, dass die Regierung diesen Veteranen eine Art Entschädigung schuldete, wenn sie infolge der Versuchsreihen erkrankt waren. Es störte sie gewaltig, dass das DoD sie lieber in wertlosen, geschwärzten, über fünfzig Jahre alten Fotokopien begrub, statt den Männern zumindest die Gesundheitsfürsorge zu bieten, die sie verdienten. Doch dazu müssten Männer wie Ellies Vater und Colonel Hess erst mal zugeben, dass sie einen Fehler gemacht hatten.

Da Ellie sich nicht in diesem Unsinn verzetteln wollte und sowieso keinerlei Einfluss auf den Ausgang hatte, widmete sie sich lieber dem, was sie kontrollieren konnte. Immer wieder blickte sie zur Tür und hoffte, dass Carter die Vorladung für Colonel Hess bekommen hatte. Für Ellie war es nichts Neues, ihre politischen Beziehungen zu nutzen. Das hatte sie in dieser Stadt sehr schnell gelernt: Man setzte seine Macht und Autorität ein, oder man wurde von denen vernichtet, die nicht davor zurückschreckten.

Jetzt sollte Carter dringend kommen und ihr erzählen, dass alles erledigt war, bevor Quincy das Thema ansprach, dass Hess doch nicht zur Eröffnung der Anhörung erscheinen würde.

Quincy jedoch schwadronierte weiter, wie wichtig diese Anhörung sei, und erzählte ihnen, dass diesbezügliche gescheiterte frühere Kongressbemühungen ihre Aufgabe umso dringlicher machten. Ein Antrag von 2008 sah eine Übernahme der medizinischen Behandlungskosten für jene Veteranen vor, die bei den Projekten 112 und SHAD unwissentlich beteiligt gewesen waren. Der Antrag kam nicht durch. Einige der Veteranen hatten nicht aufgegeben, auch wenn es ihre Kongressabgeordneten taten. Sie hofften, einen neuen Antrag durchzubekommen, der ihnen endlich Anerkennung verschaffte.

Ellie wusste allzu gut, dass das Scheitern 2008 sehr wenig mit dem Antrag selbst zu tun gehabt haben dürfte, auch wenn sie zu jener Zeit noch nicht im Senat gewesen war. Als sie später ihr Amt antrat, hatte sie jede Menge gute Absichten gehabt, hatte sich für gute Initiativen stark gemacht, nur um mit anzusehen, wie ihre Bemühungen zu politischem Treibstoff wurden, mit dem man lediglich feilschte. Entscheidend war, was an einem Antrag dranhing, weniger, was drinstand.

Wenn irgendwas passieren sollte, musste sie das Spiel mitspielen, Gefälligkeiten einfordern und erwidern – »Ich stimme für jenes, wenn du für dieses stimmst«. Irgendwann auf dem Weg war ihre Leidenschaft für die Dinge, an die sie so fest geglaubt hatte, geschwunden. Sie erinnerte sich nicht, wann es anfing, ihr mehr um ihr eigenes Überleben zu gehen, als um den Sinn ihres Amtes. Auch jetzt sah sie immer wieder zur Tür und wartete auf ihren Assistenten.

Komm schon, Carter, murmelte sie im Geiste vor sich hin. Sie hatte gesehen, wozu dieser junge Mann fähig war. Wenn sie schon ein Monster kreieren sollte, könnte es dann wenigstens eines sein, von dem sie profitierte? Sie war so abgelenkt, dass sie den gebeugten älteren Mann gar nicht erkannte, der in Gala-Uniform hereinkam. Er wurde von einem jüngeren, sehr gut aussehenden Mann, gleichfalls in Gala-Uniform, begleitet.

Senator Quincy verstummte, stemmte seine korpulente Gestalt vom Tisch weg und stand auf, um die Herren zu begrüßen. »Colonel Hess, Colonel Platt, danke, dass Sie beide gekommen sind.«

Ellie spürte, wie sie rot wurde. Der Mann, der den Raum betreten hatte, sah vollkommen anders aus als der brillante Biologe, den sie kannte. Sicher, es war Jahre her, zehn womöglich, seit sie ihn zuletzt gesehen hatte.

Sie stand auf, während Quincy die beiden Colonels zu den freien Stühlen auf der anderen Tischseite, direkt gegenüber von Ellie, führte. Die Augen des alten Arztes leuchteten auf, als er sie entdeckte, und Ellie freute sich, dass er sie wiedererkannte. Schließlich war sie es, die ihn angerufen und gebeten hatte, als Experte auszusagen. Und das sollten die anderen erfahren. Vielleicht würden sie nun begreifen, dass Ellie ihre eigenen Verbindungen hatte. Sie war nicht bloß die junge Senatorin aus Florida – die mit allen Mitteln kämpfte, um die junge Senatorin aus Florida zu bleiben.

Hess reichte ihr als Erster die Hand und ignorierte mehrere andere, die ihm schon ihre hinstreckten. Sein Händedruck war fest, auch wenn er die andere Hand über ihre legte, was Männer bei Frauen anscheinend für angebracht hielten. Trotzdem strahlte sie weiter.

Und dann sagte er: »Sieh dich einer an. Dein Vater wäre so stolz auf dich, kleine Ellie Delanor.«

14

Haywood County,
North Carolina

Es war verflucht zu heiß zum Atmen.

Achtunddreißig Grad um zehn Uhr morgens. Das war Afghanistan.

Creed wusste, dass es nur noch heißer würde. Schon jetzt spürte er das Gewicht seiner Ausrüstung – fünfundsiebzig Pfund auf seinem Rücken. Aber darüber durfte er nicht nachdenken. Es war gleich, wie mies er sich fühlte, denn er war hier, um den Weg durch feindliches Gebiet freizumachen. Die Marine-Einheit, der er zugeteilt war, kümmerte es genauso wenig. Für sie war er der ewige Außenseiter. Creed und sein Hund waren hier, um einen Job zu erledigen und zur nächsten Einheit weiterzuziehen.

Doch nun konnte er Rufus nicht sehen. Der Hund wusste, dass er nicht zu weit vorauslaufen durfte. Er war achtzehn Monate alt und hatte immer noch den leichtfüßigen Sprung eines Labradorwelpen. Alles andere an ihm war allerdings Kraft und Disziplin pur. Er stürzte sich direkt auf die Arbeit und strengte sich an, sein Ziel zu erreichen.

Dieses Ziel war immer dasselbe – *finde das Spielzeug.*

Und das nahm ihn so ein, dass er auf sein eigenes Befinden überhaupt nicht achtete. Creed blickte in die sengende Hitze und fragte sich, ob er Rufus eine Infusion legen müsste, ehe er völlig dehydrierte.

Er konnte den Hund nicht sehen, wusste aber, dass er

da war. Selbst wenn er ihn nicht sah, fühlte er seine Nähe. Dennoch beobachtete und lauschte er aufmerksam. Seine Sinne waren sämtlich in Alarmbereitschaft. Im Gegensatz zu Rufus konnte Creed das Ammoniumnitrat der vergrabenen Sprengsätze nicht riechen, aber er konnte die raschelnde Brise auf den nahe gelegenen Kornfeldern hören. Und er konnte eine Erhebung lockerer Erde erkennen, manchmal sogar den Draht herausragen sehen.

Im Camp hörte man den Knall in der Ferne und wusste, dass eine umherwandernde Ziege oder ein nichts ahnender Dorfbewohner auf eine Mine getreten war. Man nahm es zur Kenntnis, zuckte mit den Achseln in Richtung aller, die es auch gehört hatten, und wandte sich wieder der Alltagsroutine zu. Doch jedes Mal, wenn sie die Basis verließen, änderte sich alles. Creed wusste, dass sein Hund und er leichte Ziele waren.

»Als Erste raus, als Erste tot.«

Und in Afghanistan zielten die Taliban auf Hunde. Die Mistkerle wussten von der emotionalen Bindung zwischen Hundeführer und Hund. Sie wussten, was es nicht bloß dem Hundeführer, sondern der ganzen Einheit antat, den Hund auszuschalten.

Darin lag, wie Creed fand, eine gewisse Ironie, denn bei den Einheiten galten sie stets als Außenseiter. Die Hundeführer der Marine waren jeweils nur für kurze Zeit da, ehe sie weiterzogen. Sie hatten selten die Chance, teil der eingeschworenen Familie zu werden, die solch eine Truppe bildete. Creed war es gewohnt, mit einem gewissen Misstrauen behandelt zu werden. Ihm war klar, dass sie sich in jeder Einheit fragten, ob er und sein Hund sie heil durchbrachten oder sie alle in den Tod führten.

Jetzt waren Creed und Rufus allerdings schon fast einen Monat bei Logan und seinen Männern. *Zu lange.* Creed hatte Dinge gesehen, die er nicht sehen sollte, und das wusste Logan.

Er blickte sich um, ob Logan ihm folgte und vorsichtig in Creeds Fußabdrücke trat, wie er es ihm beigebracht hatte, sowie auf den Rasierschaum achtete, mit dem Creed sichere Stellen markierte. Aber er konnte Logan nicht mehr sehen. Die riesige Schlammwand versperrte ihm die Sicht.

Wo zur Hölle war Logan?

Er blieb stehen und blickte sich um.

Hier stimmte was nicht.

Es war überhaupt niemand zu sehen. Er musste Rufus finden. Und das schnell.

Er rieb sich die Augen, und als er sie wieder öffnete, war die Schlammwand nur Zentimeter vor seinem Gesicht. Seine Finger waren dreckig, und die Sonne von einem dunklen Himmel verschluckt. Er blinzelte, wischte sich abermals die Augen. Ihm war, als könnte er nicht atmen. Seine Brust schmerzte. Alles tat ihm weh, und etwas drückte ihn nach unten.

Begraben.

Diese Erkenntnis löste keine Panik aus. Ruhe umgab ihn, und er wollte nur noch die Augen schließen, den Traum zurückholen. Er wollte in die Sonne zurückkehren, selbst wenn es ihn wieder nach Afghanistan brachte. Lieber atmete er den verfluchten Staub, als dass er gar keine Luft bekam.

Creeds Finger rührten sich nicht mehr. Er fühlte, wie sich sein Körper entspannte, während sein Verstand aufgab. Das beruhigende Summen knackste, beinahe wie statisches Rauschen, das seine Hirnwellen störte. Dann folgte ein unschönes Kratzen und Knirschen. Er wollte schlafen. Ein Scharren setzte ein, das beständig lauter wurde.

Jemand stieß ihn an der Schulter. Als er gerade dachte, dass er es sich nur eingebildet hatte, kam es wieder. Und diesmal wurde es von einem Luftschwall begleitet.

Frische Luft!

Er japste und sog sie gierig ein, neigte den Kopf und drehte ihn, sodass sein Mund und seine Nase auf den Luftzug über seiner Schulter gerichtet waren. Zum dritten Mal wurde er angestoßen, nun mit so viel Kraft, dass er nach hinten fiel.

Creeds Augen versuchten, etwas zu erkennen, aber alles war verschwommen. Sobald er klarer sah, setzte unendliche Erleichterung ein, die zusammen mit einem weiteren Luftschwall über ihn hinwegrauschte. Im selben Moment erwischte ihn Bolos Vorderpfote wieder.

15

Kaum war er aus dem Loch, drückte ihm jemand eine Sauerstoffmaske aufs Gesicht. Creed wehrte sich und wollte sie herunterreißen. Er wollte die frische Luft riechen, keine aus der Dose. Der Sanitäter wollte sie ihm wieder aufsetzen, aber Creed schob sie weg.

»Lass ihn«, hörte er jemanden sagen.

Er rang nach Luft und ignorierte den stechenden Schmerz in seiner Brust. Grob riss er sich den Helm ab und spürte eine kühle Brise auf seinem verschwitzten Haar.

»Bolo.«

Er wollte sich umsehen, doch Hände hielten seine Schultern nach unten, und Creed wollte auch sie wegschlagen.

»Verdammt, lasst ihn seinen Hund sehen. Ohne den hätten wir ihn nie gefunden.«

Creed wollte sehen, wer da sprach, aber seine Sicht war nach wie vor verschwommen. Er glaubte, die Stimme zu erkennen, auch wenn ihm der dazugehörige Name nicht einfallen wollte. Dann spürte er wieder einen Stoß an der Schulter. Ehe er ihn abwehren konnte, wurde seine Wange geleckt. Creed pfiff auf seine Schmerzen, streckte den Arm nach oben und schlang ihn um den muskulösen Hundehals, um Bolo dicht an sich zu ziehen. Der Hund leckte ihm das schlammverschmierte Gesicht.

Der Mann hockte sich vor Creed und wartete, bis der ihn ansah.

»Können Sie mir sagen, wer ich bin?«

Buschige graue Brauen unter dem Rand des gelben Helms. Ein ebenso buschiger grauer Schnauzer.

Creed blinzelte mehrmals angestrengt und ließ seine Finger über Bolos Kopf, die Ohren und den Nacken gleiten. Außer Schlamm konnte er nichts fühlen – keine Wunden oder Schnitte.

Der Mann wirkte enttäuscht und begann, sich nach dem Sanitäter umzublicken.

»Vance«, sagte Creed.

Der Mann sah wieder zu ihm.

»Aber Sie werden gerne Ollie genannt.«

»Sie alter Hund!« Dann rief er über die Schulter: »Ich denke, er ist okay.« Zu Creed sagte er: »Wir bringen Sie trotzdem noch runter zu unserer Notfallstation. Wir durften die in der Turnhalle der Highschool einrichten. Der Sanitäter glaubt, dass Sie sich ein paar Rippen gebrochen haben könnten. Die versorgen Sie dort und suchen Ihnen eine nette weiche Liege, damit Sie sich ein bisschen ausruhen können.«

»Was ist mit Bolo?«

»Der kommt mit Ihnen.«

»Ist er okay?«

»Soweit ich es beurteilen kann, ja. Ich muss Ihnen allerdings sagen, dass der Hund wie besessen war. Wir hatten Sie weiter oben gesucht, wo der Hang nachgab und der Erdrutsch anfing. Aber er beharrte eisern darauf, dass Sie bis nach ganz unten gerissen wurden. Sie sind ziemlich weit mitgeschleift worden.«

»Was ist mit dem anderen Hund?«

Vance stutzte.

»In dem vergrabenen Auto.«

Nun ließ der Mann den Kopf hängen und senkte den Blick. Als er Creed wieder ansah, wusste er schon, wie es ausgegangen war.

»Der Fahrer und zwei Beifahrer waren tot. Sie waren auch mächtig blutüberströmt, daher glaube ich nicht, dass sie den Aufprall überlebt hatten. Wenigstens sind sie da unten nicht qualvoll erstickt.«

Vance stand auf und winkte die Sanitäter heran.

»Was ist mit dem Hund?«

»Ich denke, die erholt sich wieder.«

»Sie ist ein freches kleines Ding«, sagte einer der Sanitäter, der auf Abstand zu Creed blieb, als wolle er sich vergewissern, dass es ungefährlich war, näher zu kommen.

»Sie war zwischen der Vordersitzlehne und einem Beifahrer eingeklemmt. Wahrscheinlich hat sie das vor schweren Verletzungen bewahrt«, erklärte Vance.

»Und sie hat nicht versucht, irgendwen zu beißen«, ergänzte der Sanitäter. »Sie ist hinten im Krankenwagen. Wir haben sie mit Schmerzmitteln ruhiggestellt. Macht es Ihnen was aus, wenn sie mit Ihnen und Bolo fährt?«

»Ganz und gar nicht.«

Creed ließ sich von dem Sanitäter aufhelfen. Es kostete ihn mehr Anstrengung, als er erwartet hatte, und Vance kam zur Unterstützung auf die andere Seite. Seine Beine waren wie Gummi, und seine Knie wollten nicht gehorchen. Ihm wurde schwindlig, und auf einmal fiel ihm das Atmen wieder schwer. Diesmal sträubte er sich nicht gegen die Sauerstoffmaske, die der Sanitäter ihm anbot.

»Setzen wir Sie wieder hin«, sagte der Sanitäter und ließ ihn zurück nach unten, bevor er in sein Funkgerät an der Schulter sprach. »Bringt die Trage her.«

»Hey Ollie, wir haben hier was«, schrie einer von Vances Männern, obwohl er keine zwanzig Schritt entfernt war. »Das stinkt.«

Creed beobachtete, wie sie an etwas zogen und zerrten, das unter dem Schlamm war. Sie gruben vorsichtig um den Fund herum. Es dauerte nicht lange, bis zu erkennen war, dass es sich um eine Leiche handelte. Die Männer wurden ruhiger, als sie feststellten, dass das Opfer tot war.

»Wie es aussieht, sind hier noch mehr.«

Aber nicht mal diese Ankündigung weckte die Dringlichkeit von eben aufs Neue.

Vance half, eine Leiche aus dem Loch zu holen. Sie drehten sie auf den Rücken.

»Ach du Schande!«

Creed verrenkte sich ein bisschen, aber die anderen standen zu nahe bei der Leiche und starrten sie an.

»Was ist los?«, fragte er den Sanitäter, der zu ihm zurückkehrte. »Die sind tot, oder?«

»Oh ja, tot sind sie. Aber nicht vom Erdrutsch. Einer hat ein Einschussloch mitten auf der Stirn.«

16

Daniel Tate stieß kräftig zu, und ein weiteres Stück Beton gab nach. Endlich fiel ihm Regen ins Gesicht. Er neigte den Kopf in den Nacken und öffnete den Mund, denn er war am Verdursten. Vor lauter Freude wollte er schreien, was er aber lieber nicht tat, weil er keine Ahnung hatte, wie nahe der Feind war.

Die ganze Nacht über hatte er Krachen und gedämpfte Explosionen gehört. Der Schutt unter ihm und die Wände bebten, als könnte der ganze Bau wieder nachgeben.

Seine Finger waren blutig geschürft vom Graben. Er hatte sich eine kleine, aber wacklige Höhle gegraben. Jetzt, da er den Himmel sehen konnte – auch wenn er dunkel und wolkig war –, erkannte er mehr von seiner Umgebung.

Der Untersuchungsraum war eingestürzt. Äste hatten die Wände durchstoßen, zerfranste Kabel baumelten aus den Kanälen der einstigen Decke. Die Tür, die Dr. Shaw zugeknallt hatte, war weggerissen worden. Durch den zersplitterten Rahmen konnte Tate den dunklen Korridor erkennen. Glasscherben und zerbrochene Instrumente lagen auf dem Boden verstreut.

Was Tate jedoch am meisten interessierte, war das Loch, das er nach oben geöffnet hatte. Es sah groß genug aus, um zu entkommen. Dennoch zögerte Tate. Er kauerte in einer dunklen Ecke auf dem verbogenen Haufen, der früher mal der Untersuchungstisch gewesen war, unter dem er sich in Deckung gebracht und an ihn geklammert hatte. Wahrscheinlich hatte er ihm das Leben gerettet.

Nun versuchte er, auf Geräusche jenseits der Öffnung oben zu lauschen, die nur gut dreißig Zentimeter über seinem Kopf war. Er brachte den Mut auf, sich aufzurichten und hindurchzuspähen. Sein Blick wanderte sofort zu den Baumkronen, und er musterte die Äste. Vor dem Erdbeben, der Explosion oder was immer das gewesen war, hatte er winzige grüne Affen gesehen, die durch den Korridor vor seinem Zimmer flitzten. Nach denen suchte er jetzt. Sicher waren die harmlos, doch was wusste er schon von Affen?

Über scharfkantige, schlammig glitschige Felsen kletterte er nach draußen. Erst jetzt bemerkte er, dass seine Füße geschwollen und von winzigen Schnitten übersät waren. Es musste vom Glas auf dem Fußboden kommen. Auch seine Arme waren zerschnitten und sein Hemd zerfetzt. Als er sich freigrub, hatte er sich nur um seine Hände gesorgt.

Im Freien wurde ihm schwindlig. Blut rann ihm aus den Nasenlöchern, und er wischte sich die Nase mit dem Unterarm, der von getrocknetem Blut verkrustet war. Er hörte ein Geräusch hinter sich und fuhr so schnell herum, dass er auf dem Schlamm ausglitt und unsanft auf den Knien landete, wobei seine Zähne zusammenschlugen.

Er blickte sich nach der Quelle des Geräuschs um. Da! Hinter einem Baum, keine zwanzig Meter entfernt, sah er, dass sich jemand in die Büsche duckte. Tate blieb vollkommen still. Er beugte sich tiefer zum Boden und hielt sich dort, wo ihn der Schutt verbarg. Dabei ließ er die Stelle nicht aus den Augen, wo er schwören konnte, ein Gesicht gesehen zu haben.

Sie waren noch hier. Und sie waren immer noch hinter ihm her. Er wusste, dass er hier oben nicht sicher war. Sein Herz hämmerte gegen seine Rippen, und er konnte kaum etwas hören, weil es in seinen Ohren rauschte. So dicht am Boden nahm er einen widerwärtigen Gestank war, wie Klärgas. Trotzdem robbte er weiter durch den Matsch und über scharfkantiges Metall und Steine, die aus dem Boden ragten. Seine Augen blieben auf die Büsche und den Baum fixiert, wo das Gesicht verschwunden war.

Er fand das Loch wieder und glitt zurück nach unten in die Höhle, die er sich stundenlang gegraben hatte. Diesmal fing er an, nach Vorräten zu suchen, die er brauchen würde: Wasser, Licht und vor allem eine Waffe.

17

Washington, D.C.

Benjamin Platt war nicht so dumm, dem Mann neben sich Hilfe anzubieten, obwohl er langsam und sichtlich angestrengt war. Die beiden Männer trafen sich fast wöchentlich bei Meetings oder gemeinsamen Mittagessen. Colonel Abraham Hess war knapp zwanzig Jahre lang Platts Mentor gewesen. Er war der Kopf hinter DARPA und ein geschätzter Berater am USAMRIID. Noch nie hatte Platt an das Wort »alt« gedacht, um Hess zu beschreiben, auch wenn er heute einen sehr müden und erschöpften Eindruck machte.

Platt wusste, dass Hess sich wegen der DARPA-Einrichtung sorgte, die von dem Erdrutsch in North Carolina betroffen war. Aber da war noch mehr als Sorge. Bis sie Hess' Büro erreichten, rasselte der Atem des älteren Mannes hörbar. Schweißtropfen standen auf seiner Oberlippe und der Stirn. Als sie ihre Plätze einnahmen, beobachtete Platt verstohlen, wie Hess beide Hände aufstützte und sich in den Clubsessel fallen ließ. Das Büro war sehr groß, mit einem riesigen Schreibtisch und Bücherregalen vom Boden bis zur Decke. Es gab auch eine Sitzgruppe und eine kleine Kitchenette in der Ecke.

»Wollen wir Kaffee trinken?«, fragte Hess.

Platt wusste, dass das Angebot hieß, Hess wünschte, dass sein Gast welchen machte und servierte. Das tat Platt gern. Er war schon auf den Beinen, ehe er antwortete: »Hört sich gut an. Ich setze mal welchen auf.«

»Die kleine Ellie Delanor«, sagte Hess kopfschüttelnd und lächelte. »Aus ihr ist eine schöne Frau geworden. Früher war sie ein hageres Mädchen mit knubbeligen Knien. Sie hat die Augen ihres Vaters. Hat mich direkt wieder daran erinnert, wie sehr er mir fehlt.«

»Ich hatte nie das Vergnügen, Colonel Delanor kennenzulernen.«

»Er war einer der besten Männer, die mir je begegnet sind. Ich bin froh, dass seine Tochter auf unserer Seite ist.«

Wie Platt wusste, bedeutete »unsere Seite« schlicht, dass sie ihr Amt führte, ohne sich ihnen in den Weg zu stellen, wenn sie ihren Job taten und nach allem forschten, was nötig war, um das Militär und die amerikanischen Bürger zu schützen. Allerdings war er nicht sicher, wie Hess darauf kam, dass Ellie Delanor auf ihrer Seite war. Als sie den Konferenzraum verließen, wurde Hess von einem jungen Mitarbeiter eine Vorladung überreicht, und das war einer von Senator Delanors Assistenten gewesen.

Platt sagte jedoch nichts und zählte die Maßlöffel mit Discounter-Kaffee aus der Dose ab. Hess könnte sich problemlos eine der frisch gemahlenen Edelkaffeesorten leisten, wählte aber dennoch diese. Was Platt für ein klares Indiz hielt, dass das Genie hinter so vielen innovativen und technologisch fortschrittlichen Ideen an manchen Dingen gerne festhielt.

»Ich muss Sie um einen Gefallen bitten, Benjamin«, sagte Hess, als Platt ihm eine Keramiktasse reichte, die gegen die Untertasse klimperte, sobald Hess sie in seinen altersfleckigen Händen hielt.

»Ich habe Ihnen doch schon gesagt, dass es mir nichts ausmacht auszusagen, Abe. Der Ausschuss sollte von der bahnbrechenden Forschung erfahren, an der USAMRIID arbeitet. Und das Ergebnis dieser Anhörung könnte uns alle betreffen.«

»Ich weiß Ihre Hilfe zu schätzen, ja, aber das ist es nicht, worum ich Sie bitten wollte.«

Hess schürzte die Lippen, um einen Schluck zu trinken, wobei er einen Finger in die Höhe hielt. Es war eine vertraute Geste, die Platt sagen sollte, dass er in einer Minute mehr erfahren würde.

»Ich bin in Sorge wegen der Einrichtung unten in North Carolina. Falls es eine Ermittlung gibt, könnte es unangenehm werden, ganz besonders jetzt, während dieser Anhörung. Ich frage mich daher, ob Sie vielleicht jemanden kennen, eventuell beim FBI, der hinfahren kann. Jemanden, der diskret ist.« Dann schwenkte er eine Hand. »Sie wissen schon, jemanden auf unserer Seite.«

Schon wieder dieser Ausdruck, nur merkte Platt jetzt auf und rückte auf die Kante seines Sessels vor. »Wie schlimm ist die Einrichtung betroffen?«

Hess zuckte mit den Schultern, als sei es nicht weiter wild, nur huschte sein Blick hin und her, und er vermied es, Platt direkt anzusehen.

»Das wissen wir noch nicht. Ich habe bisher nicht mit Dr. Shaw sprechen können. Ich habe Peter Logan gebeten herauszufinden, was los ist. Und er hat versprochen, einige von seinen Leuten hinzuschicken.« Er sah auf seine Uhr und schüttelte enttäuscht den Kopf. »Eigentlich hätte ich längst von ihm hören müssen.«

Platt kannte Peter Logan. Er war ein Soldat, kein Wissenschaftler, und Platt hatte nie ganz verstanden, warum Hess ihn unter seine Fittiche genommen und ihn sogar zum stellvertretenden Direktor gemacht hatte. Andererseits machte Hess solche Sachen mit vielen jungen Männern, einschließlich Platt. Er sah Potenzial, wo andere keines erkannten, und gerade deshalb konnte er auf eine beachtliche Loyalität unter seinen Leuten zählen. Es gab Männer, die sich für Colonel Hess buchstäblich eine Kugel einfangen würden. Platt fragte sich, ob Logan einer von ihnen war.

Logan und Platt waren ungefähr gleich alt. Beide hatten in Afghanistan und im Irak gedient, Platt allerdings als Arzt und Logan als Kommandant. Er konnte nicht genau sagen, warum er den Mann nicht mochte.

»Warum das FBI?«, fragte Platt, als Hess nicht mehr erzählte.

»Sie werden wahrscheinlich diejenigen sein, die Fragen stellen, sollte irgendwas schiefgehen. Und ich wäre gern sicher, dass wir zumindest jemanden dahaben, der …« Er hielt inne, als ob er seine Worte mit Bedacht wählen müsste. »Jemanden, der auf unserer Seite ist.«

Schon wieder. Als seien sie Kinder, die ihre Mannschaften für ein Ballspiel wählten.

»Was genau war das für eine Einrichtung?«, fragte Platt.

Abermals ein Achselzucken von Hess, und Platt fiel auf, wie eingesunken seine Schultern inzwischen waren.

»Was sie jetzt gerade forschen, kann ich Ihnen nicht sagen. Sie wissen ja, dass wir unseren Einrichtungen und deren Direktoren absichtlich viel Freiraum für ihre Forschungen lassen.«

Ja, das wusste Platt. Es gab im ganzen Land Dutzende,

vielleicht mehr als hundert Forschungseinrichtungen wie die in North Carolina. Ihnen wurde ein großes Maß an Unabhängigkeit gewährt, um die zahlreichen Beschränkungen auszugleichen, die ihnen Politiker immerfort auferlegen wollten. Aus eigener Erfahrung am USAMRIID wusste Platt nur zu gut, welche Knüppel einem die Politik zwischen die Beine werfen konnte. Jeder wollte ein Heilmittel gegen Ebola, aber die wenigsten wollten wissen, welche aufwendigen und mühsamen Prozesse nötig waren, um ein Serum oder einen Impfstoff zu entwickeln. Bis vor Kurzem durften sie nicht einmal klinische Versuche an menschlichen Betroffenen durchführen.

»Ich kenne Dr. Shaw, die Direktorin der Einrichtung«, erzählte Hess. »Sie ist eine brillante Frau, sehr eindrucksvoll. Ich bezweifle, dass es einen Virus gibt, den sie nicht reproduzieren könnte.«

Ein Knoten bildete sich in Platts Bauch, als ihm klar wurde, was das hieß.

»Warten Sie, Abe. Wollen Sie damit sagen, dass es in dieser Einrichtung Stufe-3- oder Stufe-4-Proben geben könnte?«

»Ohne Proben kann man kein Heilmittel finden.« Als er Platts Sorge sah, fuhr er fort: »Sie treffen sämtliche Vorsichtsmaßnahmen für eine sichere Lagerung. Unsere Laborschränke sind so gebaut, dass sie sogar einen Sprengstoffanschlag durch Terroristen überstehen.«

»Mag sein, aber überstehen sie auch einen gewaltigen Erdrutsch?«

Das Telefon auf Hess' Schreibtisch unterbrach sie. Ehe Platt anbieten konnte, für ihn ranzugehen, war Hess bereits aufgestanden und schlurfte, so schnell er konnte, hin.

»Hier Colonel Hess.«

Platt beobachtete den Colonel, als er dem Anrufer zuhörte. Die abwärtsgerichteten Mundwinkel, das strenge Kinn und die Falten auf der Stirn blieben unverändert. Er hatte ein perfektes Pokerface, ausgenommen seine Augen, die mal wieder hin und her huschten und so seine Besorgnis preisgaben.

Fast eine Minute lang lauschte er nur, dann sagte er: »Ich rufe Sie zurück und gebe Ihnen genauere Instruktionen.« Er legte auf.

Nun blieb er hinter dem Schreibtisch und stützte beide Hände auf, als bräuchte er Halt. Als er wieder zu Platt sah, konnte er seine Furcht nicht verbergen.

»Einer der Wissenschaftler wurde gefunden.«

Platt wartete auf ein Anzeichen von Erleichterung, das nicht kam.

»Er ist tot.«

»Er ist bei dem Erdrutsch ums Leben gekommen?«, fragte Platt.

»Nein, wahrscheinlich vorher. Anscheinend wurde ihm in den Kopf geschossen.«

18

Haywood County,
North Carolina

Creed stützte die flachen Hände an die geflieste Wand und ließ das warme Wasser über seinen zerschundenen Körper strömen. Neben ihm tat Bolo dasselbe, stand mit gesenktem Kopf ganz still da und genoss den Sprühregen der Dusche.

Nach der Untersuchung hatte der Sanitäter, der Kevin hieß, Creed aus der lauten Turnhalle gebracht, die als Unterkunft für die Rettungsmannschaften und als Ersatzklinik diente. Er hatte Creed und Bolo durch einen langen Korridor zu einem kleinen Umkleideraum mit eigenem Waschraum und Dusche geführt. Creed vermutete, dass der Raum sowie das Bad sonst von den Sportlehrern und Trainern genutzt wurden.

Er wurde den Druck in seinem Kopf nicht los. Seine Ohren schrillten, und wenn er sich zu schnell bewegte, wurde ihm so schwindlig, dass er Sterne sah. Kevin war kaum weg gewesen, als Creed auf die Knie gesunken war und seinen Mageninhalt in die Toilette entleerte. Bolo blieb die ganze Zeit dicht bei ihm, stupste Creed an und ließ ihn seinen breiten, kräftigen Rücken als Stütze nutzen, um sich wieder aufzurichten. Und immer noch blieb der Hund so nahe an seiner Seite, dass er Creeds Bein berührte. Creed entging auch nicht, dass Bolo recht oft zu ihm aufblickte.

Sobald Creed das Gefühl hatte, das Gleichgewicht wiedergefunden zu haben, ging er auf die Knie und strich mit beiden Händen über Bolo. Das Wasser spülte den Schlamm aus dem Fell, sodass Creed den Rücken, die Beine, den Nacken und die Brust richtig abtasten konnte. Nach und nach entspannte Bolo spürbar seine Muskeln und verkrampfte sich auch nicht, als Creed an seinen Seiten und dem Bauch entlangstrich.

Plötzlich wurde Creed wieder übel, und er hielt abrupt inne. Er lehnte die Stirn an Bolo und fühlte, wie der Hund sich erneut anspannte. Creed wartete mit hämmerndem Schädel und schrillenden Ohren. In seinem Magen war nichts mehr, was er auskotzen konnte, außer Säure. Bolo stand ganz still und wartete ebenfalls. Dann drehte der Hund den Kopf, um Creed anzusehen. Er rückte nicht weg, sodass Creed sich weiter an ihn lehnen konnte.

»Alles okay, Kumpel«, sagte Creed, verharrte jedoch in seiner Position. Im Moment drohte schon die kleinste Bewegung, ihn umzuwerfen. Und Bolo schien das zu wissen.

Er erinnerte sich an den Sanitäter, der ihm seinen Helm gezeigt hatte. Hinten war er aufgeplatzt wie eine Eierschale.

»Sie werden sich fühlen, als wären Sie von einem Lkw überfahren worden, der gleich danach zurücksetzte und Sie noch mal überrollte«, hatte Kevin gesagt.

Er erklärte Creed, dass sie ihn zum Röntgen ins nächste Krankenhaus bringen könnten, wo man zweifellos feststellen würde, dass mehrere Rippen gebrochen waren. Creed hatte sich geweigert, war aber einverstanden gewesen, sich von Kevin verbinden und behandeln zu lassen, sowie er sich den Schlamm abgeschrubbt hatte.

Er war sich nicht sicher, wie viel Zeit vergangen war. Wie lange kniete er schon mit geschlossenen Augen und an Bolo gelehnt hier? Er hatte nicht gehört, dass die Tür geöffnet wurde, und nicht gefühlt, dass noch jemand im Raum war.

»Mr. Creed?«

Er hörte Kevins Stimme, rührte sich aber trotzdem nicht.

»Bei Ihnen alles in Ordnung?«

Der Mann war älter als Creed, kleiner, aber schlank und muskulös. Seine rauen Hände ließen vermuten, dass er noch einen anderen Job hatte – Teilzeit vielleicht – oder ein Hobby, das andere Fertigkeiten verlangte. Bei der Untersuchung Creeds vorhin war er sehr umsichtig gewesen und hatte offenbar aus Erfahrung gewusst, wie viel Druck er ausüben durfte. Jetzt hingegen stand er an der Tür und wartete auf Erlaubnis, näher zu kommen.

»Ich wünschte, der Raum würde aufhören zu kippen.«

»Klar. Ich kann Sie wohl nicht doch noch zu einer Fahrt in die Klinik in Clyde überreden?«

Creed rappelte sich auf, als müsste er es nicht nur Kevin, sondern auch sich selbst beweisen, wobei er sich mit einer Hand auf Bolo stützte, mit der anderen an die Wand. Er musste einige Male nach Luft schnappen, als er das Wasser abdrehte und sich ein Handtuch griff.

»Das wird schon wieder. Ich brauche bloß ein bisschen Ruhe.«

Er bückte sich, um Bolo abzutrocknen, und biss die Zähne zusammen, als ihn der Schmerz in der Brust eiskalt erwischte.

»Haben Sie jemanden, der heute Nacht ein Auge auf Sie hat?«

»Dieser Bursche hier.«

Kevin sah nicht zufrieden aus. Er wühlte in seiner Tasche und holte Verbände und Pflaster hervor, um Creed erneut zu verarzten.

»Wie geht es der Hündin? Der, die sie ausgegraben haben?«, fragte Creed, der sich wieder erinnerte, dass er nicht der einzige Patient im Krankenwagen gewesen war, den sie hierher gebracht hatten.

»Ungefähr so gut wie Ihnen. Mitgenommen, aber hartnäckig.«

»Wird sie wieder?«

»Ich denke schon. Sie hatte übrigens nichts dagegen, dass wir sie in die Tierklinik brachten.«

»Was passiert mit ihr?« Ihm fiel wieder ein, dass Vance gesagt hatte, alle anderen in dem Wagen wären tot geborgen worden. Ihre ganze Familie war weg.

»Falls es keine Angehörigen oder Freunde gibt, die sie nehmen, kommt sie ins Tierheim.«

»Können Sie mir einen Gefallen tun? Falls es keinen sonst gibt, würden Sie bitte dafür sorgen, dass ich sie bekomme?«

»Im Ernst?« Kevin sah ihn verdutzt an. »Die Rettung dieser Hündin hat Sie um ein Haar das Leben gekostet! Sind Sie sicher, dass Sie das wollen?«

»Es war nicht ihre Schuld.« Inzwischen hatte er Bolo fertig abgetrocknet, nahm ein frisches Handtuch für sich. »Würden Sie das für mich tun?«

Kevin schüttelte den Kopf, als könnte er noch immer nicht glauben, dass Creed diese Hündin wollte. Dann rüstete er sich mit einem elastischen Verband und einer Schere und blickte wieder auf. Und jetzt erkannte Creed den Anflug eines Lächelns. »Klar kann ich das für Sie tun.«

19

Newburgh Heights,

Virginia

Maggie O'Dell griff nach dem klingelnden Mobiltelefon auf ihrem Nachttisch. Ihre Augen waren zu müde, um das Display zu erkennen, aber so spätabends nahm sie Anrufe rein instinktiv immer an.

»O'Dell.«

»Ich habe dich geweckt.«

Die Verwunderung war Benjamin Platt deutlich anzuhören. O'Dell schlief nie mehr als einige Stunden pro Nacht, und selbst die waren regelmäßig von Albträumen unterbrochen. Was Ben schon aus nächster Nähe miterlebt hatte. Wäre es heute Abend nach ihr gegangen, läge er jetzt neben ihr.

Ihre Beziehung war seltsam. Sie waren Freunde, die mehr sein wollten, nur dass keiner von ihnen nachgeben und es gestehen konnte. Sie beide schleppten zu viele Gespenster mit sich herum, zu viele Erwartungen, zu viel Disziplin. Oder sie waren schlicht beide Feiglinge.

»Ich muss ausnahmsweise eingenickt sein«, antwortete sie lachend. Ihre Augen waren nun klar, und sie blickte zur Digitalanzeige ihres Weckers. Es war 1 Uhr 36. »Lass mich raten. Du warst noch gar nicht im Bett.«

Er war vorhin auf dem Nachhauseweg vorbeigekommen. Maggie hatte ein Haus im Tudor-Stil in einem ruhigen Vorort, der nicht mal in der Nähe von Fort Detrick lag und schon gar nicht auf Bens Heimweg vom District.

Sein Vorwand war gewesen, dass er sich nach ihrer Freundin Gwen Patterson erkundigen wollte, die sich von einer Brustamputation erholte. Aber er wollte auch – musste vielleicht – über die bevorstehende Kongressanhörung reden, um die ein enormer Medienwirbel veranstaltet wurde.

Sie ließ ihn reden, während sie auf ihrer Terrasse ein paar Biere tranken und O'Dells Hunden beim Spielen im Garten zusahen. Sie lachten über Harvey, der nach Glühwürmchen schnappte. Die Sonne war schon untergegangen, bevor Ben gekommen war. Als sie im Dunkeln saßen und den leichten Alkoholnebel genossen, wollte O'Dell ihn bitten, die Nacht zu bleiben. Der letzte Monat war hart gewesen. Die Krebserkrankung ihrer engsten und ältesten Freundin und der Gedanke, sie womöglich zu verlieren, hatten eine verstörende Leere in O'Dell aufklaffen lassen.

Aber sie fragte ihn nicht.

Und, was noch schlimmer war, er schlug es nicht vor, obwohl sie den ganzen Abend fühlte, dass er sie etwas fragen wollte.

Und wieder einmal setzten sie ihr altes Spiel fort. Ob sie einander beschützten oder sich jeweils selbst, konnte O'Dell nicht mehr sagen.

Doch als sie jetzt seine Stimme hörte, wünschte sie sich einfach, er wäre hier bei ihr.

»Wegen heute Abend«, sagte Ben.

O'Dell setzte sich auf und lehnte sich an das Kopfteil des Betts. Vielleicht ging es ihm genauso wie ihr.

»Diese Anhörung belastet mich mehr, als ich dachte«, fuhr er fort. »Ich wollte dich damit nicht runterziehen.«

»Du hast bloß Dampf abgelassen.«

»Offen gesagt nicht nur. Ich brauche deine Hilfe, aber ich warte noch auf einen Rückruf von Direktor Kunze.«

Raymond Kunze war der Leiter der Behavioral Science Unit in Quantico und O'Dells Chef.

Jetzt war sie verwirrt … und ein bisschen enttäuscht.

Ehe sie nachfragen konnte, erklärte Ben: »Es gab einen Erdrutsch im Westen von North Carolina. Eine DARPA-Forschungseinrichtung ist betroffen, und gestern fand die Rettungscrew die Leiche eines Wissenschaftlers. Ihm wurde in den Kopf geschossen.«

»Und die anderen Wissenschaftler?«

»Bisher haben wir von keinem von ihnen gehört. Der erste Erdrutsch – der größte – war um halb elf abends. Es dürften also nur noch wenige Mitarbeiter im Gebäude gewesen sein. Allerdings wohnen die meisten von ihnen in der Nähe, also könnten ihre Wohnhäuser betroffen sein. Noch wissen wir nichts Näheres. Alles ist völlig verwüstet. Es wurden noch andere Leichen gefunden, doch keiner weiß, wer die sind. Sie könnten aus der Einrichtung sein oder Leute aus der Gegend, die vom Erdrutsch erwischt wurden. Es ist schwierig, genauere Informationen zu bekommen.«

»Und wie kommt es, dass dieser Wissenschaftler schon identifiziert wurde?«

Er schwieg zu lange.

O'Dell fuhr sich mit den Fingern durchs Haar und strich es nach hinten. Dann beugte sie sich zur Seite, um die Nachttischlampe einzuschalten. Harvey blickte vom Fußende auf und ließ seinen Kopf wieder auf die Decke sinken. Jake war nicht zu sehen. Der Schäferhund hatte

O'Dells schlechte Angewohnheiten übernommen und lief wahrscheinlich unten im Haus herum.

Als Ben nicht antwortete, hakte sie nach: »Was hat das alles mit dir zu tun?«

Ben war Arzt, Army Colonel und Leiter des USAMRIID (United States Army Medical Research Institute of Infectious Disease – das medizinische Forschungszentrum der Army für Infektionskrankheiten) in Fort Detrick. Die DARPA unterstand einer ganz anderen Kommandohierarchie. Trotzdem sprach er von »wir«, als fiele diese Einrichtung in seinen Verantwortungsbereich.

»Wir arbeiten bei diversen Projekten mit der DARPA zusammen. Manchmal können die Sachen machen, die wir nicht können. Viele ihrer abgelegenen Einrichtungen, wie diese in North Carolina, dürfen sehr unabhängig arbeiten, müssen sich an wenige Auflagen halten und werden kaum überwacht. Impfstoffe, militärische Schutzausrüstung – da gibt es eine Vielzahl von Projekten.«

»Und an welchem Projekt hat diese Einrichtung gearbeitet?«

»Leider ist das geheim.«

Zuerst dachte O'Dell, dass er scherzte. Ben hatte einen sehr trockenen, sarkastischen Humor; doch je länger er zögerte – mal wieder –, desto überzeugter wurde sie, dass er es ernst meinte.

»Damit ich das richtig verstehe«, sagte sie und konnte nicht verbergen, dass sie genervt war. »Willst du mich bitten herauszufinden, warum ein Wissenschaftler von der DARPA mitten in einem Erdrutsch ermordet wurde, mir aber nicht verraten, woran er gearbeitet hat? Obwohl es der Grund für seine Ermordung gewesen sein könnte?«

»Mir ist klar, dass es bizarr klingt, aber tatsächlich weiß ich es noch nicht. Details jeder einzelnen Operation werden nur so weit herausgegeben, wie es unbedingt sein muss. Momentan geht es darum, weshalb dieser Wissenschaftler ermordet wurde und ob andere, die noch in der Einrichtung gewesen sein könnten, auch in Gefahr sind.«

»Besteht die Möglichkeit, dass es Selbstmord war?«

»Weiß ich nicht, ehrlich. Möglich wäre es, ja, aber auch hier sind die Details verschwommen. Du siehst also, in welcher Lage wir sind. Ehe wir nicht herausgefunden haben, was passiert ist, wäre die Freigabe von Informationen verfrüht und könnte den Erfolg der Operation gefährden.«

Er klang wie ein Bürokrat. Andererseits war er als Leiter einer Regierungsbehörde und als Army Officer letztlich auch einer. Trotzdem hasste O'Dell es, wenn er sich so anhörte. Seit über zehn Jahren war sie ein FBI-Agent und somit ebenfalls eine Regierungsangestellte, doch für gewöhnlich lehnte sie sich gegen das System auf. Wobei sie zu ihrer Verteidigung anführen könnte, dass sie das, was sie tat, für das Richtige hielt. Leider stimmten andere in der Behörde ihr nicht zwangsläufig zu, vor allem nicht, wenn es nicht politisch korrekt war. Daher stand sie in dem Ruf, eine Rebellin zu sein. Was sie wiederum zu der Frage führte, warum Ben ausgerechnet sie zum Nachforschen dorthin schicken wollte.

»Alles ging ziemlich schnell. Peter Logan, ein stellvertretender Direktor der DARPA, versucht herauszubekommen, was mit der Einrichtung passiert ist, aber das FBI wird für die Mordermittlung zuständig sein. Und weil wir es mit sensibler Forschung zu tun haben, fragte Colonel Abraham Hess mich, ob ich jemanden empfehlen könnte, auf dessen Diskretion wir uns verlassen können. Und natürlich dachte ich da gleich an dich.«

Aha, jetzt hatte sie ihre Antwort. Ben brauchte ihr Fachwissen genauso sehr wie ihre Diskretion.

Er machte eine Pause, und sie fragte sich, ob er wartete, dass sie sich dankbar oder geschmeichelt zeigte. Ihrer Erfahrung nach war Geheimhaltung bei Regierungsbehörden immer dann gefragt, wenn sie ihren eigenen Arsch retten wollten. Aber Ben hatte ihr schon mehrfach geholfen, ihr sogar einmal das Leben gerettet. Und er bat sie nie um Gefälligkeiten. Folglich musste ihm dies hier schrecklich wichtig sein.

»Klar. Ich tue, was ich kann.«

Nun überraschte er sie, indem er sagte: »Du musst das nicht machen, nur weil ich frage, Maggie. Du kannst Nein sagen.«

Sein Ton war sanft und besorgt – ganz der Ben, den sie kannte, respektierte und vielleicht liebte.

»Ich mache mich morgen früh auf den Weg, gleich nachdem ich nach Gwen gesehen habe.«

»Es sollte höchstens einige Tage dauern«, sagte er. »Logan hat schon Leute vor Ort. Seine Assistentin, Isabel Klein, ist dort, und er hat eine K9-Einheit angefordert. Der Hundeführer ist einer, den Logan aus Afghanistan kennt. Ich glaube, er heißt Ryder Creed.«

O'Dell hatte schon zweimal mit Creed zusammengearbeitet, das letzte Mal erst vor einem Monat. Und plötzlich war sie froh, dass sie telefonierten und Ben sie nicht sah. Denn sie fühlte, dass sie unwillkürlich reagierte.

Wie konnte es sein, dass die bloße Erwähnung von Ryder Creed einen solch nervigen, aber angenehmen Schauer durch ihren Körper jagte?

TAG 2

20

Haywood County,
North Carolina

Staub verwischte Creed die Sicht. Er konnte ihn schmecken, weil er in Klumpen in seiner Kehle steckte und ihn zu ersticken drohte. Irgendwo auf der anderen Seite der Lehmwand konnte er Peter Logan hören, der seinen Männern befahl zurückzubleiben, bis der Hundemann den Weg überprüft hatte. Aber als Logan um die Ecke kam, war keiner seiner Männer bei ihm. Stattdessen hatte er einen kleinen Jungen bei sich.

Creed erkannte ihn. Er hieß Jabar, doch die Männer in der Einheit nannten ihn Jabber, weil er für ein afghanisches Kind sehr viel und schnell redete, egal in welcher Sprache. Soweit Creed es mitbekommen hatte, beherrschte Jabar mindestens drei Sprachen, einschließlich Englisch.

Er schätzte ihn auf neun oder zehn Jahre, aber sehr frühreif. Die Männer fanden es witzig, dass Jabar sich so erwachsen verhielt, sogar Zigaretten von ihnen schnorrte und mit ihnen rauchte. Das erste Mal, dass Creed ihm begegnet war, hatte Jabar einen Blick auf Rufus geworfen und war sofort zurückgewichen. Nicht dass er Angst gehabt hätte. Er glaubte nur, dass Hunde Unglück brachten. Und er warnte Creed, dass die anderen Kinder in seinem Dorf mit Steinen nach Hunden werfen würden, weshalb Creed ihn lieber nicht mit aus dem Camp nehmen sollte, wenn er nicht wollte, dass das Tier verletzt würde.

Jabar kam und ging, wie es ihm beliebte. Die Männer beachteten ihn kaum, und wenn, nahmen sie ihn auf die Schippe. Doch selbst nach einigen Wochen noch hielt Jabar stets Abstand zu Rufus. Creed hatte es als Aberglauben abgetan, bis er an diesem letzten Tag den eigentlichen Grund erkannte.

Er war wieder dort, sah alles, als würde er die Szene von außen beobachten, wissen, was geschehen würde, aber keinen Einfluss darauf nehmen können. So viele Warnzeichen. Warum hatte er sie nicht gesehen?

Jabars grellweiße Turnschuhe hätten ein Hinweis sein müssen. Eine Nummer zu groß und einen Teil die knochigen Waden hinauf verschnürt. Aber der Junge kam dauernd mit solchem Quatsch an. Wahrscheinlich hatte er die Schuhe von Logan. Die beiden tauschten ständig Sachen. Es gehörte zu den Dingen, von denen Logan erwartete, dass Creed sie nicht bemerkte, oder, falls doch, wegsah. Vor allem seit Creed klargestellt hatte, dass er sich nicht für »Gratis«-Designer-Sonnenbrillen, -Turnschuhe oder -Taucheruhren interessierte. Ebenso lehnte er Hustentropfen oder Hustensirup ab, die noch in der Erprobungsphase waren. Er wusste, dass Logan noch anderes an seine Männer verteilte, und das war der wahre Grund für die Geschenke. Woher Logan all das Zeug hatte, wusste Creed nicht und wollte es auch nicht wissen. Rufus und er würden in einer guten Woche sowieso zur nächsten Einheit weiterziehen.

Jabar trug an jenem Tag eine weite Jacke – eine schicke Windjacke mit Reißverschluss – zu seinen weißen Turnschuhen. Die Ärmel waren bis zu den Ellbogen aufgekrempelt und bauschten sich, sodass seine dünnen Arme noch zerbrechlicher wirkten. Auch der Rest der Jacke wölbte sich, allerdings auf eine Art, die verriet, dass drinnen nicht bloß Jabars hagerer Körper steckte.

Zuerst dachte Creed, Logan müsste wissen, dass Jabar nicht nur ein kleiner Trickbetrüger war. Der Junge war ein Gauner, der selbst jemanden wie Logan anschwindeln und überlisten konnte.

An dem Tag plapperte Jabar noch schneller und lauter als sonst. Er gab sich aufschneiderisch und angriffslustig wie jemand, der doppelt so alt und dreimal so groß war. Creed hörte, wie er Logan anschrie, auf Felsen kletterte und mit ausgebreiteten Armen hinuntersprang, sodass die weiten Ärmel flatterten.

Logan schien genervt, aber nicht beunruhigt. Er verfluchte den Jungen und lachte über ihn, wenn auch nicht im Scherz. Vielmehr klang es sehr hämisch, als wollte er den Jungen provozieren.

Neben Creed begann Rufus zu winseln und an seiner Leine zu ziehen. Seine Nase war in die Luft gereckt, das Nackenfell gesträubt, der Schwanz gekrümmt, und die Ohren neigten sich nach vorn. Der Hund gab Alarmzeichen.

In dem Moment sah Jabar zu Rufus. Creed bemerkte nicht, dass der Junge die Hände zu Fäusten geballt hatte. Der erste Stein traf Creed an der Schläfe. Der nächste landete mit einem scheußlichen Geräusch an Rufus' Schulter. Jabar brüllte sie an, grub in seinen Taschen und warf mehr Steine, wobei er die Arme übertrieben wild schwenkte. Sogar Logan bekam einen Stein ab.

»Was soll denn der Mist?«

»Er ist vermint!«, schrie Creed und zerrte Rufus mit sich zurück.

Er sah, wie der Junge in die Falten seiner Windjacke griff. Sah die Schnur und wusste, dass er es niemals hinter den großen Stein zehn Schritte entfernt schaffen würde. Hastig hob er den zappelnden, achtzig Pfund schweren Rufus hoch und sprang in Deckung, als die Bombe hochging. Sie warf ihn um.

Erde und Steine barsten und regneten auf sie herab. Brennende Metallstücke zerschnitten ihm den Rücken. Das Letzte, was er hörte, war Rufus' Winseln, bevor alles schwarz wurde.

Creed fühlte, wie eine Zunge über seine Wange leckte. Seine Lider waren schwer. Als er versuchte, die Augen zu öffnen, war es, als würde Schmirgelpapier über seine Augäpfel reiben. Verschwommene Figuren tanzten im gedämpften Licht über ihm. Eine Hundenase näherte sich, dann wurde Creed erneut abgeschleckt. Creed griff nach oben, fing den kleinen Kopf mit den Händen ein, kraulte die Ohren und stellte das Lecken ab.

Als er endlich richtig sehen konnte, war er überrascht, nicht Rufus, sondern Grace, seinen Jack Russell, zu sehen.

»Was machst du denn hier?«, fragte er die Hündin, während er sich in dem großen Raum mit der hohen Decke, den Stahlstreben und den riesigen Lampen umsah. Das Bett unter ihm quietschte, als er sich bewegte, und ihm fiel wieder ein, dass er auf dem Feldbett in der Ecke der Schulturnhalle war.

North Carolina. Nicht Afghanistan.

Erdrutsch. Keine Explosion.

Bolo stupste seinen Kopf in Creeds Seite, und Grace trippelte zur anderen Seite. Während Creed noch die

Puzzleteile zusammenfügte, sagte jemand hinter ihm: »Wird aber auch Zeit, dass du aufwachst.«

Er verdrehte den Kopf und sah Jason Seaver, seinen angestellten Hundetrainer. Aber den hatte er doch zu Hause in Florida gelassen!

»Was zur Hölle machst du hier?«

21

Washington, D. C.

Maggie O'Dell stieg aus dem Fahrstuhl und bekam einen Knoten im Bauch. Ihr graute davor, ihrer Freundin zu sagen, dass sie zu einem Außeneinsatz musste und nicht bei ihr sein konnte. Als sie Gwen gestern Abend verließ, hatte sie den Ausdruck in ihren Augen bemerkt.

Gwen würde nie zugeben, dass sie Angst hatte. Sie hatte versucht, Stärke zu demonstrieren, als sie sich diesen Sommer der Erkenntnis gestellt hatte, dass es Brustkrebs war. Monatelang hatte sie eine zweite und dritte Meinung eingeholt, auf der Suche nach jemandem – irgendjemandem –, der ihr etwas anderes als die unvermeidliche Wahrheit sagte. O'Dell hatte miterlebt, wie die brillante Psychiaterin, die seit Jahrzehnten Generäle und Politiker beriet, sich in einen Zustand des Leugnens zurückzog, als sie zu ihrem eigenen beängstigenden Kampf herausgefordert wurde.

Gwen war fünfzehn Jahre älter als O'Dell, und sie hatten sich angefreundet, als O'Dell in der Forensik in Quantico gearbeitet hatte und Gwen freiberufliche Beraterin für Verhaltensanalyse gewesen war. Damals hatten sie tagelang über Akten und Tatortfotos gebrütet, nach Tätersignaturen und Motiven gesucht, und das manchmal bei kalter Pizza und warmem Bier, wenn es sehr spät wurde. Kein klassischer Auftakt für eine Freundschaft.

Fast zehn Jahre später staunte O'Dell immer noch, dass

sich eine gebildete und reife Frau wie Gwen mit einem Grünschnabel wie ihr abgegeben hatte. Und bis heute sah sie Gwen als ihre Mentorin. Sie zählte auf ihre Stärke und ihren Rat. Gwen war der einzige Mensch in O'Dells Leben, den sie bedingungslos liebte. Gwen war immer für sie da gewesen, wenn O'Dell sie gebraucht hatte, und ein paarmal, als ihr gar nicht bewusst war, dass sie die Freundin brauchte. Nun war sie dran, für Gwen da zu sein, wenn sie nur wüsste, wie. Und wenn Gwenn sie nur ließe.

Die letzte Woche hatte O'Dell so viel Zeit wie möglich mit Gwen verbracht und sich Urlaub genommen. Im Krankenhaus hatte sie an ihrem Bett gesessen und ihren Platz nur verlassen, wenn Gwens Lebensgefährte, R.J. Tully, kam. Und selbst dann blieb sie vielleicht noch länger als nötig, um sich zu vergewissern, dass Tully zurechtkam.

O'Dell hatte schon bei Dutzenden FBI-Fällen mit R.J. Tully zusammengearbeitet, bevor er und Gwen sich verliebten. O'Dell fand, dass die beiden ein eigenartiges Paar abgaben. Gwen war ganz Perlenketten, Austern Rockefeller und Abende im Kennedy Center. Sie war eine Gourmetköchin und hielt ihre Küche, ihr Zuhause und ihre Praxis stets in einem makellosen Zustand. Tully hingegen schien es nicht einen Tag ohne einen Fleck auf seiner Krawatte oder seinen Manschetten zu schaffen. Er war groß und schlaksig und aß sehr gerne, war jedoch nicht wählerisch. Auf ihrer letzten Autofahrt hatte O'Dell sprachlos mitangesehen, wie er eine Honigschnecke verschlang – genüsslich, wohlgemerkt –, deren Haltbarkeitsdatum schon einen Monat abgelaufen war. Die stammte aus einem Raststätten-Automaten. Dessen ungeachtet vertraute O'Dell ihm blind. Und ganz besonders, was ihre beste Freundin anging.

Ehe sie gestern Abend ging, hatte sie Gwen gefragt, ob sie noch irgendwas für sie tun könne. Ihre Freundin hatte sich bedankt, doch O'Dell wusste, dass Gwen niemals um Hilfe bitten würde, genauso wenig, wie sie zugeben würde, dass sie schreckliche Angst hatte. In der schlecht sitzenden Bluse hatte sie unsicher und sehr zerbrechlich gewirkt. Das Kleidungsstück entsprach ganz und gar nicht Gwens Stil, war aber wegen der Drainage-Schläuche nötig gewesen. Dann hatte Gwen den Kopf geschüttelt und gesagt, sie sei nur froh, zu Hause zu sein. Doch bevor sie wieder wegsah, hatte O'Dell etwas in Gwens Augen bemerkt, das nicht entfernt danach aussah, als sei sie froh. So wenig wie Gwen um Hilfe bitten würde, würde sie zugeben, Angst zu haben. Dennoch hatte O'Dell einen Anflug von Furcht oder Panik gesehen. Etwas, das ihr zuflüsterte: *Lass mich bitte nicht allein.*

Und O'Dell hatte keine Ahnung, was sie tun sollte.

Maggie O'Dell war sehr früh erwachsen geworden und hatte für sich selbst sorgen müssen, seit sie zwölf war. Ihr blieb keine andere Wahl, denn nach dem Tod ihres Vaters wandelte sich ihre Mutter von der geliebten Ehefrau zur suizidgefährdeten Alkoholikerin. Die Unabhängigkeit und emotionale Distanz, wie vielleicht auch der Mangel an Vertrauen, kamen O'Dell in ihrem Job als FBI-Agentin mit Spezialisierung auf kriminelles Verhalten zugute.

Leider erwiesen sich dieselben Züge, die sie in ihrem Beruf so gut machten, in ihrem Privatleben als Hindernisse. Eine gescheiterte Ehe steigerte ihr Misstrauen noch und sorgte dafür, dass sie sich erst recht verschloss. Es bedurfte einiger Anstrengung, andere an sich heranzulassen, und bis auf wenige Ausnahmen bemühte sie sich nicht einmal mehr. In den letzten Monaten, ganz besonders in den letzten zwei Tagen, war ihr das schmerzlich bewusst geworden. Sie konnte sich ein Leben ohne die beste Freundin nicht vorstellen. Deshalb durfte sie Gwen Patterson nicht verlieren.

Als sie nun mit der Blumenvase in der Hand den Korridor entlangging, hatte sie das Gefühl, diese Geste wäre lächerlich unangebracht. Was änderte sie schon? O'Dell fühlte sich vollkommen hilflos, weil sie absolut nicht wusste, was sie tun sollte.

Sie ließ sich mit dem Schlüssel selbst in Gwens Apartment und kündigte sich laut rufend an, als sie eintrat. Auf dem Weg zu Gwens Schlafzimmer überkamen sie peinigende Schuldgefühle, weil es ihr leichter fiel, mit Mördern und Toten umzugehen, als sich um jemanden zu kümmern, der ihr viel bedeutete. Sie hasste sich dafür, dass es ihr nichts ausmachte, ihren Urlaub abzubrechen, als Ben sie bat, nach North Carolina zu fahren. Ja, sie war fast erleichtert gewesen!

O'Dell war überrascht, Gwen allein und schlafend vorzufinden. Auf Zehenspitzen schlich sie zum Fenster, wo sie die Blumen zu den anderen auf der Fensterbank stellte. Sie hatte sich das Hirn zermartert, wie sie ihre Gefühle zum Ausdruck bringen könnte, und dies war das Einzige, was ihr eingefallen war.

»Callas«, sagte Gwen hinter ihr.

»Ich wollte dich nicht wecken.«

Gwen winkte ab und wies zum Stuhl neben ihrem

Bett. O'Dell ging zu ihr und konnte nicht umhin zu bemerken, wie ausgelaugt und blass ihre Freundin aussah. Sie hatte sich immer noch nicht daran gewöhnt, Gwens rotblondes Haar so kurz geschnitten zu sehen – als Vorbereitung auf das, was kommen würde.

»Woher weißt du, dass ich Callas am liebsten mag?«

Es war das erste Lächeln, das O'Dell seit Tagen bei ihr sah. »Manche Dinge merke ich mir.«

»Du meinst andere Dinge als Einzelheiten über Mörder und Leichen?«

Nun musste O'Dell grinsen. Das vertraute Sticheln freute sie.

»Ich muss dich etwas fragen«, sagte O'Dell und setzte sich.

»Schon okay. Ich weiß es bereits.«

»Wovon redest du?«

»Kunze hat mich angerufen.«

»Er hat dich angerufen?«

»Er wollte wissen, wie es mir geht.«

»Reden wir hier über denselben Raymond Kunze?«

Wieder lächelte Gwen. Sie hatte letztes Frühjahr bei einem Fall mit ihm zusammengearbeitet, als Beraterin. Und O'Dell vermutete, dass Gwen großen Eindruck auf Kunze gemacht hatte. Den machte sie auf die meisten Männer, so wie Tully sich in sie verliebte, als sie gemeinsam an einem Fall arbeiteten. Aber dass Kunze tatsächlich anrief, um zu sehen, ob es in Ordnung war, wenn er einen seiner Agenten von Gwens Krankenbett abzog, übertraf alles, was O'Dell ihm jemals zugetraut hätte.

»Er hat versprochen, dass du nicht lange weg bist, höchstens wenige Tage. Irgendwas furchtbar Geheimes.

Leichen, die nach einem Erdrutsch auftauchen? Ich schätze mal, die kamen nicht in der Schlammlawine um, stimmt's?«

»Ja. Ein Toter hat eine Schusswunde. Sie glauben, dass das vor den ganzen Erdrutschen passiert ist.«

»Den ganzen Erdrutschen? Dann gab es mehrere? Können noch welche kommen?«

Ein Ausrutscher. O'Dell musste zurückrudern. Sie wollte nicht, dass Gwen sich Sorgen machte. Andererseits wusste sie, dass mit weiteren, wenn auch kleineren gerechnet wurde. Die Wetterbedingungen hatten sich nicht geändert; es regnete nach wie vor. Ein Teil des Bereichs, in dem eine der Leichen gefunden wurde, war bereits überflutet.

Anstatt ihrer Freundin irgendwas davon zu erzählen, sagte O'Dell: »Hey, ich bin schon mit Schlimmerem fertiggeworden. Es kann nicht so böse sein wie ein Hurrikan oder einen Serienmörder durch Friedhofstunnel zu jagen, nicht wahr?«

O'Dell wollte den Auftrag mit einem Scherz verharmlosen, aber ihre Freundin schmunzelte nicht. »Bei deinem letzten Außeneinsatz bist du in einer Skorpiongrube gelandet.«

Das ließ sich nicht leugnen. In manchen Nächten wachte O'Dell aus ihren regelmäßigen Albträumen auf und klatschte sich auf die Arme, klopfte ihr Haar ab. Sie müsste noch eine spezielle Schublade in ihrem Bewusstsein finden, in der sie das Gefühl wegsperren konnte, dass überall auf ihr Skorpione herumkrabbelten und sie wieder und wieder stachen.

»Mir passiert nichts«, sagte sie nun ernst.

Dann blickte sie ihrer Freundin in die Augen und erkannte, dass sie dasselbe dachte wie sie: Wie schnell sich mal wieder ihre Rollen verkehrt hatten. Aber für einige Tage wegzufahren und sich mit ein paar Leichen zu befassen, war nicht annähernd so hart wie das, womit ihre Freundin kämpfte. Es ging nicht um Leben und Tod, oder zumindest glaubte O'Dell es im Moment nicht.

»Machst du das nur, weil Ben dich gebeten hat?«, fragte Gwen.

»Er hat schon eine Menge für mich getan, ohne jemals eine Gegenleistung zu erwarten.«

»Wenn man jemanden sehr gern hat, erwartet man auch keine.«

O'Dell wusste, dass Gwen nicht gerade Bens größter Fan war. Sie fand, dass er Psychospiele mit O'Dell veranstaltete, indem er ihr erklärte, dass er keine Beziehung mit einer Frau haben konnte, die keine Kinder wollte. Gwen sagte, damit würde er sie nur auf die Probe stellen und zu einer Entscheidung drängen wollen.

O'Dell wollte das nicht hören. Also versuchte sie, das Thema zu wechseln und ertappte sich dabei, wie sie plötzlich sagte: »Apropos Skorpione, Ryder Creed arbeitet mit einem seiner Hunde am Unglücksort.«

»Ach ja?« Und nun lächelte ihre Freundin wieder. O'Dell hatte Gwen gestanden, dass sie den Mann anziehend fand, als sie zuletzt mit ihm arbeitete. »Tja, das macht die Sache allerdings interessant.«

22

Haywood County,
North Carolina

Creed sah Jason Eier und Speck in sich hineinschaufeln wie ein Mann, der wochenlang nichts gegessen hat. Er legte die Gabel nicht mal ab, um ein Brötchen oder das Wasserglas anzuheben. Unweigerlich dachte Creed, dass der Junge sich bereits einige schlechte einhändige Angewohnheiten zulegte. Zugleich bewunderte er Jasons Überlebenskunst.

Die Gemeinde hatte in der Schulturnhalle Feldbetten für die Rettungskräfte aufgestellt, gleich neben der Cafeteria. Freiwillige kochten dort, bemühten sich nach Kräften, sich an die Arbeitsschichten anzupassen, und gaben sogar Lunch-Pakete aus.

Creed und Jason saßen an einem Ecktisch etwas abseits, wo sie nebenher Grace und Bolo füttern konnten. Als er zu den Hunden hinabsah, stellte Creed fest, dass beide langsamer und manierlicher aßen als Jason. Creed nahm sich das letzte kleine Brötchen aus dem Plastikkorb, und Jason hielt lange genug inne, um ein bisschen beschämt dreinzublicken, weil er drei von den Brötchen verdrückt hatte und damit nur noch eines für Creed übrig blieb.

»Ich bin letzte Nacht fast durchgefahren«, versuchte Jason sich zu entschuldigen. »Und nach Mitternacht war nichts mehr offen.«

»Normalerweise gibt mir Hannah immer etwas mit.«

»O ja, sie hat mir Sandwiches und eine Thermoskanne Kaffee mitgegeben.«

Creed zog eine Braue hoch, doch nun war Jason damit beschäftigt, Butter auf sein letztes Brötchen zu streichen.

Beide Männer waren in den Zwanzigern – Creed Ende, Jason Anfang zwanzig. Doch trotz des geringen Altersunterschieds schienen sie Welten zu trennen – und das nicht bloß in punkto Appetit.

»Sie war ziemlich in Sorge um dich«, sagte Jason.

»Hannah macht sich immer zu viel Sorgen.«

»Sie wollte nicht mal, dass ich auf Dr. Parker warte. Sonst hätten wir zusammen fahren können.«

»Dr. Avelyn kommt her?«

»Ich glaube, sie ist von irgendeiner Organisation herbestellt worden, für die sie arbeitet.«

»VDRA«, sagte Creed. »Veterinarian Disaster Response Assistance, die tiermedizinische Katastrophenhilfe. Das ist gut, denn dann kann sie auch bei der Dekontamination der Arbeitshunde mitmachen.«

»Stimmt. Ich habe heute Morgen ungefähr ein halbes Dutzend Hundeführer mit ihren Hunden ankommen gesehen.«

Creed hatte Hannah vor wenigen Jahren überzeugen können, dass sie einen eigenen Tierarzt brauchten. Avelyn Parker betrieb eine Gemeinschaftspraxis mit zwei anderen Tierärzten in Milton, Florida. Und als Creed eine Praxis auf seinem Gelände einrichtete, konnte er sie überreden, mindestens zwei Nachmittage die Woche dort zu sein. Creed zahlte ihr eine großzügige Monatspauschale, die auch Notfälle abdeckte.

Es war einfach sinnvoller, einen Tierarzt vor Ort zu

haben, anstatt die Hunde dauernd für Kleinigkeiten hin und her zu fahren. Allerdings ließ Dr. Avelyn sich nicht davon abbringen, ihren Posten als Freiwillige bei der Hilfsorganisation beizubehalten und jederzeit in Bereitschaft zu sein. Die VDRA war eine von vielen Organisationen, die Veterinäre in Katastrophengebiete wie dieses schickten. Dort richteten sie Dekontaminationsstationen ein und standen bereit, verletzte Arbeitshunde zu behandeln. Genauso waren sie auch für Tiere da, die bei den Unglücken selbst verletzt wurden – wie die Hündin, die Vances Crew in dem Wagen gefunden hatte.

Bei dem Gedanken an die arme, verängstigte Hündin sagte Creed: »Hannah hätte dir Grace nicht mitgeben dürfen.« Er sah nach unten, und natürlich blickte die Terrierhündin zu ihm auf, als ihr Name fiel. Er streichelte sie und sprach möglichst gelassen, damit sie seine Sorge nicht hörte. »Sie ist zu klein für solch ein Terrain.«

»Ich glaube nicht, dass Hannah sie zum Arbeiten mitgeschickt hat. Sie meinte, sie vermisst dich sehr.«

Genau das hatte Hannah auch zu Creed gesagt, als sie vor knapp einer Stunde telefonierten. Allerdings hatte er den Verdacht, dass Hannah glaubte, er bräuchte Grace für sein seelisches Gleichgewicht dringender als die Hündin ihn. Und Creed konnte nicht leugnen, dass sie ihm guttat. Er hatte eine besondere Beziehung zu jedem seiner Hunde, aber Grace – oder, wie Hannah sie gern nannte, »Amazing Grace« – schien Dinge in Creed hervorzukitzeln, von deren Existenz er selbst nichts wusste.

»Ich mag diesen Typen nicht, diesen Peter Logan«, hatte Hannah ihm vorher gesagt, nachdem sie ihm von Logans Anruf gestern Abend erzählt hatte, bei dem er darauf bestand, dass K9 CrimeScents verpflichtet sei, Verstärkung zu schicken. Und zwar nur Sekunden nach der Nachricht, dass Creed unter einem Erdrutsch verschüttet gewesen war.

Creed war klar, dass Hannah ihm hier einen Ausweg anbot. Sie würde das Geschäftliche regeln, falls er den Auftrag abblasen wollte. Doch wenn Logan glaubte, dass Creed eine Schuld zu begleichen hätte, würde er das niemals zulassen.

Eine von den Cafeteria-Frauen kam mit einer Kaffeekanne und schenkte ihnen ungefragt nach.

»Kann ich euch sonst noch was bringen?«

»Danke, nein, alles gut«, sagte Creed und warf Jason einen warnenden Blick zu, als der zum leeren Brötchenkorb sah. »Das war sehr köstlich«, ergänzte er zu der Frau, deren vielzählige Falten sich zu einem Lächeln kräuselten.

»Was ist mit den Hunden? Sicher haben wir noch ein paar Schinkenknochen in der Küche.«

»Das ist sehr freundlich, aber meine Hunde bekommen nur ganz spezielles Futter.«

»Ach so, ja, daran hatte ich gar nicht gedacht. Wir haben gehört, dass Sie gestern da oben mit der letzten Schlammlawine mitgerissen wurden.«

Sie zeigte auf die Schnittverletzungen in Creeds Gesicht. Die Sanitäter sagten, der Schnitt über dem Auge müsste wahrscheinlich genäht werden, schlossen ihn aber mit einem Schmetterlingspflaster, weil sich so dicht am Auge keiner von ihnen mit Nadel und Faden an die Stelle traute.

»Wir sind so froh, dass Sie hier sind! Falls Sie irgendwas brauchen, schreien Sie einfach. Ich bin Agnes und für den ganzen Einsatz dabei.«

Er nickte dankend, und sie ging zum nächsten Tisch weiter.

Creed hatte beinahe eine Stunde unter der Dusche verbracht, um sich wiederherzustellen, während er all die blauen Flecken, Schürfungen und Schnitte ignorierte. Es fühlte sich immer noch so an, als hätte er Schlamm in den Ohren und Kiesel in den Augen. Seine Brust tat weh, weil vermutlich ein oder zwei Rippen gebrochen waren. Der Sanitäter hatte ihn nach der Dusche verbunden, und jetzt drückte ihm der Verband den Brustkorb ein. Doch da es nicht seine ersten Rippenbrüche waren, würde er einen Teufel tun, an dem Verband zu rühren.

Er setzte sich anders hin und musste wohl vor Schmerz das Gesicht verzogen haben, denn nun beobachtete Jason ihn. Er hatte endlich aufgegessen und trank seinen Kaffee. Trank ihn, wohlgemerkt, und stürzte ihn nicht herunter. Vielleicht bestand noch Hoffnung für den Jungen.

»Und wie war es?«, fragte Jason.

»Mir die Rippen zu brechen?«

»Nein, lebendig begraben zu sein.«

23

So hatte Creed es gar nicht betrachtet. Bis jetzt jedenfalls nicht. »Lebendig begraben« das klang so … endgültig.

Er griff nach seinem Steingutbecher und schlang die Finger um ihn, anstatt ihn beim Henkel zu nehmen. Der Kaffee roch stark und gut, so, wie er ihn mochte. Er trank einen Schluck, ließ sich Zeit mit der Antwort, und als er wieder über den Tisch blickte, wartete Jason ruhig ab, gab ihm die Chance zu überlegen.

»Nachdem ich aufgehört hatte, dagegen zu kämpfen, war es fast friedlich.«

»Als würde man einschlafen?«

»Ja, aber ohne Träume. Eher mit Halluzinationen.«

Beide schwiegen eine Weile, dann fragte Jason: »Glaubst du, so ist Sterben?«

»Kann sein. Hast du das bei deinem Arm nicht so empfunden?«

Creed wusste, dass Jason dem Tode nahe gewesen sein musste, als er eine Explosion überlebte, bei der ihm die untere Hälfte seines Arms buchstäblich abgerissen wurde.

Jason schüttelte den Kopf. »Ich war wohl eher in einem Schockzustand. Alles lief wie in Zeitlupe ab. Dass mein Arm weg war, habe ich erst kapiert, als ich später im Krankenhaus aufwachte.«

So war es für Creed auch gewesen. Eben griff Jabar

nach der Schnur an seiner Sprengstoffweste, dann wachte Creed in einem Krankenhaus auf und tastete nach Rufus. Er schrie nach ihm und wollte aus dem Bett steigen, um seinen Hund zu suchen. Aber Rufus war nicht verwundet worden. Creed hatte ihn mit seinem Körper abgeschirmt, und das so gut, dass man Rufus einem anderen Hundeführer zugeteilt und ihn wieder zurück an die Arbeit geschickt hatte. So war es beim Militär zu der Zeit üblich. Hunde galten als Ausrüstung und bekamen Nummern, die man ihnen in die Ohren einbrannte. Rufus war N103 und diensttauglich gewesen.

All das wusste Creed nur zu gut. Er war bereit gewesen, wieder in den Einsatz zu ziehen, nur damit Rufus und er zusammenbleiben konnten. Und ein dämliches Kind, dem Peter Logan zu kommen und zu gehen erlaubt hatte, wie es wollte, hatte alles torpediert.

»Meinst du, dass es auch so friedlich ist, wenn man es plant?«, unterbrach Jason Creeds Gedanken. »Du weißt schon, einfach einschlafen?«

Creed hatte den Faden verloren. »Wenn man was plant?«

»Den Tod.«

»Meinst du Selbstmord?«

»Ich kenne allein fünf Typen, mit denen ich gedient habe – vielleicht mehr. Zu einigen habe ich den Kontakt verloren. Wir haben so viel durchgemacht, haben jeden Tag da drüben unser Leben riskiert. Wir konnten es gar nicht erwarten, nach Hause zu kommen. Aber dann waren sie wieder hier und steckten sich ihre Gewehre in den Mund oder schluckten eine ganze Packung Tabletten. Einer hat es sogar fertiggebracht, sich aufzuhängen.«

Creed sah Jason über den Becherrand hinweg an. Er

musste nicht fragen; sicher hatte der Junge schon selbst daran gedacht. Hannah hatte Jason im Segway House kennengelernt, wo zurückkehrende Soldaten aufgenommen wurden, die sonst nirgends hin oder es sich aus dem einen oder andern Grund nicht leisten konnten, ihr vorheriges Leben wieder aufzunehmen. Von Jasons Lebensumständen wusste er nichts, weil er nie gefragt hatte. Creed fand, das müsste er nicht wissen. Sie hatten ihn eingestellt, damit er einen Job erledigte, boten ihm eine Chance zu lernen, wie man Hunde trainierte. Und sie stellten ihm einen großen Wohnwagen auf dem Gelände zur Verfügung. Falls der Junge eine Therapie suchte, hätte er im Segway House bleiben sollen oder zumindest mit Hannah reden, nicht mit Creed.

Anstatt ihm genau das zu sagen, erzählte Creed: »Mein Vater beging Selbstmord.«

Jason starrte ihn an. Es war nicht das, was der Junge erwartet hatte, aber er wirkte nicht besonders erschüttert. Schließlich nickte er und fragte: »Wegen deiner Schwester?«

Nun war Creed überrascht. »Woher weißt du von meiner Schwester? Hat Hannah es dir erzählt?«

Jason verneinte. »Das musste sie nicht. Man braucht bloß deinen Namen zu googeln.«

Creeds Schwester Brodie war mit elf Jahren spurlos verschwunden. Creed war damals vierzehn gewesen und mit seinem Dad und seiner Schwester auf der Rückfahrt von einem Besuch bei der Großmutter. Seine Mom war geblieben, um sich um die kranke Großmutter zu kümmern. Sie hielten auf einem belebten Rastplatz, weil Brodie mal musste. Creeds letztes Bild von seiner Schwester war, wie sie durch den Regen hüpfte; die Pfützen glänzten orangefarben und neonrot im Licht der Lkw-Scheinwerfer und Bremslichter.

»Wie hat er es gemacht?«

Der Junge hatte wirklich keine Manieren.

Creed sah nach unten, wo Grace und Bolo zu seinen Füßen lagen. Grace beobachtete ihn allerdings. Von all seinen Hunden schien sie besonders feinfühlig, was seine Stimmung betraf. Und jetzt sah sie ängstlich aus. Er hielt seine rechte Hand nach unten, und Grace stupste sie an.

Nun erkannte Jason seinen Fehler. »Entschuldige. Mir kommt es nur vor, wenn Menschen mehr darüber sprechen, tun sie es nicht wirklich.«

»Und du denkst darüber nach, es zu tun?«

Eine weitere Rettungscrew kam in die Cafeteria, was mehr Lärm und Ablenkung zur Folge hatte, doch Jason sah nach wie vor Creed an, und Creed konnte die Antwort an seinen Augen ablesen.

»Du hast von mir einen Welpen angenommen«, sagte Creed zu ihm, beugte sich ein wenig nach unten und kraulte Grace hinter den Ohren. »Ich dachte, du würdest bleiben wollen, um für ihn zu sorgen.«

»Bloß für einen Hund?«, kam halb schnaubend, halb lachend, als hielte er es für einen Scherz.

»Es gab schon Zeiten, in denen diese Hunde für mich der einzige Grund waren weiterzumachen.«

Jason wurde sehr still und beäugte Creed ungläubig, als wartete er immer noch auf eine Pointe.

»Du schuldest Hannah nichts, und ganz sicher bist du mir nichts schuldig, aber du hast eine Verpflichtung gegenüber Scout. Ja, auch wenn er nur ein Hund ist.« Er setzte sich wieder auf, lehnte die Ellbogen auf den Tisch und schlang erneut die Hände um seinen Kaffeebecher. »Man nimmt einen Hund auf, verdient sich sein Vertrauen und seine bedingungslose Liebe. Falls du es für möglich hältst, dass du nicht bleibst, musst du ihn mir zurückgeben.«

»Ernsthaft?«

Creed sah ihn an. Offensichtlich war auch Jason bewusst, dass Creed ihn vor eine Entscheidung stellte, egal wie sehr er sich bemühte, sie als lachhaft abzutun.

»Ja, ernsthaft. Die meisten meiner Hunde wurden schon auf die eine oder andere Art im Stich gelassen. Und vergiss nicht, dass dieser Welpe mit seinen Geschwistern in einen Sack geknotet war, als wir ihn fanden, und im Fluss ersäuft werden sollte. Falls du planst, dich auszuknipsen und den Hund wieder alleinzulassen, gib ihn mir lieber gleich zurück.«

Jasons Augen schweiften ab, und plötzlich schien er sehr interessiert an den Rettungskräften, die ihre Ausrüstung ablegten und mit Tabletts und Besteck klapperten. Als er wieder zu Creed blickte, wirkte er bloß neugierig. »Hast du gesehen, wie dein Dad es gemacht hat?«

Creed fragte sich, ob der Junge ihm eigentlich zugehört hatte. Falls ja, nahm er ihn eindeutig nicht ernst.

»Nein«, antwortete er, »aber ich war es, der ihn fand.«

Creed bemerkte, dass Oliver Vance hereinkam. Als er Creed entdeckte, winkte er ihm zu. Auch er legte seine Ausrüstung ab, und obwohl er ein Hüne von einem Mann war, sah er hinterher halbwegs normal aus. Er war auf dem Weg zu ihnen.

Creed stellte seinen Becher betont entschlossen hin und sagte zu Jason: »Zeit zu arbeiten.«

»Wie geht es Ihnen?«, fragte Vance und zog sich einen Metallklappstuhl heran. Er schwang ein Bein über die Sitzfläche, als würde er auf ein Pferd steigen, und lehnte die Arme auf die Rückenlehne.

»Ich fühle mich, als wäre ich einen Berg runtergepurzelt«, sagte Creed.

Der große Mann lachte dröhnend. »Genau genommen ist der Berg über Sie gepurzelt.«

»Oliver Vance, dies ist einer meiner Trainer, Jason Seaver.«

»Sagen Sie Ollie«, sagte Vance, streckte Jason die Hand hin und zuckte nicht mal mit der Wimper, als er feststellte, dass Jason keine rechte Hand hatte, sondern bot einfach seine linke an.

Dann sah er wieder zu Creed und kam direkt zur Sache: »Ich habe gehört, dass Ihr Mr. Logan Sie wieder da oben haben will, um die Leichen zu bergen, die wir gefunden haben. Gestern Abend haben wir noch zwei Leute lebend aus den Trümmern ihres Hauses gezogen. Sie sind ziemlich schwer verletzt, haben aber gute Überlebenschancen.«

»Das ist super«, sagte Jason.

Vance sah weiterhin Creed an. »Eben bekamen wir Nachricht, dass eine Zweiundachtzigjährige aus der Hillcrest-Siedlung auf der anderen Seite der Brücke seit der ersten Nacht vermisst wird. Dort drüben sind sie stellenweise überflutet worden, aber die Häuser sind noch intakt. Keines der Grundstücke war vom Erdrutsch betroffen. Die alte Frau ist dement, und sie glauben, dass sie losgewandert ist, um nach ihrer Tochter zu suchen. Die beiden leben zusammen, und die Tochter steckte in dem heftigen Regenguss fest, weshalb sie erst spät nach Hause kam. Dort stand die Haustür offen. Die Familie hat den Wald abgesucht, aber keine Spur von ihr. Inzwischen ist sie schon seit zwei Nächten da draußen im Dunkeln allein, verwirrt und verirrt. Heute Nacht soll es auch noch kälter werden, also können wir ›unterkühlt‹ mit auf die Liste setzen.«

»Falls sie noch am Leben ist«, sagte Creed.

»Stimmt. Ich habe ein paar Stunden, ehe ich wieder an die Arbeit muss. Deshalb dachte ich, ich fahre mal rüber.« Vance schaute sich in der Cafeteria um. Eine Gruppe brach gerade auf und winkte ihm zu. Er winkte zurück. »Tja, sie hätte jedenfalls eine reelle Chance, lebend gefunden zu werden, wenn wir mit einem Ihrer Hunde suchen. Falls sie denn noch lebt. Diese Leichen, die Sie für Logan finden sollen … Na ja, Sie werden von ihm bezahlt und müssen Ihren Job machen.« Erneut sah er sich um, als rechnete er damit, dass Logan jeden Augenblick aufkreuzte. Dann blickte er Creed in die Augen und sagte: »Ich meine nur, dass diese toten Typen nicht weglaufen. Vielleicht können die noch ein bisschen warten.«

24

Washington, D. C.

Frankie Sadowski hasste es zu warten. Er hatte Schmetterlinge im Bauch, und seine Hände, die sich an die Hutkrempe klammerten, schwitzten wie verrückt. Seine Tochter Susan saß still neben ihm. Sie waren gebeten worden, draußen vor dem Anhörungssaal zu warten, und Frankie bemühte sich, ganz auf den Grund konzentriert zu bleiben, aus dem er hier war und dies hier tat.

Alles hatte mit dem Veteranentreffen begonnen. Inzwischen waren sie alte Männer geworden, die über unterschiedliche Gesundheitsprobleme klagten, als wären ihre Operationen so etwas wie Auszeichnungen. Frankie hatte nur geschmunzelt. Früher mal hatte dieselbe Gruppe mit ihren Kindern geprahlt, ihren Beförderungen oder gar dem Golf-Handicap. Jetzt war es nur noch eine Litanei von Gebrechen. Es dauerte nicht lange, bis die acht Männer erkannten, dass sich ihre Beschwerden auffällig deckten: Atemwegsinfektionen, chronische Atemwegsleiden und Lungenfibrose. Duke Hutchins hatte schon fünf Bypassoperationen, und Calvin Clark bereitete sich auf seine vierte vor.

Zunächst hatten sie bloß gelacht, doch gegen Ende des Abends stießen sie sich gegenseitig mit den Ellbogen an und äußerten flüsternd ihren Verdacht. Konnte es sein, dass ihre Zeit im aktiven Dienst etwas mit den vielen Krankheiten zu tun hatte?

Frankie hatte Susan davon erzählt, die Krankenschwester war. Und sie meinte sofort, dass es ein zu seltsamer Zufall sei. Sie fing an nachzuforschen. Von SHAD hatte Frankie noch nie zuvor gehört, und Susan musste ihm erklären, dass es die Abkürzung für »Shipboard Hazard and Defense« war – »Gefahr und Verteidigung an Bord«. Die Tests gehörten zu Projekt 112 und wurden von 1962 bis 1974 heimlich durchgeführt. Susan erzählte ihm auch von anderen erkrankten Veteranen.

Natürlich leugnete die Regierung, dass solche Tests stattgefunden hatten … bis 2002. Und seitdem hielt der Kongress Anhörungen ab, wurde eine Studie nach der anderen in Auftrag gegeben und wurden Gesetzesentwürfe formuliert. Wodurch immer wieder aufgeschoben wurde, etwas für die betroffenen Ex-Marines zu tun. Und der VA – die Veterans Administration, zuständig für Versorgungsansprüche von Kriegsveteranen – wurde ein prima Vorwand geliefert, den Betroffenen keinerlei Entschädigungen zu zahlen.

Frankie hatte angenommen, dass sie die Geschichte weiter hinauszögern wollten, bis sie alle tot waren. Er hatte keine Ahnung, wie es gelungen war, das Thema wiederzubeleben, aber jetzt gab es eine erneute Anhörung und damit eine Chance, für seine Freunde ein bisschen Hilfe zu erlangen.

Frankies Kameraden hatten ihn ihren Kreuzritter getauft, ihm auf die Schulter geklopft und viel Glück gewünscht. Sie hatten sogar alle gesammelt, um seinen Flug nach D. C. zu bezahlen. Das wiederum behagte ihm nicht sonderlich, denn keiner von ihnen hatte Geld zu verschenken. Und er hatte weder um das Geld noch um ihr Vertrauen gebeten. Er wollte schlicht Antworten und dass seine Freunde endlich bekamen, was ihnen zustand.

Frankie begann zu husten, und Susan gab ihm eine Flasche Wasser. Er nahm sie und trank einen Schluck. Der Husten war schlimmer geworden. Susan hatte er nichts von dem Blut erzählt, das er neulich ausgewürgt hatte. Und im Segway House fürchtete er ständig, dass Hannah etwas bemerkte; ihre kleine Hündin Grace konnte seinen Krebs offensichtlich riechen. Kaum hatte Hannah ihm erzählt, dass Grace dazu fähig war, hatte Frankie bemerkt, wie Grace ihn lange und aufmerksam ansah.

So oder so ging es Frankie jetzt nur noch darum, ob er Gus und den anderen helfen konnte, damit sich dies hier gelohnt hatte. Und er dachte an Gus' Sorge um seinen Enkel. Der Junge war ohne eine Hand aus Afghanistan zurückgekommen. Was Frankie und seine Kameraden durchgemacht hatten, mochte ihnen einiges an Krankheiten eingetragen haben, aber wenigstens waren sie noch in einem Stück. Er wollte sich nicht mal vorstellen, wie es sein musste, mit nur einer Hand auszukommen.

Vielleicht war es dumm von ihnen, sich auf blöde Regierungstests zu fixieren, die über sechzig Jahre geheim gehalten wurden. Auch Gus hatte schon gesagt, wenn die so lange geheim halten konnten, wer Kennedy ermordete hatte, wie kamen sie dann auf die Idee, sie könnten Projekt 112 ans Tageslicht bringen?

Bei dem Gedanken an seinen Freund schüttelte Frankie den Kopf. Gus hatte auch nicht mehr lange zu leben, was Frankie allerdings nicht etwa wusste, weil Gus es ihm erzählt hatte. Er war nicht mal sicher, ob Gus selbst es wusste. Und Frankie wusste es keineswegs von seiner

Tochter, die auf Gus' Station arbeitete. Sie würde niemals solche Informationen an ihren Vater weitergeben.

Nein, Frankie wusste, dass Gus starb, weil der Kerl von der Regierung es ihm gesagt hatte. Der Mann, der ihn vor einer Woche besuchte und ihm erklärte, was Frankie während der Anhörung sagen solle und was lieber nicht.

Frankie und seinen Freunden war klar, dass die Regierung versuchen würde, sie von einer Aussage abzubringen. Sie stritten sich mittlerweile seit Jahren mit der VA. Und sie wussten, dass es andere gab, die diesen Kampf schon viel länger fochten. Ihnen allen waren Entschädigungen zunächst mit der Begründung verweigert worden, dass es die Projekte 112 und SHAD überhaupt nie gegeben habe. Dann waren die von der Regierung beauftragten Studien zu dem Ergebnis gekommen, bei den Projekten wäre kein militärisches Personal zu Schaden gekommen. Selbstverständlich lieferten diese Studien keinerlei Beweise, trotz gegenteiliger Ergebnisse in zivilen Studien.

Folglich war Frankie wenig überrascht, als ihn jemand besuchte und seine Aussage manipulieren wollte. Es war ihm egal. Um sich selbst brauchte er sich keine Sorgen mehr zu machen, doch er wollte nicht, dass die anderen sich ängstigten, weshalb er Gus nichts von dem Mann erzählt hatte. Susan auch nicht. Tatsächlich hatte er keinem Menschen etwas davon erzählt.

25

Senatorin Ellie Delanor versuchte, sich nicht von den Reportern und den Kameras ablenken zu lassen. Sie drängten sich unten in dem engen Bereich zwischen den Senatoren auf dem Podium und dem Tisch, an dem die Zeugen aussagen sollten. Einige sahen lächerlich aus, wie sie auf dem Boden hockten und ihre Kameras mit den ellenlangen Objektiven balancierten. Aber Ellie verbarg ihre Schadenfreude, weil sie es so unbequem hatten. Sie war froh, dass die Linsen ausnahmsweise auf jemand anderen gerichtet waren.

»Um das Projekt 112 richtig zu verstehen«, erklärte Dr. Hess vor dem Ausschuss, als sei er ein Professor vor bewunderndem Publikum, kein vorgeladener Experte, »muss man die Weltlage zu jener Zeit berücksichtigen. Nach dem Zweiten Weltkrieg herrschte tiefes, fast lähmendes Misstrauen. Russland war aus purer Notwendigkeit zum Verbündeten geworden, und hinterher konnten die Russen es gar nicht erwarten, die Kriegsbeute zu teilen. Wir bekamen hauptsächlich die deutschen Wissenschaftler mit ihrem Knowhow, und die Russen schnappten sich die Labore, die sie Stück für Stück auseinandernahmen und innerhalb ihrer Grenzen wieder aufbauten. Wir hatten keine Ahnung, was sich noch in diesen Laboren befunden hatte.«

Er griff nach seinem Wasserglas und nahm einen

Schluck, um dem Ausschuss Zeit zu lassen, den letzten Satz zu verdauen. Als Senator John Quincy etwas sagen wollte, hob Dr. Hess den Zeigefinger, und der Senator schloss den Mund gleich wieder.

Ellie konnte nicht umhin, die autoritäre Ausstrahlung des Colonels zu bewundern. Auf den ersten Blick wirkte er wie ein trübsinniger alter Mann, dessen Schultern vom Gewicht der vielen Orden an seiner Gala-Uniform nach unten gezogen wurden. Sein Haar war so schütter, dass es kaum mehr die Altersflecken auf seiner Kopfhaut bedeckte, von denen auch seine Hände übersät waren. Aber etwas an ihm – die stechend blauen Augen, die selbstbewussten Gesten – flößte Respekt ein.

»Wir wussten, dass die Russen uns in der chemischen und biologischen Kriegsführung weit voraus waren. Der Kalte Krieg war etwas, womit keiner von uns Erfahrung hatte. Zwei Staaten, die imstande waren, sich buchstäblich gegenseitig auszulöschen und alle anderen mit sich in den Tod zu reißen. Wir alle suchten nach Alternativen zu Atomwaffen. Präsident Kennedy befahl seinem Verteidigungsminister, Robert McNamara …«

»Bei allem gebührenden Respekt, Colonel Hess«, unterbrach Senator Quincy ihn und schaffte es diesmal, den strengen Blick zu ignorieren, »ich glaube nicht, dass wir Sie heute hergebeten haben, damit Sie uns Geschichtsunterricht erteilen.«

Hier und da wurde nervös gelächelt und genickt, als die Kameras herumschwenkten. Sogar die Reporter schienen auf eine Konfrontation zu warten.

»Wie alt waren Sie 1962, Mr. Quincy?«

»Ich denke nicht, dass das relevant ist. Aber gewiss

nicht alt genug, um mich zum Militär zu melden, falls Sie darauf hinauswollen.«

»Ich vermute, Sie gingen in die Grundschule.«

»Falls Sie es unbedingt wissen wollen, ich war fünf. Noch nicht ganz im Schulalter.«

»Ah, verstehe. Das erklärt einiges.« Hess nickte lächelnd, und Senator Quincy sah auf einmal verlegen aus, als hätte er einen Witz nicht verstanden. »Dann haben Sie die Schulübungen der 1960er nicht mehr mitbekommen, als Schüler darauf gedrillt worden waren, sich bei Sirenenalarm unter die Schreibpulte zu hocken. Wahrscheinlich erinnern Sie sich nicht an die Abendnachrichten mit Bildern von Soldaten, die sich durch den Dschungel kämpften, oder den täglichen Gefallenenzahlen aus Vietnam. Sie haben keine Ahnung, Mr. Quincy, welche Angst und Panik zu jener Zeit herrschte, weil Sie noch ein Kind waren. Aber lassen Sie sich von mir, der ich dabei war und half, uns für eine neue Generation von Bedrohungen vorzubereiten, sagen, dass wir uns in einem Wettlauf um unser Leben befanden.«

Ellie schwieg, wie auch die anderen Senatoren. Sie war erst zehn Jahre später geboren worden. Von den wenigen Hausaufgaben, die sie gemacht hatte, wusste sie, dass das Projekt 112 zwischen 1962 und 1974 existierte. Und so, wie es Ellie einschätzte, waren diese Anhörungen vor allem Show. Veteranen, die unwissentlich in das Projekt einbezogen wurden, versuchten schon seit 2002, seit das Verteidigungsministerium endlich die Existenz des Projekts eingestanden hatte, eine Entschädigung für ihre Krankheiten und Behandlungskosten zu erstreiten.

Es hatte schon Anhörungen gegeben, die Studien vorstellten, aber nichts bewirkten. Ein Gesetzesentwurf hatte

2008 das Repräsentantenhaus passiert, um dann im Senat zu scheitern. Vielleicht hatte Ellie sich deshalb die Mühe gespart, mehr als die grundlegenden Fakten einzuholen. Sie ahnte schon, dass auch diese Anhörung nichts als Theater wäre. Genau darum wollte sie in diesen Ausschuss. Sie musste den Eindruck erwecken, für die Veteranen unter den Wählern zu kämpfen, ohne sich ernsthaft in irgendeine Kontroverse zu verstricken, die bestimmte Kongressmitglieder gegen sie aufbringen könnte. Es war eine sichere politische Wette für eine wackelnde Amtsinhaberin, die aussehen musste, als würde sie sich für ihre Wähler einsetzen.

»Diese Tests, über die sich eine Handvoll Veteranen fast vierzig bis fünfzig Jahre später beklagen, wurden nicht mit der Absicht durchgeführt, ihnen zu schaden. Sie sollten ermitteln, wie angreifbar amerikanische Kriegsschiffe für chemische und biologische Kampfstoffe waren, von denen wir wussten, dass sie weit mehr als nur unsere Soldaten vernichten könnten, würden sie vom Feind eingesetzt. Diese Waffen könnten ganze Städte auslöschen. Also verzeihen Sie mir, Senator Quincy, wenn ich insistiere, dass ein wenig Geschichtsverständnis in dieser Angelegenheit wichtig ist.«

Ohne die Stimme zu erheben, war es Hess gelungen, den ganzen Raum zum Verstummen zu bringen. Ausgenommen das Klicken der Kameras. Hess kostete es aus, wartete geduldig ab, während er Quincy so frostig ansah, dass der unruhig auf seinem Stuhl hin und her rutschte. Ellie sah, wie er leicht an seinem Kragen zupfte, als drohte er an dem zu ersticken, was er nun sagte: »Gewiss, fahren Sie bitte fort.«

26

Haywood County,
North Carolina

Daniel Tate hatte ein ganzes Tunnelsystem entdeckt. Rissige Wände und zersplittertes Mobiliar machten es zu einem Hindernisparcours, von den vielen Kabeln und Drähten, die in Bündeln herabhingen oder sich von einer Seite zur anderen spannten, ganz zu schweigen. Deckenplatten hingen halb nach unten, und an einigen Stellen konnte Tate bis nach oben zu den Wolken sehen. Er stieg über geborstene Rohre, aus denen eine eklige Abwasserschlacke spritzte.

Das war gar nichts.

Er war schon durch viel Schlimmeres gewatet – ein zerbombtes Dorf außerhalb von Bagdad. Er erinnerte sich, wie seine Stiefelsohlen auf den verkohlten Überresten geschmolzen waren. So lange er lebte, würde er nie den Geruch von verbranntem Fleisch vergessen.

Vorhin in dem eingestürzten Lagerraum hatte er den Jackpot geknackt. Er hatte ein Nachtsichtgerät gefunden, etwas, das wie eine kugelsichere Weste aussah, nur leichter war, und einen Helm mit Stirnlampe, die sich per Schalter von LED auf Infrarot umstellen ließ. Der Helm und das Nachtsichtgerät ermöglichten ihm, alles zu sehen, ohne sich die Hände mit einer Taschenlampe zu blockieren. Denn seine Hände brauchte er, um auf dem Weg durch die Tunnelgänge Sachen beiseitezuschieben und zu ziehen.

Ein Paar Schuhe hatte er bisher allerdings noch nicht entdeckt. Er hatte Flaschen mit Alkohol gefunden und seine blutigen Füße gereinigt, indem er sie damit begoss, dass es brannte. Danach hatte er sie sorgfältig in elastische Verbände gewickelt. Wenn er nicht gehen – und notfalls rennen – könnte, würde es keine Rolle mehr spielen, was für Waffen er bei sich hatte.

Jetzt müsste er bloß noch dieses fiese Gefühl von tausend Stecknadeln in seiner Haut abstellen können. Seine Nase blutete immer wieder, selbst nachdem er sich Wattepads in die Nasenlöcher gestopft hatte. Und sein Herz raste so schnell, dass es sich anfühlte, als würden jeden Moment seine Rippen brechen.

Es war genügend Zeit vergangen, dass Tate diese Symptome auf die Nebenwirkungen des Mittels schob, das Dr. Shaw ihm gegeben hatte. Und er versuchte sich einzureden, dass sie von allein wieder verschwanden.

Als er ein Geräusch hörte, erstarrte er, neigte den Kopf und lauschte, ob er es identifizieren konnte. Inzwischen kannte er das Rülpsen in den Rohren und das Knacken in den Wänden, aber dies hier war anders. Lange musste er nicht warten, bis er es erneut hörte.

Es kam von irgendwo weiter vorn in dem Tunnel. Ein rhythmisches Klackern, dann knirschendes Glas.

Schritte!

27

»Sie haben aufgehört, nachdem sie die erste Leiche herauszogen und aus der Schusswunde gefolgert hatten, dass es sich um einen Tatort handeln könnte«, erklärte der Nationalgardist. Er blickte über die Schulter zurück, als er O'Dell und die Gerichtsmedizinerin durch den Schlamm führte. »Wir haben seit gestern Abend jemanden hier, der den Bereich sichert. Das einzige Problem ist, dass inzwischen ein Teil davon unter Wasser steht.«

Seine langen Beine machten es schwierig für ihn, langsam genug zu gehen, dass er nahe vor den beiden Frauen blieb. Die Hangneigung schien ihm nichts auszumachen, wohingegen O'Dell ausrutschte, als sie gerade glaubte, festen Halt mit den Füßen gefunden zu haben. Trotzdem streckte sie einen Arm aus, um der älteren Frau neben sich zu helfen.

Vermutlich wirkte die Frau wegen des leichten Humpelns gebrechlicher, als sie war. Sie schlug O'Dells Hilfsangebot aus und stapfte mit ihren großen Gummistiefeln weiter, die ihre Beine bis zu den Knien verschlangen.

Beim ersten Blick auf Dr. Gunther hatte O'Dell gedacht, dass sie hier das Ende der Fahnenstange erreicht hatten – sozusagen –, und alle fitteren Leute sich bei den Rettungsarbeiten aufgerieben hatten. Da mussten sich die Toten – zumindest diejenigen, die nicht mit dem Erdrutsch zusammenhingen – mit dem Personal begnügen, das noch übrig war.

Ben hatte das Ganze wie eine Top-Secret-Mission dargestellt. Dennoch hatte O'Dell seit ihrer Ankunft den Eindruck, dass das Team im Eilverfahren und willkürlich zusammengesucht worden war. Ihr wurde gesagt, dass Peter Logan noch in D.C. aufgehalten würde und seine Assistentin, Isabel Klein, sie abholen würde. Stattdessen war ein junger Nationalgardist namens Ross erschienen.

Dr. Gunther sah aus, als hätte sie selbst den Erdrutsch mitgemacht. Ihr langes graues Haar war mit einem Kopftuch nach hinten gebunden, doch einzelne Strähnen hingen ihr ins Gesicht. Das Tuch war im Nacken fest verknotet und in den Kragen ihrer ausgebeulten Jacke gesteckt, als wäre sie auf tödlich kalte Temperaturen vorbereitet. Für einen Moment hatte der Regen aufgehört, und unter dem grauen Himmel hing eine dicke Nebelwolke. Der Wind trug feuchtkühle Luft heran, jedoch nicht so kühle, dass es Dr. Gunthers Garderobe gerechtfertigt hätte.

Die Frau reichte O'Dell bis zum Kinn, und ihre weite Kleidung ließ sie noch dünner und kleiner wirken. Obwohl sie keinen Stock benutzte, humpelte sie eindeutig. Auch wenn sie damit alle etwas aufhielt, fühlte sie sich nicht zu einer Erklärung oder Entschuldigung veranlasst.

»Und wo ist die erste Leiche?«, fragte die Gerichtsmedizinerin.

Das verblüffte O'Dell. Sie hatte angenommen, dass Dr. Gunther bereits mit der Arbeit angefangen hatte.

»Soweit ich weiß, wurde eine provisorische Leichenhalle ein paar Blocks von der Highschool eingerichtet.«

»Ein paar Blocks von der Schule?« Sie runzelte die

Stirn und überlegte offenbar, welche Gebäude dort standen. »Sie meinen doch nicht Ralph's Schlachthaus, oder?«

Der Nationalgardist bekam rote Ohren. »Das weiß ich nicht, Ma'am. Mit der Bergung hatte ich nichts zu tun.«

Inzwischen waren sie oben auf dem Hang angekommen, und O'Dell konnte drei Gardisten sehen, die Ausrüstung aufbauten. Sie hatten schon zwei Zelte aufgestellt, von denen eines wohl für die sterblichen Überreste gedacht war. O'Dell konnte Wasser rauschen hören. Nur wenige Schritte entfernt strömte ein schmutziger Bach über Steine und Geröll.

Gardist Ross zeigte auf das Wasser und sagte: »Beim letzten Erdrutsch ist der aufgebrochen. Irgendwo darunter ist mindestens noch eine Leiche begraben.«

»Und hier war diese Forschungseinrichtung?«, fragte O'Dell, da einer der gefundenen Toten als Wissenschaftler aus der Einrichtung identifiziert wurde.

»Wie ich es verstanden habe, war die ungefähr eine halbe Meile weiter oben.« Er wies in die Richtung, wo nicht die Spur eines Gebäudes auszumachen war – nichts als Schutt und Schlamm.

»Wir suchen noch danach«, ergänzte Ross, als er bemerkte, dass O'Dell fragend hinsah. »Erdrutsche können Gebäude abtragen und Objekte verschieben – Fahrzeuge, Möbel, Leichen – und das über Meilen. Diese Leiche, die wir unter dem Wasser vermuten, muss nicht mal mehr da sein. Wir warten, dass die K9-Einheit sie aufspürt. Hoffentlich wurde sie nicht weiter hangabwärts gespült.«

»Ich dachte, die K9-Einheit sei schon hier?«, fragte O'Dell, die erwartet hatte, Ryder Creed zu sehen, und sich bemühte, nicht enttäuscht zu klingen.

»Genau genommen haben er und sein Hund die Leichen gestern gefunden. Aber dann brach die Hölle los. Soweit ich weiß, wurde er beim letzten Erdrutsch verschüttet, und wäre sein Hund nicht gewesen, hätten sie ihn vielleicht nicht mehr rechtzeitig gefunden.«

»Geht es ihm gut?«

»Muss wohl«, antwortete Ross und blickte auf sein Mobiltelefon. »Anscheinend schicken sie ihn wieder her.«

28

Creed musste mehrere Umwege machen, um zur Hillcrest-Siedlung zu gelangen. Vance hatte ihn gewarnt, dass einige Straßen und Brücken ein bisschen eingerissen sein könnten. Was sich als blanke Untertreibung herausstellte. Dichte Nebelschwaden hatten den Regen ersetzt, sodass Creed die klaffenden Löcher in der Straße erst sah, wenn er praktisch über ihnen war. Trotzdem war er froh, wieder in seinem Jeep Grand Cherokee zu sitzen. Und noch mehr freute ihn, Grace auf der Rückbank zu haben, die zwischen den Vordersitzen hindurch zur Straße sah und hin und wieder zu ihrem Herrchen. Die Kleine war aufgeregt, zurück an die Arbeit zu gehen.

Creed hatte eingepackt, was er für sich und Grace brauchte. Obwohl Jason darauf beharrte, dass Hannah die Hündin nicht in diesem Katastrophengebiet einsetzen wollte, hatte sie ihr doch eine Tasche mit Hundegeschirr nebst zwei grellpinken Quietschelefanten gepackt –, Graces Lieblingsbelohnung.

Vance hatte versprochen, dass sie dies hier still und leise erledigten. Er wollte Creed den Rücken freihalten, falls Logan Ärger machte. Sowieso war Creed erstaunt, dass Logan immer noch nicht in Haywood County war. Allerdings könnten sie so vielleicht dieser Familie helfen, ohne dass es weiter auffiel. An diese Möglichkeit glaubte er allerdings nicht mehr, als er den Übertragungswagen des Regionalfernsehens und das Kamerateam an der Straße vor dem Haus der Vermissten und ihrer Tochter sah.

Er parkte um die Ecke, wo das Nachbarhaus die Sicht auf ihn versperrte. Hier wollte er Grace ihre Weste anziehen und sich selbst einsatzbereit machen, bevor sie die Aufmerksamkeit auf sich zogen.

Hannah sagte ihm dauernd, dass Publicity gut sei. Über den Sommer hatte sie ihn sogar überzeugt, dass sie helfen könnte, seine Schwester Brodie zu finden. Vorausgesetzt Brodie lebte noch. Creed konnte nicht leugnen, dass allein diese vage Möglichkeit zu den Dingen zählte, die ihm jeden Morgen halfen, aus dem Bett zu steigen. Aber Grace und er hatten in den letzten Monaten wahrlich genug Publicity gehabt.

Okay, *er* hatte genug gehabt. Grace trippelte bereits schwanzwedelnd in Richtung Übertragungswagen. Creed beachtete das Kamerateam nicht mal, als es auf ihn zukam. Genauso wenig beachtete er die Reporterin, die ihm ein Mikrofon vor die Nase hielt.

»Was genau werden Sie und Ihr Hund tun, um Mrs. Hamlet zu finden?«

Dass er nicht antwortete und weiterging, schien sie nicht zu beirren.

»Sie wird seit fast achtundvierzig Stunden vermisst. Ist das ein Leichenspürhund? Heißt das, Sie glauben, die alte Frau ist tot?«

Creed sah Vance in einer Gruppe auf dem Rasen vorm Haus stehen. Als er Creed und Grace bemerkte, kam er zu ihnen geeilt.

»Ihr Hund ist ziemlich klein«, plapperte die Reporterin weiter, die immer noch vor Creed herlief. Er versuchte, höflich zu sein und sie und ihren Kameramann nicht aus dem Weg zu schubsen. »Holen Sie noch mehr Hunde?«

»Leute, bitte, lasst den Mann und seinen Hund durch, damit sie arbeiten können.« Vance trat zwischen Creed und die Frau, breitete die Arme aus, um den Weg freizumachen, und blockierte so das Fernsehteam.

Er führte Creed über den matschigen Rasen. Das abfließende Flutwasser hatte Steine, Äste, Fassadenteile und einige Dachschindeln zurückgelassen. Creed passte auf, dass Grace auf nichts Scharfkantiges trat. Sie zog an ihrer Leine, weil sie die Leute begrüßen wollte, die ihnen wartend entgegenblickten.

Ehe Vance sie vorstellen konnte, hatte Creed die trauernde Tochter schon ausgemacht. Die ganze Gruppe sah erschöpft aus, ihre Kleidung schlammverschmutzt, die Schultern eingefallen. Und die Tochter, Charlene, war eindeutig die Frau in der Mitte. Ihr kurzes blondes Haar war windzerzaust, und nasse Strähnen klebten an ihrer Stirn. Ihre Augen waren blutunterlaufen und die Tränensäcke darunter angeschwollen. Sie biss sich auf ihren Fingernagel, als Vance sie bekannt machte, und reichte Creed gedankenverloren ebendiese Hand.

»Wir haben überall gesucht«, sagte sie. »Und ich fürchte …«, mehr konnte sie nicht sagen, weil ihr wieder die Tränen kamen. Ein Mann hinter ihr kam näher und legte seine Hände auf ihre Schultern. »Das ist mein Bruder Lonnie.«

Der Mann reichte Creed nicht die Hand. Stattdessen beäugte er Grace misstrauisch und behielt die Hände auf

Charlenes Schultern, was eher beschützend als tröstend wirkte.

»Ich stelle mir immer wieder vor, dass sie verletzt ist«, fuhr Charlene fort. »Dass sie irgendwo unter heruntergestürzten Ästen liegt. Sie ist ja nur ein zartes Ding, wiegt keine hundert Pfund.« Sie wischte sich die Nase mit ihrem Jackenärmel und biss sich wieder auf den Fingernagel.

»Ich müsste Ihnen ein paar Fragen stellen«, sagte Creed und wartete, bis sie aufhörte, abwechselnd Grace, ihre Freunde und ihren Bruder anzusehen. Nun wanderte ihr Blick zum Wald, der am Ende der Sackgasse begann.

»Miss Hamlet?«

Schließlich sah sie ihn an, lächelte matt und sagte: »Nennen Sie mich Charlene.«

»Charlene, wie fortgeschritten ist die Demenz Ihrer Mutter? Sprechen wir über Alzheimer?«

»Im Frühstadium. Sie ist oft verwirrt, vergisst Sachen und erkennt niemanden außer mir.« Sie sah hinab zu ihrem Finger, der jetzt blutete. »An manchen Tagen bin ich nicht mal sicher, ob sie mich erkennt oder nur so tut.«

»Was macht sie, wenn sie verwirrt ist?«

Charlene musste überlegen, wobei sie die Nase rümpfte. »Manchmal setzt sie sich hin. Dann wieder läuft sie herum, fast als würde sie nach der richtigen Antwort suchen.«

»Geht sie jemals allein aus dem Haus?«

»Nein, nie.« Sie schüttelte den Kopf, um ihre Tränen zurückzuhalten. »Wahrscheinlich war sie um mich besorgt. Ich hatte versucht anzurufen, aber manchmal vergisst sie, was ein Telefon ist.« Sie sah sich zu ihrem Bruder um, als müsste sie ihn überzeugen. »Manchmal weiß sie nicht, woher das Klingeln kommt. Du weißt ja, wie schlecht sie hört.« Ihr Blick schweifte wieder zum Wald ab. »Ich weiß nicht mal, ob sie uns überhaupt rufen hört.«

Grace hockte sich geduldig vor Creeds Füße. Er sah hinunter und bemerkte, dass sie Charlene Hamlet anblickte, den Kopf von einer Seite zur anderen neigte, die Ohren nach vorn gerichtet. Sie hörte zu, als würde sie gleichfalls all die Informationen aufnehmen. Natürlich war sie vor allem auf die emotionale Verfassung der Frau fixiert.

Creed hatte Vance bereits erklärt, dass Grace auf Gerüche in der Luft spezialisiert war. Sie fand Tote anhand der besonderen Verwesungsgerüche, die jeder Mensch nach dem Tod absonderte. Und sie war auch als Rettungshund ausgebildet, wie Bolo. Lebende Menschen verströmten Geruchspartikel, von denen Millionen in die Luft aufstiegen und vom Wind weggetragen wurden oder sich an Objekten in der Umgebung ablagerten.

Die meisten verirrten oder gefangenen Leute landeten in abgelegenen Gegenden, wo sich sonst niemand aufhielt, weshalb es unerheblich war, ob Grace den Geruch einer Person von dem einer anderen unterscheiden konnte. Sie war schlicht trainiert, menschlichen Geruch zu finden. In diesem Fall jedoch waren schon Dutzende Leute durch den Wald gestreift und hatten nach Mrs. Hamlet gesucht. Sie hatten ihre Gerüche überall hinterlassen. Und anders als Fährtenhunde war Grace nie darauf trainiert worden, sich einen individuellen Geruch anhand eines Gegenstandes zeigen zu lassen, um dann nach genau dieser Person zu suchen.

Sehr wohl aber konnte sie Gerüche auseinanderhalten.

Damit war sie über den Sommer berühmt geworden, als sie Drogen in allem aufspürte, angefangen von Erdnussbuttergläsern bis hin zu dem Bauch einer Drogenkurierin. Und kürzlich hatte Creed mit der Arbeit begonnen, sie Gerüche verschiedener Krankheiten erkennen zu lassen, einschließlich Viren und Krebs.

Dennoch warnte er Vance, dass er nicht sicher war, ob sie dieser Aufgabe gewachsen wäre. Um Mrs. Hamlet zu finden, müsste Grace genau wissen, wie die Frau roch, unabhängig von allen anderen um sie herum, und dann begreifen, dass sie jenen Geruch finden musste – trotz Regen, Nebel und Wind, der ihre Geruchspartikel sonst wohin getragen haben konnte.

Als er wieder zu Charlene sah, starrte sie ihn an, genau wie der Rest der Gruppe. Sie warteten und hofften.

»Ist Ihre Mutter Rechts- oder Linkshänderin?«

»Was zum Teufel hat das mit irgendwas zu tun?«, fragte Lonnie gereizt.

Charlene blickte abwechselnd ihn und Creed an.

»Wenn jemand sich verirrt«, erklärte Creed ruhig, »bewegt er sich meistens in die Richtung seiner dominanten Hand. Rechtshänder gehen gewöhnlich eher nach rechts, Linkshänder nach links.«

»Auch wenn sie nicht mehr wissen, was rechts und links ist?«, fragte Lonnie. Creed sah ihm an, dass er dies hier jetzt schon für reine Zeitverschwendung hielt.

»Es geschieht unwillkürlich, ohne dass Erinnerungsvermögen oder bewusstes Nachdenken eine Rolle spielen. Sie gehen immer in dieselbe Richtung, sodass sie sich manchmal in einem vollständigen Kreis bewegen.«

»Sie ist Rechtshänderin«, sagte Charlene.

Alle sahen weiter Creed an und nur hin und wieder nach unten zu Grace oder zu Lonnie. Creed war daran gewöhnt. Die Leute waren entweder skeptisch, wie Lonnie, oder sie erwarteten eine Zaubervorführung und wollten, dass es losging.

»Ich müsste mit Grace ins Haus. Gibt es einen Sessel oder vielleicht sogar das Bett Ihrer Mutter, das nicht verändert wurde, seit sie zuletzt darin lag?«

»Sicher.«

Charlene wollte auf das Haus zugehen, doch Creed hielt sie zurück.

»Tut mir leid, aber Sie dürfen nicht mitkommen.«

»Wie bitte?«, fragte Lonnie und baute sich vor seiner Schwester auf, als wollte er Creed herausfordern.

Nun war auch das Misstrauen der anderen deutlich zu spüren. Sogar Vance warf ihm einen Blick zu.

Creed versuchte es zu erklären: »Ich fürchte, wenn Sie mitkommen, verwirrt es sie. Sie wohnen auch in dem Haus, also ist Ihr Geruch dort überall, aber Grace muss sich auf den Geruch Ihrer Mutter konzentrieren.«

»Genau«, sagte Lonnie. »Woher wissen wir, ob wir diesem Kerl trauen können?«

»Lonnie!« Charlene wurde rot. »Mr. Creed ist hier, weil ich Mr. Vance gebeten habe, ihn herzubringen.« Zu Creed sagte sie: »Es tut mir furchtbar leid.«

»Ich kann Ihnen nicht versprechen, dass es klappt«, sagte Creed. »Aber Grace hatte schon einige erstaunliche Funde.«

Charlene sah den Jack Russell an, als sähe sie die Hündin zum ersten Mal. Dann hockte sie sich hin, streckte Grace ihre Hand hin und kraulte sie.

Als sie sich wieder aufrichtete, sagte sie: »Der Fernsehsessel im Wohnzimmer ist Mutters. Auf dem liegt noch der Quilt, mit dem sie sich immer die Beine zudeckt. Und im ersten Stock ist ihr Schlafzimmer das erste rechts.«

Creed nickte und rief Grace. Auf dem Weg zur Haustür fühlte er die Blicke der anderen auf seinem Rücken. Grace lief tänzelnd neben ihm her, froh, durch ein paar Pfützen zu plantschen.

Creeds pochender Schädel und die schmerzende Brust erinnerten ihn an seinen Sturz, der keine vierundzwanzig Stunden zurücklag. Er hasste es, wenn Familien vor Ort waren. In fünfzig Prozent der Fälle musste er sie enttäuschen. Hoffentlich war dies keiner von ihnen.

29

»Das sind völlig unangemessene Bedingungen für die Bergung einer Leiche«, schalt Dr. Gunther die vier Nationalgardisten, die mit gesenkten Häuptern vor ihr standen, obgleich sie rein gar nichts für diese Bedingungen konnten.

O'Dell war beeindruckt und ein bisschen amüsiert, dass die kleine Frau – koboldhaft kam ihr in den Sinn – die großen, starken Soldaten derart einschüchtern konnte.

»Selbst wenn Mr. Creeds Hund den genauen Fundort anzeigt«, fuhr Dr. Gunther fort. »Wie sollen Agent O'Dell und ich denn die Überreste bergen? Sicher erwartet keiner von uns, dass wir in dieses Flutwasser waten und sie herausfischen, oder?«

O'Dell dachte dasselbe und wollte sich nicht mal vorstellen, wie die Strömung sie beide von den Füßen riss. Dabei hatte sie durchaus schon an seltsameren Orten bei Leichenbergungen geholfen. Diese Landschaft hier erinnerte sie an einen früheren Tatort, an dem zerstückelte Leichen in 50-Gallonen-Fässern in einer Felsspalte begraben gewesen waren.

Sie hatte schon viele Leichenfundorte gesehen, die in keinem Handbuch über das richtige Bergen von Leichen auftauchten. Entsprechend kam ihr Dr. Gunthers Vorwurf, dies hier seien »unangemessene Bedingungen«, ein bisschen albern vor. Aber sie wusste auch, dass Gerichtsmediziner und Pathologen oft sehr präzise und detailversessen waren, mit mehr Erfahrung im Labor als auf diesem Gebiet.

»Wir wurden angewiesen, die Stelle zu sichern und zu helfen«, verteidigte Ross sein Team.

»Natürlich wurden Sie das.« Sie war stoisch, machte aber keinen Hehl aus ihrer Verärgerung.

Nun blickte sie zu O'Dell auf. »Tja, Mr. Logans Boss sagte mir, dass Sie diese Bergungsaktion leiten. Was schlagen Sie vor?«

O'Dell sah zu dem rauschenden Wasser. An mehreren Stellen hatte es tiefe Löcher in den Schlamm gegraben, und hügelabwärts wurde der Sturzbach breiter. Schutt trieb mit dem Bach nach unten, und Äste, in denen sich Kabel verfangen hatten, schwammen an ihnen vorbei.

Es war nicht zu erkennen, wo der Bach oben entsprang, weil der Nebel zu dicht war. Eines jedoch wusste O'Dell genau: Es sah nicht so aus, als würde sich dieser Bach bald in ein Rinnsal verwandeln. Und wie um diesen Gedanken zu bestätigen, erklang leises Donnergrollen. Sie fühlte, dass Dr. Gunther sie anstarrte. Die Gardisten warteten geduldig auf ihre Antwort und weitere Instruktionen.

»Wir warten auf Mr. Creed und seinen Hund. Wenn sie uns einen kleinen Suchbereich anzeigen können, müssen wir allerdings immer noch dieses Wasser stauen oder umleiten.« Sie sah zu Ross. »Sie haben sicher irgendwas, mit dem Sie den Bach umleiten können, nicht?«

Er hielt sein Mobiltelefon in die Höhe und antwortete: »Da kann ich nachfragen.«

»Ja, machen Sie das.« Dann zeigte O'Dell zum Zelt

und sagte zu Dr. Gunther: »Sehen wir uns mal die Überreste an, die nicht unter Wasser sind.«

Die ältere Frau nickte und begann, in Richtung Zelt zu humpeln. Ross beendete seine Textnachricht und folgte ihr. O'Dell ging neben ihm her.

»Haben Sie die Überreste gesehen?«

»Ja, Ma'am.«

»Ihr Titel ist Agent«, korrigierte Dr. Gunther ihn, ohne sich umzudrehen.

Ross sah O'Dell an, die nicht darauf einging und fragte: »Welche Ausrüstung haben wir, um diese Leiche zu bergen?«

»Mir wurde gesagt, dass wir Schaufeln und Kellen mitbringen sollen. Wir haben auch Planen und mehrere Leichensäcke dabei.«

O'Dell hörte Dr. Gunther abfällig mit der Zunge schnalzen, wobei sie den Kopf schüttelte. Offensichtlich war sie unzufrieden. Auch Ross bemerkte es und sah wieder zu O'Dell, als wartete er auf eine Unterweisung … oder Absolution. Sie war nicht ganz sicher, welches von beidem.

O'Dell ignorierte abermals die Reaktion der Frau und stapfte weiter durch den Schlamm. Sie hatte in ihrem Rucksack alles, von dem sie glaubte, dass sie es brauchen könnte, einschließlich einer Digitalkamera, Latexhandschuhen und Beweismittelbeutel. Und in Dr. Gunthers Rucksack dürfte wohl alles sein, von dem diese erwartete, es zu benötigen.

Alle vier Seiten des Zelts waren verhängt. Ross zog den Reißverschluss auf und die Zeltplane beiseite, damit die beiden Frauen hineingehen konnten. Der Boden war uneben – oder, besser gesagt, zertrampelter Matsch –, aber anscheinend hatten die Rettungskräfte bis auf das Entfernen größerer Schuttbrocken alles so gelassen, wie sie es vorfanden. Die Gardisten hatten das Zelt so sorgfältig wie möglich aufgestellt, damit nichts von dem verfälscht wurde, was die Plane in der Mitte bedeckte.

Schmutzwasser stand in den Falten des schwarzen Plastiks. Darunter konnte O'Dell noch mehr Pfützen erkennen. Die Leiche und die Plane waren dem Regen ausgesetzt gewesen, bis das Zelt aufgestellt werden konnte.

O'Dell nahm ihren Rucksack ab, holte ihre Digitalkamera heraus und machte einige Fotos vom Fundort, bevor sie ihn veränderten. Dann bedeutete sie Ross stumm, die Plane wegzunehmen.

Er hob behutsam einen Zipfel und bog ihn so um, dass das Wasser abfloss. Der Erdhügel darunter wirkte nicht außergewöhnlich, so wie er von Steinen und Kies durchsetzt war. Und das Loch hatte nur einen Durchmesser von etwa fünfunddreißig Zentimetern. Trotz der Fenster in den Zeltwänden konnte man drinnen nicht besonders gut sehen, woran der Nebel und die dichten Wolken schuld waren. Dr. Gunther holte eine Taschenlampe aus ihrem Rucksack und schaltete sie ein. Als Ross das Loch aufdeckte, richtete sie den Lampenstrahl direkt hinein.

Der Strahl verharrte auf blaugrauer Haut, die vom Regen aufgeweicht wurde, bevor das Rettungsteam die Stelle abdeckte. Auf den ersten Blick erkannte O'Dell nicht, dass es sich um den Teil eines Gesichts handelte. Erst als das Licht über das Kinn, die Lippen und ein Auge wanderte, die zu ihnen aufblickten.

»Oh gütiger Gott«, sagte die Frau und trat so schnell einen Schritt zurück, dass sie beinahe stolperte.

O'Dell wollte sie abfangen, doch abermals winkte Dr. Gunther ihre Hand weg. Diesmal wirkte sie allerdings verlegen, als sei ihr ihre Reaktion peinlich. O'Dell beobachtete, wie sie tief einatmete und wieder vortrat. Sie kam näher und richtete den Lampenstrahl erneut nach unten. Und ehe sie es verhindern konnte, verzog sie das Gesicht.

In dem Moment dachte O'Dell unweigerlich, dass dies hier nicht so einfach würde, wie Benjamin Platt es dargestellt hatte.

30

Creed führte Grace direkt zu dem Sessel der alten Frau und ließ sie davor Sitz machen. Er wollte, dass sie sich auf ihn konzentrierte statt auf die vielen Geräusche und Gerüche im Haus.

Einige Minuten lang ließ er Grace nur alles ansehen. Ihr eines Ohr zuckte zur tickenden Standuhr, und ihr Kopf ruckte, als irgendein Gerätemotor in der Küche ansprang. Schließlich ließ sie sich nieder, verlagerte ihr Gewicht nach hinten und sah zu Creed auf.

Vorsichtig nahm er den Quilt vom Sessel und hielt ihn Grace hin, damit sie ihn beschnüffeln konnte. Sie schnupperte an der Decke, und Creed ließ sie ihre Nase in die Falten stecken. Da war ein schwacher medizinischer Geruch, aber Creed hatte keine Ahnung, ob der Grace helfen oder sie eher behindern würde. Individualisierte Gerüche waren immer heikel.

Wie er Vance zuvor erklärt hatte, war Grace zwar gut darin, eine Vielzahl von Gerüchen aufzuspüren, wenn Creed sie auf sie ansetzte, jedoch nicht als Fährtenhund ausgebildet worden. Fährtenhunde – normalerweise Bluthunde – waren trainiert, an einem Gegenstand oder Kleidungsstück einer bestimmten Person zu schnüffeln, die winzigen Partikel von menschlichem Gewebe oder Hautzellen aufzunehmen, die daran hafteten, und dann nach exakt diesem Geruch zu suchen.

Ja, Grace konnte Vermisste aufspüren, doch sie stellte es anders an.

Sie tat es, indem sie den menschlichen Geruchsspuren in der Luft nachging. Demselben Geruch, den alle Menschen absonderten, manchmal angereichert mit universellen Körpergerüchen, die bei Angst, Erregung oder Schwitzen auftraten, vielleicht sogar Blut. Grace suchte nicht nach einer bestimmten Person, sondern nach menschlichem Geruch.

Das funktionierte meist, weil sich Leute vorzugsweise in abgelegene Gegenden verirrten oder dort Unfälle hatten. Wenn Grace also menschlichen Geruch im Wald aufnahm, suchte sie nach dem Bereich, in dem dieser am konzentriertesten war. Sie folgte dem Duft zu seiner Quelle, und normalerweise befand sich die gesuchte Person ganz in der Nähe von ihr.

In diesem Fall war der Wald um Mrs. Hamlets Haus bereits angefüllt mit menschlichen Gerüchen von denen, die nach ihr gesucht hatten.

»Grace«, sagte Creed und wartete, dass sie ihn ansah. Dann hielt er die Decke in die Höhe und sagte sehr langsam: »Hamlet.«

Er legte den Quilt beiseite und bedeutete ihr, an dem Sessel zu schnuppern. Die Hündin stellte sich auf die Hinterpfoten und schnüffelte. Creed klopfte auf die Sitzfläche und erlaubte ihr hinaufzuspringen.

»Grace.« Wieder wartete er, bis sie ihn ansah, tippte auf die Armlehne und wiederholte: »Hamlet.«

Ihre Nase wanderte den Polsterstoff ab, die kleinen Falten und die bezogenen Knöpfe in der Rückenlehne, wo sich ein Haar an einem der Knöpfe verfangen hatte, wie

Creed bemerkte. Als Grace fertig war, hüpfte sie von dem Sessel und hockte sich hin.

Probeweise klickte Creed ihre Leine los und zeigte zur Haustür, durch die sie hereingekommen waren. Dieselbe Tür, durch die Mrs. Hamlet verschwunden war.

»Geh und such Hamlet, Grace.«

Sie lief quer durchs Zimmer, blieb jedoch abrupt stehen und schlitterte leicht auf den glatten Dielen. Dann drehte sie sich um, die Nase in die Luft gereckt, und lief wieder zurück zu Creed. Beim Couchtisch blieb sie stehen. Ihre Nase zuckte. Dann setzte sie sich hin und sah Creed an. Sie zeigte an. Es war ihre Art, um zu sagen, dass sie gefunden hatte, was er wollte.

Und nun begriff er. Dort lagen die Fernbedienung und ein paar benutzte Papiertaschentücher auf dem Tisch. Wahrscheinlich waren die von Mrs. Hamlet. Doch danach suchte Creed nicht. Er konnte Grace nicht belohnen, obwohl diese Gegenstände zweifellos denselben Geruch an sich hatten. Grace sollte nicht Mrs. Hamlets Sachen finden, sondern die alte Frau selbst.

Creed musste sich ein frustriertes Seufzen verkneifen, nicht zuletzt, weil das Pochen in seiner Schläfe zu einem steten dumpfen Hämmern geworden war. Womöglich ging dieses Unternehmen gründlich schief.

31

Creed klickte Graces Leine wieder ein. Letzten Monat hatte Grace am Flughafen von Atlanta Kokain, das in Erdnussbuttergläsern versteckt war, aufgespürt. Daher wusste Creed, dass sie dies hier schaffen könnte, wenn es ihm gelang, ihr irgendwie verständlich zu machen, was er von ihr wollte. Er beschloss, mit dem Ort anzufangen, an dem sich Mrs. Hamlet zuletzt aufgehalten hatte.

Also führte er Grace hinaus zu den Stufen vor der Haustür. Wegen des angespülten Schutts widerstrebte es ihm, sie von der Leine zu lassen. Er holte eine Flexileine aus dem Rucksack, die Grace doppelt so viel Spielraum gab wie die normale. Grace beobachtete ihn aufmerksam. Sie wusste, dass er auch ihren pinken Elefanten in dieser Tasche hatte.

»Grace, such Hamlet.«

Sie blickte zurück zur Haustür, als wolle sie ihm sagen, dass Hamlet in dem Haus war. Creed verzog keine Miene. Und als er sich nicht einmal umsah, begann die Hündin, in die Luft zu schnüffeln. Ihm war klar, dass er eine Menge verlangte. Mrs. Hamlets Geruch war vom Regen und Wind größtenteils weggewaschen worden, seit sie das Haus vor zwei Tagen verließ.

Grace zog am Ende der Leine, und prompt schnellte Creeds Adrenalinpegel in die Höhe, weil die Hündin nach rechts strebte – scharf rechts. Mrs. Hamlet war Rechtshänderin. Ja, das war ein guter Anfang.

Creed sah, wie sich die Gruppe auf dem Rasen vorn in seine Richtung zu bewegen begann, und hob eine Hand, um sie aufzuhalten.

Grace zog fester an der Leine. Sie atmete sehr schnell. Aber sie hielt sich dicht an der Hausseite. Creed behielt ihre Pfoten im Blick und suchte nach Glas oder Metallstücken. Die Hündin folgte einer schmalen Wasserrinne. Diese hatten die überlaufenden Regenrinnen zwischen Fundament und Garten gegraben.

An der Hausecke bog Grace wieder scharf nach rechts und wurde schneller, sodass sie im Matsch schlitterte. Im Garten hinten war noch mehr Schutt als vorn, und Creed versuchte, die Hündin zu verlangsamen.

Der Wald fing ungefähr fünfzehn Meter hinter dem Haus an. Duftende Sträucher umgaben den Garten und bildeten eine natürliche Grenze. Im Nebel war schlecht zu erkennen, was dahinter lag. Die dichten Büsche hatten auch wie eine Barriere gegen das Flutwasser gewirkt und alles an Treibgut abgefangen, was mit den ersten Wellen kam. Creed sorgte sich um Graces Pfoten, denn unter seinen Stiefeln knirschte Glas. Sein Bauch verkrampfte sich.

Plötzlich blieb Grace stehen und interessierte sich für etwas, das in den Sträuchern feststeckte. Sie drehte sich zu Creed um und setzte sich hin.

Noch ein Fund.

Er sah genauer hin und entdeckte einige Papiertaschentücher, die sich in einem Dornenbusch verfangen hatten. Für jeden anderen hätten sie schlicht wie Müll ausgesehen, aber Grace bestand darauf, dass sie »Hamlet« waren.

Creed blickte zurück zur Vorderseite des Hauses. Dort hatte Vance allen anderen verboten, ihnen zu folgen. Er erinnerte sich, dass die Tochter gesagt hatte, die Vordertür sei offen gewesen. Der Suchtrupp hatte stundenlang die Umgebung durchgekämmt, und soweit Vance es ihm erzählt hatte, waren sie in den Wald gegangen, der gegenüber, am Ende der Sackgasse, begann. Sie hatten versucht, Fußspuren einer alten Frau zu folgen, die an einem dunklen, stürmischen Abend aus ihrem Haus trat und dachte, sie würde nach ihrer Tochter sehen, die nicht nach Hause gekommen war.

Sie hatten ihr Bestes getan, das Denken einer alten, verwirrten Demenzkranken nachzuvollziehen. Hätten sie im Garten nachgesehen, wie Creed jetzt, hätten sie dasselbe gesehen wie er – nichts.

»Braves Mädchen, Grace«, lobte er sie ruhig und nicht mit der hellen Stimmlage, die er benutzte, wenn sie gefunden hatte, wonach sie suchten. Trotzdem blickte sie von seinen Augen zu dem Rucksack mit ihrem rosa Elefanten.

»Grace«, sagte er, und sie sah ihn wieder an. »Such Hamlet.«

Sie stand auf, schnüffelte an den Taschentüchern und sah wieder zu ihm auf.

Die Taschentücher könnten von irgendwo herbeigeweht sein, selbst wenn sie Mrs. Hamlet gehörten. Als Creed gerade dachte, sie seien in einer Sackgasse, begann Graces Nase zu zucken. Wieder lief sie los und zog Creed zu den dichten Büschen. Dort bog sie nach rechts und führte ihn entlang der Reihe. Am Ende strebte sie wieder nach rechts und zurück zum Haus. Doch ehe sie es erreichte, blieb die Hündin stehen.

Ihr Schwanz war gerade nach hinten gestreckt. Zunächst rührte sie sich nicht. Dann richtete sie die Ohren nach vorn, hob die Nase und schnüffelte hektisch. Wieder drehte sie sich nach rechts, lief in einem kleinen Kreis und blieb erneut stehen. Doch sie war noch nicht fertig.

Nun rannte sie zurück zu den Büschen, zerrte Creed durch eine enge Lücke, wo die Zweige sie nicht berührten, jedoch an Creeds Jeans kratzten und sich in seinem T-Shirt verfingen. Sie rissen es ein, ehe Creed sich befreien konnte. Auf der anderen Seite war Matsch anstelle von Gras, sodass Creed leicht schlitterte. Er hielt das Gleichgewicht, während der Boden abschüssig wurde. Grace wurde kein bisschen langsamer.

Innerhalb von Sekunden verdunkelten die Baumkronen über ihnen alles. Der Nebel schien lebendig zu werden und schlängelte sich zwischen den Bäumen wie Rauchfahnen im Wind. Feuchtigkeit umfing sie, tropfte von den Ästen, und der Geruch nach Erde und Kiefernharz war überwältigend. Trotzdem arbeitete Graces Nase weiter.

Creed blickte zurück, um einzuschätzen, wie weit sie gelaufen waren. Die Büsche am Gartenrand der Hamlets waren nicht mehr zu sehen. Grace führte ihn nach wie vor nach rechts, wenn auch nur leicht, nicht in so scharfen Bögen wie im Garten. Allmählich machte Creed sich Sorgen, wie tief sie in den Wald liefen. Sein Kopf tat weh, und die Schnittwunde über seinem Auge pochte in einem neuen Schmerztakt. Schon jetzt merkte er, wie er die Orientierung verlor.

Er wollte Grace näher heranziehen, eine Pause machen, damit sie beide etwas Wasser trinken konnten. Bevor er dazu die Chance hatte, stoppte Grace schlitternd. Sie setzte sich hin und blickte zu ihm auf.

Creeds Puls raste. Sein Atem ging unregelmäßig. Seine Augen suchten die Umgebung ab. Der Nebel hing dicht über dem Waldboden. Creed blinzelte, konnte jedoch nur Bäume, abgebrochene Äste, einen Müllhaufen, Laub und Kiefernnadeln, schenkelhohes Unterholz und Efeu sehen, der von Stamm zu Stamm rankte. Er sah weiter nach oben, suchte nach mehr Taschentüchern oder Stofffetzen, irgendeinem Hinweis, dass Mrs. Hamlet hier gewesen war.

Als er wieder zu Grace blickte, starrte sie ihn weiterhin an. Ein falscher Alarm war nichts Ungewöhnliches. Der kam schon mal vor; allerdings nicht bei Grace. Er sah, wie ihr Blick zu seinem Rucksack schwenkte. Sie wollte ihre Belohnung.

Creed schaute sich wieder um, drehte sich nun langsam im Kreis und versuchte, alles in kleinen Ausschnitten zu betrachten. Das Pochen über seinem Auge bewirkte, dass es zu zucken begann. Vielleicht übersah er deshalb und wegen des Nebels etwas. Er fühlte, dass Grace ihn beobachtete.

Dann stellte sie sich plötzlich hin und trippelte zu dem Müllhaufen. Der sah aus, als hätte jemand seinen Sperrmüll im Wald abgeladen, der inzwischen von Efeu überwachsen war. Unter dem Efeu waren Pappkartons zu erkennen, ein altes Sofapolster, Dosen und Flaschen, nasse Zeitungen und Schnur sowie einige andere Sachen, die nicht zu erkennen waren.

Aus dem Haufen stieg zweifellos eine bunte Geruchsmischung auf, in der durchaus auch der Geruch menschlicher Verwesung enthalten sein könnte. War Mrs. Hamlets Leiche unter diesem Haufen vergraben?

In dem Augenblick bewegte sich etwas unter dem Abfall.

Creed schrak zurück, aber Grace begann mit dem Schwanz zu wedeln. Sie steckte ihre Nase in den Haufen, und eine Hand kam heraus und berührte Grace.

Creed sank auf die Knie und begann, die Sachen wegzuziehen. Grace leckte an den schmutzigen Fingern. Bevor er sie ganz freigelegt hatte, drehte sich die alte Frau von der Seite auf den Rücken. Sie war schmutzig und ihr Gesicht schlammverschmiert. Kleine Müllfetzen hingen in ihrem Haar. Ihre Kleidung sah aus, als gehörte sie zu dem Abfall, genauso wie ihr kleiner, knöcherner Körper.

Sie setzte sich ohne Creeds Hilfe auf. Er wollte sie nicht erschrecken, indem er sie berührte, deshalb versuchte er so zu sehen, ob sie irgendwelche Verletzungen hatte. Er musterte ihre Arme und Beine, doch da schien nichts gebrochen oder verdreht.

»Mrs. Hamlet, ist alles okay mit Ihnen?«

Was für eine alberne Frage an eine Frau, die zwei Nächte unter einem Müllhaufen verbracht hatte!

Ihre leuchtenden Augen blickten verängstigt und waren nur auf Grace gerichtet, die sie mit ihren blau geäderten, schmutzigen Händen streichelte.

Immer wieder strich sie der Hündin über den Rücken.

»Du bist aber das hübscheste Ding«, sagte sie leise, und

Grace wedelte weiter mit dem Schwanz. Für einen Moment vergaß sie sogar ihren pinken Elefanten.

Dann sah die alte Frau auf einmal zu Creed auf, als hätte sie ihn jetzt erst bemerkt. »Warum bist du denn so spät?«

32

Daniel Tate lag auf dem Bauch und beobachtete alles aus dem Innern eines verbogenen Lüftungsschachts. Er war stolz darauf, wie leise er sich im Dunkeln bewegt hatte. Das Nachtsichtgerät ließ ihn Sachen erkennen, die der Eindringling mit seiner Taschenlampe nicht sehen konnte, weil sie außerhalb des Lichtkegels lagen. Nur ein einziges Mal hatte das Metall unter Tates Gewicht geknarzt, und er hatte schon befürchtet, dass es herunterkrachen könnte. Der Raumfahrer unten schien nicht besorgt, hatte nur einmal kurz nach oben gesehen, bevor er sich wieder seiner Aufgabe widmete.

Als Tate den übergroßen weißen Anzug sah, die Kapuze mit dem Glasschild vorn und die vollständige Verhüllung bis hin zu den schwarzen Gummistiefeln und Handschuhen, war sein erster Gedanke »ein Raumfahrer« gewesen. Natürlich wusste Tate, dass es sich um einen Schutzanzug handelte.

Würde er die Angst und Paranoia, die in seiner Brust wummerten, mal für einen Moment ausklammern, könnte Tate sich fast einreden, dass der Raumfahrer nicht hier war, um ihn zu vernichten. Dass er sich viel mehr für den verbeulten Metallschrank und den schwarzen Koffer interessierte, den er in den Trümmern gefunden hatte.

Der Raumfahrer legte seine Taschenlampe auf einen Schutthaufen, sodass der Lichtstrahl nach unten fiel und er beide Hände frei hatte. Er öffnete das Zahlenschloss am Metallschrank und tastete vorsichtig drinnen herum, bis er gefunden hatte, wonach er suchte. Dann wandte er sich dem schwarzen Koffer zu.

Mehrmals versuchte der Raumfahrer, ihn hochzuheben, aber er war zu schwer. Als Nächstes wollte er ihn wegziehen, nur lag zu viel auf dem Boden herum. Er schaffte es nur ein oder zwei Schritte weit, dann verfing sich der Koffer in Schuttbrocken.

Von seiner Warte aus bemerkte Tate eine Leuchtanzeige mit Ziffern seitlich am Koffer, und ein kleines rotes Licht blinkte, als hätte der Koffer einen Puls. Der Raumfahrer machte sich an den Ziffern zu schaffen, ließ sie aufleuchten und wieder ausgehen, bis es ein lautes Klicken gab. Mit dem Klicken wechselte das Licht von Rot auf Grün, und der Raumfahrer konnte den Koffer öffnen.

Tate hätte gern seine Position verändert, um dem Mann über die Schulter zu sehen. Er war klatschnass vor Schweiß, weil ihm in dem Metallschacht so heiß wurde. Trotzdem wollte er wissen, was in dem Koffer war. Doch es dauerte nur Sekunden, bis der Raumfahrer etwas herausgenommen, in einen anderen Koffer gesteckt und beide wieder geschlossen hatte. An beiden Koffern leuchtete ein pulsierendes rotes Licht im selben irren Rhythmus auf, der sie wie Teile desselben lebenden Organismus erscheinen ließ.

Dann tat der Raumfahrer etwas, mit dem Tate nicht gerechnet hatte. Er stellte den zweiten Koffer ab und drückte gegen den Metallschrank, bis der auf den ersten Koffer kippte. Der Inhalt polterte aus dem Schrank,

Metall kreischte an Metall, und Glas zersplitterte, als der Koffer unter allem begraben wurde.

Zufrieden schwenkte der Mann eine Hand vor seinem Glasschild, nahm die Taschenlampe und verschwand in die Richtung, aus der er gekommen war.

Tate blickte ihm nach, als er durch den Tunnel stakste, bis das Licht um eine Ecke bog und es wieder dunkel wurde.

Tate wartete. Er wollte sichergehen, dass der Mann nicht zurückkam. Als er gerade glaubte, die Luft sei rein, und aus dem Metallrohr zu kriechen begann, hörte er ein erneutes Krachen.

Er zuckte zurück und suchte unten alles im unheimlich grünen Licht des Nachtsichtgeräts ab. Ein großer Behälter war aus dem umgekippten Schrank gefallen und zerbrochen.

Tate hörte das Summen, ehe er den Inhalt bemerkte. Kleine schwarze Punkte verteilten sich auf dem Boden und schienen auf einmal zum Leben zu erwachen. Einer nach dem anderen flatterten sie auf und strebten zueinander. In einem schwarzen Schwarm hoben sie ab. Das Summen wurde lauter, als der Schwarm vor und zurück flog, als suche er nach dem besten Fluchtweg.

Tate kroch tiefer in den Rohrschacht, als der Schwarm an ihm vorbeischwebte. Er erkannte das Summen und konnte einen Blick auf den Schwarm erhaschen, ehe er verschwand. Und Tate fragte sich, warum in aller Welt wohl ein Mückenschwarm in einem Laborschrank eingeschlossen gewesen war.

33

»Es ist eine Weile her, seit ich zuletzt eine Leiche ausgraben musste«, sagte Dr. Gunther zu O'Dell.

Beide waren auf den Knien und schaufelten vorsichtig mit den Händen. Ross und ein anderer Gardist brachten die Plastikwanne weg, sowie sie voll war, und stellten eine neue hin. Den beiden Männern fiel die undankbare Aufgabe zu, den Schlamm und das Geröll nach etwas zu durchsuchen, das ein Beweisstück sein könnte. O'Dell wusste, dass die Chance, Beweise zu finden, verschwindend gering war. Egal, was mit diesen Leichen geschehen war – ob sie ermordet wurden oder nicht –, der Erdrutsch dürfte alle Spuren vernichtet haben.

»Dann waren Sie sicher überrascht, als Mr. Logan Sie für dieses Projekt anforderte«, sagte O'Dell.

Sie verkniff sich die direkte Frage, warum die Frau bei diesem angeblich so sensiblen Auftrag hinzugerufen worden war. Doch etwas an ihrem Tonfall musste sie verraten haben, denn Dr. Gunther warf O'Dell einen verärgerten Blick zu.

»Das war nicht Logan«, antwortete sie. »Ich bin dem Mann nie begegnet. Sein Boss und ich haben vor Jahren zusammengearbeitet.«

O'Dell nickte zufrieden. Natürlich war es etwas in der Art gewesen, ähnlich wie sie von Ben gebeten wurde. Alte

Gefälligkeiten. Komisch, dass es sich entsetzlich nach Rache anfühlte.

»Was Ihren forensischen Hintergrund betrifft«, begann Dr. Gunther zu fragen, brach jedoch ab und schien zu überlegen, wie sie es anders formulieren könnte. »Mir ist klar, dass Sie ein FBI-Agent sind, aber offensichtlich haben Sie eine Menge Erfahrung mit dem Bergen von Leichen.«

O'Dell zögerte und fragte sich, ob sie eine kurze, passende Antwort geben sollte. Irgendwie war sie im Laufe der Jahre ungeplant zur führenden Expertin für kriminelles Verhalten geworden, zur Fachfrau für Zerstückelungen und ritualisierte Morde. Für Morde, die sich nicht selten als das Werk von Serientätern entpuppten. Die Ärztin jedoch wollte schlicht wissen, warum O'Dell hier war.

»Wenn man von Beruf Mörder jagt, beschäftigt man sich unweigerlich sehr gründlich mit ihren Opfern, ob es einem gefällt oder nicht.«

»Ich verstehe nicht, warum die denken, dass diese Leiche kein Erdrutschopfer ist.« Sie wischte mit einem Tuch über Gesicht und Schulter, wobei sie achtgab, nur den Schlamm wegzuwischen und kein Gewebe zu beschädigen. »Hier ist erst eine ganz leichte Verwesung festzustellen.«

»Der Schlamm dürfte sie stark verlangsamt haben.«

In dem Moment griff Dr. Gunther nach ihrer Taschenlampe.

»Das ist interessant.«

Sie schaltete die Lampe ein, leuchtete jedoch nicht auf die Schulter, sondern weiter nach oben, wo ihr etwas aufgefallen war. Langsam schwenkte sie den Lichtstrahl über den Teil des Männerkopfes, den sie freigelegt hatten. Bisher war nur die eine Seite zu sehen und die andere noch im Schlamm vergraben.

Der Kopf war kahlrasiert, und dank Dr. Gunthers behutsamer Reinigung waren nun runde Male zu erkennen, kleine Vertiefungen, die das grelle Licht sehr deutlich machte. Die drei Kreise glänzten ein bisschen mehr als die übrige Haut, als hätte irgendeine ölige Substanz verhindert, dass der Schmutz an der Haut haftete.

O'Dell wartete, dass Dr. Gunther eine Theorie äußerte, aber die Frau blieb stumm. O'Dell würde tippen, dass die Abdrücke von elektrischen Sonden rührten, und sie fragte sich, ob der Kopf des Mannes eigens für irgendwelche neurologischen Tests rasiert worden war.

Als Dr. Gunther immer noch nichts sagte, sah O'Dell sie an. Die Ärztin runzelte die Stirn und schürzte die schmalen Lippen. Wortlos bewegte sie den Lichtstrahl zur Schulter zurück und begann, den Schlamm abzuwischen. Diesmal wirkten ihre Bewegungen zögerlicher. Und als sich ein Bild zu enthüllen begann, wurden sie noch langsamer.

Bevor die ältere Frau ihre Aufmerksamkeit auf den Kopf des Toten lenkte, hatte O'Dell den Rand eines Tattoos an der Schulter bemerkt. Sie vermutete, dass es sich um den gelben Schnabel eines Adlers handelte. Auch die oberen Spitzen von Buchstaben waren auszumachen gewesen, und O'Dell erriet, was dort stand: *U. S. Airborne.*

Tattoos waren oft hilfreich bei der Identifikation von Toten. Die Tinte lagerte sich tief im Gewebe ab, sodass sie selbst dann noch zu erkennen war, wenn die Epidermis der Verwesung anheimgefallen war. Tatsächlich leuchteten sie dann sogar noch klarer. Dieses Tattoo allerdings würde ihnen lediglich verraten, dass das Opfer beim Militär gedient hatte.

Plötzlich hielt Dr. Gunther inne. Wieder griff sie nach der Taschenlampe, aber überraschend hastig. Und abermals sagte sie kein Wort, was O'Dell allmählich ärgerte. Erzählte sie ihr nicht, was sie dachte, weil O'Dell fachfremd war? Weil sie vom FBI kam?

»Was ist?«, fragte sie schließlich.

Doch nun sah O'Dell, was das Interesse der Ärztin geweckt hatte. Weiter unten am Arm, in der Nähe des Ellbogens, warf die Haut Blasen, und scheußliche rotbraune Abdrücke streiften den Bereich zwischen ihnen.

»Verbrennungen?«, fragte O'Dell.

Die Ärztin sah zu ihr auf und nickte. »Vielleicht Verätzungen.«

O'Dell blickte sich um. Falls die Chemikalien noch da waren, hätten sie etwas gerochen? Und warum hatte man sie nicht gewarnt?

»Reden wir über ein Säureleck infolge des Erdrutsches?«

»Nein, nein. Jedenfalls glaube ich das nicht.« Die Frau schüttelte den Kopf. »Es müssen hochkonzentrierte Säuren gewesen sein, die diesem Mann verabreicht wurden, um solch eine starke Reaktion hervorzurufen. Wahrscheinlich giftig.«

»Sollten wir Schutzanzüge tragen?«

Wieder schüttelte Dr. Gunther den Kopf. Sie schaltete die Taschenlampe aus und richtete sich mühsam auf. Dann klopfte sie sich den Schmutz von der Hose, bevor sie wieder O'Dell ansah. Und jetzt fiel O'Dell noch etwas anderes als Wut in den grauen Augen auf. Etwas wie Angst.

»Was ist? Was denken Sie?«, fragte sie.

Die Frau packte ihre Sachen zusammen, während sie antwortete: »Ich denke, wir sollten unsere jungen Männer hier die Leiche so gut wie möglich ausgraben und einpacken lassen. Ich werde mir den Toten genauer ansehen, wenn ich ihn gereinigt habe. Nicht hier in diesem Erdloch.«

»Aber müssten wir nicht vorsichtig sein, ehe wir ihn berühren?«

Sie schien einen Moment nachzudenken, dann zuckte sie mit den Schultern. »Ich habe keine Ahnung. Vielleicht müssen Sie das Ihren Mr. Logan fragen.« Dann packte sie weiter.

»Er ist nicht *mein* Mr. Logan«, erwiderte O'Dell scharf und wieder mal unüberlegt. Sie wollte Dr. Gunther sagen, dass sie den Mann noch nie gesehen oder gesprochen hatte. Aber das wäre der Ärztin gewiss egal. Also fragte O'Dell stattdessen: »Was ist mit der Leiche im Wasser?«

»Die sollen die Jungs auch ausbuddeln.«

»Das ist alles?«

»Dies hier ist kein Tatort«, antwortete die Frau. »Was mit diesen armen Männer geschehen ist, passierte nicht hier.«

»Können Sie mir wenigstens sagen, wo er diese Verätzungen herhaben könnte?«

»Vielleicht habe ich mehr für Sie, wenn ich ihn richtig untersucht habe.« Sie schwenkte die Arme zu beiden Seiten. »Und das kann ich hier nicht.«

Bevor O'Dell ihr widersprechen konnte, rief Dr. Gunther nach Ross und erklärte ihm, wie er vorgehen solle. Sie hielt nicht mal inne, um sich mit O'Dell abzustimmen. Etwas an den Wunden hatte die Frau mächtig erschreckt, und O'Dell wusste, dass sie jetzt keine Antworten mehr bekommen würde.

Dr. Gunther raffte eilig den Rest ihrer Ausrüstung zusammen, wobei ihre Hände schnell in die verschiedenen Fächer ihres Rucksacks eintauchten und wieder herausglitten. Ohne ein weiteres Wort ging sie auf demselben Weg fort, auf dem sie gekommen waren – nun am Arm eines Gardisten. O'Dell fiel auf, dass das Humpeln ausgeprägter war, weil sie sich beeilte, als hätte sie keine Zeit oder keine Energie mehr, ihre Gebrechlichkeit zu verbergen.

Während sie zusah, wie die Frau im Nebel verschwand, bemerkte sie eine männliche Gestalt, die den Hang hinaufkam. Und kaum erblickte sie den Hund an seiner Seite, empfand sie ein nerviges Kribbeln. Doch als der Mann näherkam, erkannte sie, dass der rechte Ärmel seiner Jacke im Wind flatterte. Das war nicht Ryder Creed.

34

»Geht es Ryder gut?«, fragte O'Dell, während sie Bolo kraulte. »Ich habe gehört, dass er gestern von einer Schlammlawine mitgerissen wurde.«

»Na und ob! Er wurde vollständig begraben. Die dachten schon, das war's mit ihm.«

Jason musste ihren besorgten Blick bemerkt haben, obwohl sie sich alle Mühe gab, ihn zu verbergen, denn er ergänzte schnell: »Er sieht grausam aus, hat vielleicht ein paar gebrochene Rippen. Aber ansonsten scheint er okay zu sein. Er ist mit Grace los, nach einer alten Frau suchen, die sich im Unwetter verirrt hat.«

O'Dell dachte wieder an Dr. Gunther. War dieser Fall einfach zu viel für sie? War die Ärztin hiermit überfordert?

»Also musst du mit Bolo und mir vorliebnehmen.«

Seine defensive Haltung entging ihr nicht. Sie hatte erst vor einem Monat mit Jason und Creed zusammengearbeitet, als sie einen Tatort in der Wildnis von Alabama suchten. O'Dell wusste, dass dieser junge Veteran sehr fähig war, auch wenn er noch lernte. Und falls Mr. Logan nur die Spitzenleute hier haben wollte, hätte er selbst herkommen und die Leitung übernehmen sollen. Im Moment nahm O'Dell, was sie kriegen konnte.

Sie strich über Bolos starke Muskeln. Auch den Hund hatte sie schon im Einsatz gesehen und wusste, dass er einer Geruchsspur sogar durch Wasser folgen konnte. Dennoch ertappte sie sich dabei, wie sie enttäuscht den Weg hinaufblickte. Es hatte nichts mit dem Wunsch nach fähiger Hilfe zu tun. Vielmehr hing es mit der lästigen Beschleunigung ihres Pulses zusammen, als sie erwartet hatte, Ryder Creed wiederzusehen.

Was ihre Gefühle und vor allem ihr Herz betraf, war sie ausgesprochen eigen. Nach ihrer Scheidung hatte sie sich eines geschworen: keine romantischen Verstrickungen mehr. Denn genau das war es für sie gewesen. Verstrickungen, die sie würgten und ihr das Leben aussogen. Sogar bei Ben überwogen die Momente, in denen sie froh war, dass sie nicht »zusammen« waren, jene, in denen sie sich nach ihm sehnte.

Aber bei Ryder Creed verhielt es sich gefährlich anders. Er hatte O'Dell zweimal geküsst – einmal völlig unerwartet, das zweite Mal geplant. Aber es war nicht nur die körperliche Anziehung. Sie beide verband etwas, das O'Dell nicht benennen konnte, und das war gleichermaßen beängstigend wie erregend. Bisher war es ihr gelungen, auf Abstand zu bleiben, als könnte sie damit den Funken ausweichen, die zweifellos zu einer Art Stromschlag führten.

Sie machte Jason mit Ross bekannt, der dabei war, die Leiche unterm Zelt auszugraben. Einer der Gardisten hatte Dr. Gunther begleitet; der andere war gegangen, um die Ausrüstung zu organisieren, die sie bräuchten.

Das Flutwasser rauschte gurgelnd weiter und grub eine immer breitere Furche. Obwohl es schlammig und voller Treibgut war, strömte es schnell über Steine und Betonbrocken. Es war schwer einzuschätzen, wie lange es noch anhielt oder ob dies zu einem neuen Kanal für einen Fluss weiter oben am Berg wurde.

O'Dell stand stumm neben Jason und Bolo und sah auf das Wasser. Sicher war es lächerlich, von einem Hund zu verlangen, dass er eine Leiche aufspürte, die irgendwo unter diesem Flutwasser vermutet wurde. Wenn sie das Wasser nicht irgendwie umgeleitet bekamen, konnte man unmöglich bergen, was immer da unten vergraben sein mochte.

»Eines der Dinge, die ich zuerst von Ryder Creed gelernt habe, ist, niemals einen Hund in eine Gefahrensituation zu schicken«, sagte Jason schließlich, auch wenn er bemerkt hatte, dass Bolo schon die Nase in die Luft reckte und arbeitete.

»Kann es sein, dass er eine Geruchsspur entdeckt hat, oder ist es die Leiche im Zelt?«, fragte O'Dell, obwohl sie mit dem Rücken zum Zelt standen und Bolo in die Luft über dem Wasser zu schnüffeln schien.

»Wie ich es verstanden habe, kann alles, was hier angeströmt wird, menschliche Gerüche heranspülen.« Er sah O'Dell an, ehe er hinzufügte: »Wahrscheinlich weißt du, dass solche Schlammlawinen einen Körper auseinanderreißen können, oder?«

Nein, das hatte sie nicht gewusst. Abgesehen von einer Jagd nach einem Mörder in einem Hurrikan, hatte sie noch nie zuvor in Katastrophengebieten gearbeitet. Dies hier sollte ein Gefallen für einen Freund sein. Einfach hinfahren und nachsehen.

»Es ist schwer für einen Hund«, erklärte Jason. »Bei Erdrutschen werden manchmal auch Friedhöfe abgetragen. Bolo ist sowohl für die Rettung als auch für die

Kadaversuche ausgebildet. Wie lange sind diese Leute schon tot?«

»Der, den wir gerade ausgraben, sieht aus, als wäre er noch keine Woche tot. Aber das ist bloß geschätzt. Du hast die Gerichtsmedizinerin gesehen, als du raufkamst. Sie hat beschlossen, dass sie nicht hierbleiben will.«

Sie sah den Anflug eines Lächelns, als Jason sagte: »Wundert mich nicht. North Carolina hat Probleme mit seinen Gerichtsmedizinern.«

»Wie kommst du darauf?«

»Ein Kumpel von mir ist vor einigen Monaten bei einem Autounfall ums Leben gekommen. Sie sagten, dass er die Kontrolle über den Wagen verloren hat und direkt in einen Bewässerungsgraben geknallt ist. Er war nicht angeschnallt. Leuchtet ein, nicht? Autounfall, klar. Der Bestatter fand dann aber vier Stichwunden an seinem Rücken. Eine war so tief, dass sie von einem Lungendurchstoß zeugte.«

Wenn sie von solchen Fällen hörte, wurde O'Dell immer wütend; und leider passierten sie überall. »Fehler kommen vor.«

»Der *Charlotte Observer* forschte nach und fand noch eine Menge mehr. Ich wurde befragt, weil ich einer der Letzten gewesen war, die ihn lebend gesehen hatten. Und seine Frau verhafteten sie, dabei habe ich nie gehört, dass er auch nur ein schlechtes Wort über sie verloren hat.«

»Ich bin mir nicht sicher, ob Dr. Gunther nachlässig ist.«

»Ist sie vielleicht nicht, aber was hast du gesagt, wie lange das Opfer im Zelt schon tot ist?«

»Das kann ich nur raten, aber definitiv noch keine Woche.«

»Und wahrscheinlich nicht in dem Erdrutsch gestorben, richtig?«

So weit wollte sie sich noch nicht aus dem Fenster hängen. »Kann ich nicht genau sagen.«

»Und wenn sie nicht bei dem Erdrutsch ums Leben gekommen sind, woher kommen diese Leichen dann?«

Sie fuhr sich mit den Fingern durch das nebelfeuchte Haar. Natürlich konnte sie nicht mit Sicherheit sagen, dass dieser Mann aus der Forschungseinrichtung war, nur weil in der Nähe ein ermordeter Wissenschaftler gefunden wurde. Hatte Ross nicht vorhin erklärt, dass Objekte über eine Meile oder weiter weg von der Stelle landen könnten, an der es zum ersten Erdrutsch gekommen war?

Und falls dieser Mann in der Einrichtung gewesen war, konnte sie unmöglich sagen, ob er gleichfalls ermordet wurde. Ganz abgesehen davon, dass ein Mörder auf keinen Fall einen Erdrutsch voraussagen und darauf hoffen könnte, dass diese Leichen als Opfer der Naturkatastrophe durchgingen. Womit sich die Frage stellte, ob der Wissenschaftler während des beginnenden Erdrutsches getötet wurde. Hatte der Mörder das Chaos ausgenutzt und spontan zugeschlagen? Um etwas oder jemanden zu schützen?

»Um das herauszufinden, bin ich hier«, sagte sie zu Jason. Auf jeden Fall schuldete Benjamin Platt ihr eine Erklärung.

35

O'Dell rechnete damit, eine Nachricht zu hinterlassen, und war erstaunt, als Ben sich beim dritten Klingeln meldete.

»Maggie, alles okay? Ich habe eben den Wetterbericht gesehen und an dich gedacht.«

»Falls du irgendwelche Informationen über diese Leichen zurückhältst, Ben, wäre jetzt ein guter Zeitpunkt, es mir zu erzählen.«

Sie stand bis zu den Knöcheln im Schlamm, und der dichte Nebel war einem kalten Nieselregen gewichen. Wenn sie den neuesten Wetterbericht wollte, würde sie ihn wohl kaum anrufen. Ja, sie war ein wenig genervt. Okay, vielleicht auch eine Spur wütend.

»Ich habe dir alles erzählt, was ich weiß. Was ist los?«

»Eine Leiche steckt buchstäblich im Schlamm. Die andere ist unter etwas vergraben, das sich mittlerweile in Stromschnellen verwandelt. Dies hier ist keine ›Fahr mal hin und sieh nach‹-Situation.« Sie ließ das wirken, bevor sie ergänzte: »Und ich glaube, das hast du gewusst.«

Stille. Nahm er ihr den Vorwurf übel, oder bekam er ein schlechtes Gewissen, weil er sie hergeschickt hatte, ohne ihr zu verraten, was los war?

»Ich werde sehen, was ich herausbekommen kann«, sagte er schließlich. Bevor O'Dell sich über diese Antwort ärgern konnte, fragte er: »Geht es dir gut?« Er klang ernst und aufrichtig, wie ein besorgter Freund.

»Mir gefällt es nicht, im Dunkeln zu tappen, Ben.« Sie drosselte ihre Wut ein bisschen, auch wenn sie ihr immer noch deutlich anzuhören war.

»Ist angekommen.«

»Und warum ist Logan nicht hier?«

»Ist er nicht vor Ort?« Nun klang er ehrlich erstaunt.

»Ich habe ihn noch nicht gesehen, und ich bin an der Fundstelle.«

Erneutes Schweigen. Es dauerte lange genug, dass O'Dell ihr Telefon vom Ohr nahm und nachsah, ob sie noch Empfang hatte. Ein Balken. Vielleicht war die Verbindung abgebrochen. Sie hielt das Telefon wieder ans Ohr und wartete.

»Lass mich sehen, was ich in Erfahrung bringen kann. Sicher muss Logan irgendwo aufgehalten worden sein. Ich rufe dich an, sowie ich mehr weiß.«

Fast hätte sie das Gespräch weggedrückt, als sie ihn sagen hörte: »Maggie?«

Sie nahm das Telefon wieder ans Ohr und stellte fest, dass sie den Atem anhielt. »Ja?«

»Pass auf dich auf, ja?«

Das war alles? Warum hatte sie gedacht, es käme etwas anderes? Etwas wie »Ich liebe dich«?

»Okay«, antwortete sie und verdrehte die Augen, weil ihr »Okay« nicht minder lahm war als sein »Pass auf dich auf«. Was zur Hölle stimmte mit ihnen nicht? Waren sie beide so verkorkst, so emotional angeschlagen, dass sie es nicht fertigbrachten, ihre Gefühle auszusprechen?

Sie steckte ihr Telefon ein und rammte es ganz tief in die Tasche, als würde das irgendwas bedeuten. Als sie aufblickte, stellte sie fest, dass Jason und Bolo fast vierzig

Meter weiter waren, um einen Bereich am Rand des Sturzbachs abzusuchen. Jason starrte auf den Boden, und der große Hund wedelte begeistert mit dem Schwanz.

Sie hatten etwas gefunden!

O'Dell begann, in die Richtung zu gehen, und Furcht füllte ihren leeren Magen. Ross bemerkte es und drehte sich um, weil er sehen wollte, was ihre Aufmerksamkeit erregte. Dann sagte er etwas zu seinem Partner und verließ das Zelt. Er wanderte hügelaufwärts in einer Diagonalen auf O'Dell zu.

Jason blickte auf und sah O'Dell direkt an. Dann zurrte er an seiner Jackentasche, weil er es plötzlich sehr eilig hatte, Bolo sein Tauspielzeug zu geben. Die Hunde mussten belohnt werden. O'Dell hatte schon gesehen, wie Creed es tat, sobald er sicher war, dass es sich nicht um falschen Alarm handelte. Und Jasons Miene nach zu urteilen, war dies hier definitiv keiner. Doch selbst als sie näher kam, konnte sie noch nicht sehen, was sie gefunden hatten.

Jason warf das Spielzeug für Bolo, der es auffing und freudig stolz davonlief. O'Dell und Ross erreichten die Stelle gleichzeitig. Beide blieben drei Schritte von Jason entfernt stehen und blickten auf den Boden.

Dort war ein Gewirr aus Zweigen und nassem Laub. O'Dell vermutete eine weitere teils vergrabene Leiche, vergleichbar der unter dem Zelt – das Gesicht halb im Schlamm steckend. Doch dieser Fund war bereits freigespült, bis auf die Zweige und Blätter.

Die Hand war direkt über dem Handgelenk abgerissen, die Finger noch zur Faust geballt. Es sah beinahe aus, als hätte der Besitzer etwas festgehalten und wäre dabei weggerissen worden. Vielleicht auch weggespült.

O'Dell sah Jason an. Sämtliche Farbe war ihm aus dem Gesicht gewichen, doch sein Blick war klar und konzentriert. Maggie dachte an seinen leeren Ärmel und fühlte, wie sie rot wurde.

»Alles okay?«, fragte sie ihn.

»Ich habe schon Schlimmeres gesehen«, antwortete er und starrte Ross provozierend an, als der Gardist den Zusammenhang begriff.

O'Dell wollte Jason nicht kränken, indem sie darauf herumritt, und fragte stattdessen: »Sind das Zahnabdrücke?« Sie hockte sich hin, um besser sehen zu können. Die beiden Männer taten es ihr gleich, wenn auch langsamer und zögerlicher als O'Dell. Sie hatte bereits ihr Mobiltelefon gezückt und machte mehrere Fotos.

»In North Carolina gibt es ziemlich viele Kojoten«, sagte Ross.

O'Dell steckte ihr Telefon wieder ein und nahm ein frisches Paar Latexhandschuhe aus einer ihrer Jackentaschen.

»Dann sind die vermutlich von denen, oder?« Mit dem verhüllten Zeigefinger zeigte sie auf die Bissmale am Handrücken. Sie sahen wirklich sehr nach Abdrücken von Tierzähnen aus.

»Können die einfach so eine Hand abtrennen?«, fragte Jason.

Schmutz und getrocknetes Blut machten eine genauere Untersuchung des Wundbereichs unmöglich. O'Dell konnte lediglich erkennen, dass die Hand nicht sauber abgeschnitten wurde.

»Du hattest doch vorhin gesagt, dass Erdrutsche einen Körper zerreißen können«, erinnerte sie Jason.

»Ja, ich meine nur, dass es so aussieht, als hätte sich das arme Schwein wie verrückt an irgendwas geklammert.«

Dem konnte O'Dell nicht widersprechen.

»Kojoten würden kein frisches Fleisch fressen«, sagte Ross.

»Wie bitte?«, O'Dell glaubte, sich verhört zu haben.

»Normalerweise lassen sie es tagelang, bis zu einer Woche irgendwo liegen, damit es sozusagen reift. Ich schätze, so vertragen sie es besser. Wahrscheinlich haben sie die Hand deshalb hiergelassen.«

Es bestätigte, was O'Dell bereits glaubte: Was immer diesen Männern passiert war, musste unmittelbar vor dem Erdrutsch geschehen sein.

36

Washington, D. C.

»Mr. Sadowski.« Eine junge Frau kam aus dem Sitzungssaal und durch die Lobby auf Frankie und seine Tochter zu.

Sie war die Erste, die sie heute Nachmittag beachtete. Und sie warteten schon lange hier, hatten nur eine Pause gemacht, um ein paar Sandwiches zu essen und mittelmäßigen Kaffee zu trinken.

»Es tut mir sehr leid, aber Sie können heute nicht mehr angehört werden.«

»Was soll das heißen?«, fragte Susan. »Wir warten schon den ganzen Tag.«

»Ich weiß, ja, aber einige der Expertenaussagen dauerten länger als erwartet. Wahrscheinlich können Sie gleich morgen früh aussagen.«

Es war dieselbe Frau, die Frankie gesagt hatte, er müsse heute Morgen hier sein.

»Sind Sie sicher?« Susan war verärgerter als Frankie, und er wollte sich ohrfeigen, dass er sie mitgenommen und ihre Zeit vergeudet hatte. »Denn wenn es nicht vor dem Nachmittag sein soll …«

»Nein, nein, ich bin mir sicher, dass es irgendwann am Morgen sein wird.«

»Aber voraussichtlich nicht als Erstes.«

Während seine Tochter sich mit der Mitarbeiterin abkämpfte, bemerkte Frankie, dass die Senatoren den Sitzungssaal verließen, in dem die Anhörung stattgefunden hatte.

»Bin gleich wieder da«, sagte er zu Susan und ging hinüber.

Die Senatorin seines Bundesstaates saß im Ausschuss, wie Frankie wusste, weil er ehrenamtlich bei ihrer Wiederwahlkampagne half. Er war ihr vor Jahren einmal kurz in Pensacola begegnet, erwartete jedoch nicht, dass sie ihn wiedererkannte.

Als sie aus dem Saal trat, rief er nach ihr: »Senatorin Delanor!«

Mit seinem Hut in der Hand schritt er langsam auf sie zu. Sie lächelte, doch war ihr anzusehen, dass es sie einige Mühe kostete, nicht eilig weiterzugehen, doch da er in der Lobby war, musste er die Sicherheitsschranken passiert haben.

»Ich bin Frankie Sadowski«, stellte er sich vor und reichte ihr die Hand. »Aus Pensacola.«

Sie schüttelte seine Hand, blickte sich aber nervös um, als suchte sie nach jemandem, der sie rettete, indem er sie unter irgendeinem Vorwand weglockte.

»Sie haben im Juli auf einen Brief von mir geantwortet«, sagte er. »Und Sie schrieben, dass ich unbedingt aussagen sollte.«

Er wartete, damit sie überlegen und sich erinnern konnte, was nicht geschah. Nun wurde es ein bisschen peinlich. War die Antwort von einem ihrer Leute geschrieben und auf einen Stapel gelegt worden, den sie blind unterzeichnet hatte?

»Es freut mich, Sie hier zu sehen«, sagte sie. »Der Ausschuss sollte dringend Geschichten wie die Ihre hören.«

»Senatorin Delanor!«, rief jemand hinter Frankie. »Hier wartet jemand auf Sie.«

Frankie entging nicht, wie erleichtert sie war, auch wenn sie es rasch wieder überspielte.

»Würden Sie mich bitte entschuldigen?« Sie zögerte, als versuchte sie, sich an seinen Namen zu erinnern. Offensichtlich beschloss sie, dass er nicht wichtig war. »Ich freue mich darauf, Sie morgen zu hören.«

Er drehte sich um und sah, wie sie zu einem Mann ging, der ihr mehrere gefaltete Notizen und einen großen Becher Kaffee gab. Anscheinend gehörte er zu ihrem Stab. Sie nannte ihn Carter. In seinem hübsch frisierten Haar steckte ein Headset, damit er freihändig telefonieren konnte. Und so, wie er ununterbrochen redete, schien er der Senatorin gleich eine ganze Liste von wichtigen Sachen mitzuteilen.

Frankie wandte sich schon zum Gehen, als er zwei Männer in Gala-Uniform bemerkte, die gerade aus dem Sitzungssaal kamen. Der eine Mann war jung, der andere alt, womöglich älter als Frankie, mit buschigem weißem Haar und gebeugten Schultern. Sie blieben stehen, um sich mit einem anderen jungen Mann in einer beigen Baumwollhose und einer ledernen Bomberjacke zu unterhalten. Etwas an dem Mann in der Lederjacke kam Frankie bekannt vor – sogar aus ungefähr zwanzig Metern Entfernung. Dann sah sich der Mann über die Schulter um. Sein Blick begegnete Frankies, bevor er sich wieder wegdrehte. Er sagte etwas zu den beiden Männern und ging.

Frankie erstarrte. Nun war er sicher, dass er den Kerl kannte, denn dieser selbstbewusste Gang war unverkennbar. Frankies Nackenhaare richteten sich auf, und sein Bauch verkrampfte sich. Es war derselbe Mann, der Frankie gewarnt hatte, nicht auszusagen. Und er hatte mit diesen Militärs zu tun, die bei der Anhörung gewesen waren.

Was zur Hölle ging hier vor?

37

Ellie wartete, bis sie außer Reichweite waren, und fragte Carter: »Hast du den Mann erkannt?«

»Den alten Knaben?«

Er drehte sich nicht nach dem Mann um. Ellie hingegen schon. Sie beobachtete, wie sich der große Mann mit dem silbergrauen Haar neben eine jüngere Frau setzte, die ihn offensichtlich herbegleitet hatte.

»Er sagt bei der Anhörung aus.«

»Ich habe eine lange Liste von Anrufen für dich. Wo soll ich anfangen?«

Sie gingen in ihr Büro, doch Ellie sah die Papiere nicht durch, die er ihr gegeben hatte. Es war nach fünf Uhr nachmittags, und ihr fiel niemand ein, der nicht warten könnte. Und Frankie San… nein, nicht San, sondern Sadowski. Sie hatte nicht mal den Namen wiedererkannt.

»Er sagte, dass ich auf einen Brief von ihm geantwortet habe und ihn ermutigte auszusagen.«

Carter sah sie an und seufzte. »Wir verschicken tonnenweise Briefe.«

»Standardbriefe, ja. Aber das klang mehr nach einer persönlichen Antwort.«

»Und von denen verschicken wir auch eine Menge.«

Carter lud einen neuen Akten- und Dokumentenstapel auf ihren Schreibtisch und sortierte ihn durch.

»Er sagte, dass er aus Pensacola ist, meiner Heimatstadt. Man sollte doch meinen, dass ich mich zumindest daran erinnere.«

Carter versah diverse der Akten auf ihrem Tisch mit Haftnotizen. Es war nicht zu übersehen, dass ihm Frankie Sadowski vollkommen egal war; doch der Mann sollte morgen aussagen. Wie vielen Leuten hatte Sadowski erzählt, dass sie ihn dazu ermuntert hatte?

»Lass es irgendwie an die Medien durchsickern, dass ich einen meiner Wähler, der von Projekt 112 betroffen ist, ermutigt habe, seine Geschichte zu erzählen.«

Carter blickte erschrocken auf. »Ist nicht dein Ernst?«

»Warum nicht? Die Menschen außerhalb des Capitols wollen, dass wir endlich den betroffenen Veteranen zuhören.«

»Zuhören und Ermutigen sind verschiedene Dinge. Du weißt ja nicht mal, was er sagen wird. Was ist, wenn er wie ein Spinner klingt?«

»Ein Spinner?« Sie lächelte, denn es schien ein seltsamer Ausdruck für jemanden in seinem Alter.

»Du weißt, was ich meine. Dieser alte Typ hat wahrscheinlich nichts Besseres mit seiner Zeit anzufangen, als irgendwelche Verschwörungstheorien übers Internet zu verbreiten. Was ist, wenn er zu einer dieser radikalen Gruppen gehört?«

»Er ist hier um auszusagen. Senator Quincy hätte ihn niemals zugelassen, wäre er irgendein radikaler Spinner. Er sagte, dass sein Stab alle Zeugen überprüft hat.«

»Woher soll ich wissen, was Senator Quincys Leute machen und was nicht?«

Ellie war es leid, dass in D.C. jeder zum Radikalen gestempelt wurde, weil er schlicht den Politikern widersprach. Etwas an Mr. Sadowski erinnerte sie an Jimmy Stewart in dem alten Klassiker *Mr. Smith geht nach Washington*. Er war ihr gegenüber wie ein Gentleman aufgetreten, und das war dieser Tage ein rares Phänomen, zumal in dieser Stadt.

»Du redest dauernd davon, dass man die Botschaft kontrollieren muss, Carter. Also lass irgendwie etwas Positives durchsickern. Herrgott, der Mann ist aus meiner Heimatstadt! Stell wenigstens diesen Bezug klar, bevor es die Medien tun und völlig verzerren.«

Nun grinste er matt. »Ich sehe mal, was ich tun kann.«

»Ach, und Carter«, hielt sie ihn auf, als er schon rauseilte. »Finde die Briefe.«

»Wie bitte?«

»Wir bewahren hier von allem und jedem Kopien auf.« Sie zeigte auf den Kartonstapel in ihrem Büro: die Kopien der Dokumente vom DoD. Die sollten angeblich bis in die 1950er zurückdatieren. »Ich möchte Mr. Sadowskis Brief sehen.«

»Wer weiß, ob der Typ dir tatsächlich irgendwas geschrieben hat?«

»Auf jeden Fall haben wir eine Kopie meiner Antwort. Finde sie.«

»Sicher war das ein Standardbrief.«

»Möglich. Finde sie trotzdem.«

Stirnrunzelnd verließ er das Büro. Ellie blickte auf ihre Uhr. Dann strich sie mit einer Hand über den frischen Stapel auf ihrem Schreibtisch. Sogar die Haftnotizen waren so versetzt angebracht, dass sie alle auf einen Blick lesen konnte.

In diesem Moment fiel ihr etwas ein. Frankie Sadowski

sagte, dass er ihre Antwort im letzten Juli erhalten hatte. Wie konnte das sein? Zu dem Zeitpunkt wusste sie noch gar nichts von dieser Anhörung oder hatte sie nicht auf dem Schirm gehabt. Erst vor einem guten Monat hatte sie Quincy gedrängt, sie in den Ausschuss zu berufen.

Ellie lief aus ihrem Büro, um Carter abzufangen und es ihm zu sagen, blieb jedoch gleich draußen stehen und trat zwei Schritte zurück, sodass sie hinter einer Säule außerhalb ihres Büros versteckt war.

Carter war auf der anderen Seite der Halle und sprach mit Senator Quincy. Die beiden sahen zum Ausgang, wo Mr. Sadowski und dessen Begleiterin mit einem der Mitarbeiter sprachen.

Carter zückte seinen heiß geliebten Notizblock und fing an mitzuschreiben, was Quincy ihm offensichtlich diktierte. Dann klopfte der Senator Ellies Stabsleiter sehr zufrieden auf die Schulter. Carter strahlte und nickte, ehe beide Männer in entgegengesetzte Richtungen davonliefen.

Als Quincy an ihrem Büro vorbeikam, war Ellie schon wieder drinnen und hatte die Tür geschlossen. Sie stopfte sich alles in die Aktentasche, was sie brauchte. Anschließend schlug sie eine Aktenmappe auf ihrem Schreibtisch auf und legte einen Block und einen Stift daneben. Ihren Kaffeebecher stellte sie in Reichweite, damit es aussah, als hätte sie das Gebäude nicht verlassen. Dann huschte sie über die Hintertreppe hinaus.

38

Benjamin Platt hasste, dass Maggie geklungen hatte, als würde sie ihm nicht trauen. Er kannte sie gut genug, um zu wissen, dass Vertrauen für sie ein höchst zerbrechliches Gut war. Und dass er ihres gewonnen hatte, um es auf diese Art wieder zu verlieren, machte ihn wütend auf sich selbst. Noch wütender machte es ihn auf Colonel Abraham Hess.

Hess hatte Platt zum Dinner eingeladen. Er war hochzufrieden mit der Anhörung. Und Platt wusste, dass Hess diese Anhörungen als einen bloßen Vorwand des Kongresses betrachtete, dem DoD die Mittel zu kürzen. Sie hatten die Projekte 112 und SHAD schon früher zweimal geprüft und nichts unternommen.

Platt hatte mitangesehen, wie sein Mentor aussagte und nicht bloß sein Publikum für sich einnahm, sondern auch noch Senator Quincy und den Rest der Ausschussmitglieder. Jetzt wollte er feiern, doch Platt empfand alles andere als Triumph. Genau genommen war ihm auch der Appetit vergangen, aber er brauchte ein paar Antworten, was North Carolina betraf.

Als Peter Logan sie nach der Anhörung abfing, schien der mehr Fragen als Antworten parat zu haben. Er erreichte seine Assistentin Isabel Klein nicht, und obwohl Logan es wie ein simples Kommunikationsproblem darstellte, weil durch den Erdrutsch Handymasten zerstört worden waren, war Platt klar, dass es nur eine weitere Ausflucht war. Gereizt hatte er erwähnt, dass er keine Probleme hätte, Maggie O'Dell zu erreichen.

Was Platt noch massiver störte, war, dass Hess und Logan nicht auf demselben Informationsstand waren. Hess sagte etwas von einem Spezialteam vor Ort, und Logan sah überrascht aus. Er versuchte, sich nichts anmerken zu lassen, doch Platt hatte seine Verärgerung gesehen. Das war, als Hess Platt zum Dinner einlud und ihn mit einem Kopfnicken entließ. Als Platt ging, konnte er hören, wie Logan noch mehr Ausreden vorbrachte. Platt hatte sich rechtzeitig umgeblickt, um zu sehen, wie Hess schließlich Logan mit einem Handschwenk abwürgte. Und er hörte, wie der Colonel seinem Stellvertreter sagte, »fahren Sie verdammt noch mal da runter«.

Jetzt, mehrere Stunden später, fand Platt den Colonel in seiner bevorzugten Ecknische im Old Ebbitt's vor. Hess saß schon bei einem Drink – Scotch ohne alles, wie Platt mittlerweile nur zu gut wusste. Als Platt sich ihm gegenübersetzte, winkte Hess dem Ober, der sofort kam.

»Darf ich Ihnen etwas zu trinken bringen, Sir?«

»Kaffee, schwarz.«

Hess zog fragend die Brauen hoch.

»Noch einen Scotch für Sie, Sir?«

Hess verneinte stumm. Sowie der junge Mann gegangen war, fragte er Platt: »Was ist los, Benjamin?«

»Was geht in North Carolina vor? Logan klang, als hätte er keinerlei Informationen, und inzwischen sind Tage seit dem Erdrutsch vergangen.«

»Logan.« Er sprach den Namen, als hinterließe er einen scheußlichen Geschmack in seinem Mund. »Der Mann hat Potenzial, war ein guter Soldat. Ich habe ihn kennengelernt als Offizier in Afghanistan. Er war maßgeblich an der Erprobung einiger neuer Produkte im Einsatz beteiligt.« Er sah Platt über den Tisch hinweg an. »Sie wissen, wie wichtig das gewesen ist?«

Platt wollte nicht, dass Hess vom Thema abschweifte. Er nickte und fragte: »Maßgeblich genug, dass Sie ihn zum stellvertretenden Leiter der DARPA gemacht haben?«

Hess' Augen verengten sich. Offensichtlich missfiel ihm, dass Platt sein Urteilsvermögen infrage stellte.

Bevor er etwas erwidern konnte, fuhr Platt fort: »Es werden Leichen gefunden – unter anderem ein Wissenschaftler aus Ihrer Einrichtung, der ermordet wurde. Und Logan hat sich da noch nicht mal blicken lassen.«

Hess hielt eine Hand in die Höhe, um ihn genauso zum Schweigen zu bringen wie Senator Quincy. »Machen Sie sich deshalb keine Gedanken. Ich habe ein spezielles Bergungsteam dort. Sie kümmern sich bereits um alles, auch ohne Logan.«

»Dann haben Sie nähere Informationen über die Einrichtung?«

»Anscheinend wurde sie verschüttet. Weg. Komplett vom Fundament gerissen und den Berg hinuntergestürzt.«

Platt rieb sich mit der Hand übers Gesicht und hielt seine Reaktion zurück, als der Kellner ihm seinen Kaffee hinstellte.

»Jetzt schauen Sie nicht so besorgt drein, Benjamin«, sagte Hess und trank von seinem Scotch. »Da unten können wir immer noch alles kontrollieren. Hier oben lauern die Aasgeier, die uns vernichten, wenn wir sie lassen.«

Mit den »Aasgeiern« meinte er die Politiker. Wie konnte

er so zufrieden sein, wenn eine ganze Einrichtung von einem Erdrutsch zerstört wurde und die Mitarbeiter dort tot waren, einer möglicherweise ermordet wurde?

»Konnten Sie Dr. Shaw erreichen?«

»Nein, noch nicht.«

»Inzwischen müssten Sie wissen, was in der Einrichtung gelagert wurde.«

»Mein Team kümmert sich darum.«

»Abraham, Sie haben mich gebeten, eine FBI-Agentin hinzuschicken. Besteht die Möglichkeit, dass sie irgendwelchen Sachen ausgesetzt wird?«

»Sie wissen doch, dass jede Einrichtung umfassende Sicherheitsvorkehrungen trifft. Wir haben keinen Grund zu der Annahme, dass es zu einem Gefahrenvorfall kam.«

»Woran haben die gearbeitet?«

Endlich erkannte Platt einen Anflug von Besorgnis. Hess blickte sich in dem lauten Restaurant um und rückte näher an den Tisch, wobei er die Hände um sein Glas legte.

»In den 1950ern arbeiteten wir an einem Projekt, *Aedes aegypti* zu züchten, um Mücken als Träger, als eine Art biologisches Transportsystem einzusetzen. Die U.S. Army hatte sogar einen kleinen, geografisch eingegrenzten Versuch gestartet und sie in Georgia und Florida freigelassen. Wahrscheinlich zu klein, um eine aussagekräftige Wirkungsanalyse vorzunehmen. Aber stellen Sie sich vor, wie ideal das wäre? Wenn wir Insekten züchten könnten, die bereits Krankheiten übertragen – wie das Dengue- oder Chikungunya-Fieber – oder sie vielleicht mit Krankheiten oder Viren infizieren, und sie dann freisetzen, ohne dass der Feind etwas merkt! Dr. Shaw war fasziniert von unterschiedlichen Transportmethoden, vor allem von organischen Trägern.«

»Was genau wollen Sie mir damit sagen, Abraham? Dass sie mit Mückenschwärmen arbeitete, die sie zu Biowaffen machte?«

»Nicht so laut, Benjamin!«

»Wissen Sie, auf welche Viren die Einrichtung Zugriff hatte?«

»Ich arbeite daran …«

»Nein«, fiel Platt ihm so harsch ins Wort, dass der Colonel erschrak. »Sie *müssen* es mittlerweile längst wissen.«

Platt wartete und starrte den Mann streng an, den er fast zwanzig Jahre lang geachtet und bewundert hatte.

»Aber das dürfen Sie keinem erzählen«, sagte Hess schließlich.

»Sie haben mich gebeten, jemanden hinzuschicken, dem ich vertraue, nur damit Sie die Ermittlungen genauso wie den Informationsfluss kontrollieren können.«

»Ich versichere Ihnen, dass jedwede gefährlichen Erreger vollkommen sicher sind. Mein Team ist dabei, die Behälter mit den Viren zu bergen.«

»Wie können Sie sich sicher sein, dass die von dem Druck der Schlammlawine nicht längst zerstört wurden? Jeder dort könnte bereits irgendwelchen Viren ausgesetzt gewesen sein.«

»Der Behälter sendet ein Signal, und das empfangen wir nach wie vor.«

Platt schüttelte den Kopf. Als Army Colonel und Leiter von USAMRIID wusste er um den schmalen Grat, auf dem sie sich bewegten, um die Zivilbevölkerung zu schützen und gleichzeitig neue Methoden zu erforschen, um die Soldaten zu stärken und ebenfalls zu schützen. Sein Leben bestand quasi hauptsächlich aus streng geheimen Forschungen. In den Laboren in Fort Detrick arbeitete er mit Viren und Krankheitserregern, die eine ganze Stadt auslöschen könnten, würden sie versehentlich freigesetzt. Und er hatte in leitender Funktion bei der Verschleierung eines Ebola-Ausbruchs vor Jahren mitgearbeitet, der Hunderte hätte töten können, wäre es zu einer Massenpanik gekommen.

»Vierundzwanzig Stunden«, sagte er zu Hess. »Ich gebe Ihnen vierundzwanzig Stunden.«

»Drohen Sie mir, Benjamin?«

»Ich gebe Ihnen eine Chance, das Richtige zu tun.«

39

Haywood County,
North Carolina

Bis sie es wieder zum Fuß des Berges geschafft hatten, war der Nieselregen zu einem richtigen Regen geworden. Ross setzte O'Dell, Jason und Bolo bei der Highschool ab. O'Dell hatte sich schon nach verfügbaren Unterkünften erkundigt, doch das nächste Hotel oder Motel war über fünfzig Meilen weit weg und bei den vielen Straßenschäden garantiert nicht die Fahrt wert.

Ross hatte ihnen erzählt, dass eine der drei örtlichen Kirchen die Familien unterbrachte und versorgte, deren Häuser zerstört wurden. Und da der Unterricht ausfallen musste, hatte man Feldbetten für die Rettungskräfte in der Schulturnhalle aufgestellt. Sie konnten die Umkleideräume für ihre Ausrüstung nutzen und dort duschen. In der Cafeteria gab es morgens und abends warmes Essen, und Lunchpakete wurden um acht Uhr morgens ausgegeben.

»Lassen Sie sich auf der Liste eintragen«, hatte ihnen der Gardist gesagt.

Er zeigte an das hintere Ende der großen Turnhalle. »Sie müssen alle drei erst mal durch die Dekon, bevor Sie ins Gebäude dürfen.«

»Dekon?«

»Verzeihung, Dekontamination. Der ganze Schlamm, durch den wir gewandert sind und den wir aufgegraben haben, wird als kontaminiert eingestuft. Erdrutsche produzieren leicht mal eine giftige Kloake. Die meisten Leute hier haben Gastanks zum Heizen und Jauchegruben. Wir wissen nicht, wie viele von denen Leck geschlagen sind. Ganz zu schweigen von den ganzen Dämmstoffen, Asbest und so. Also müssen Sie abgeduscht werden.« Dann zuckte er mit den Schultern. »Als wären wir noch nicht nass genug, was?«

O'Dell stellte fest, dass der Gardist zum ersten Mal versuchte, einen Witz zu reißen. Sie betrachtete sein Profil und erkannte, dass er deutlich jünger war, als sie ihn zunächst geschätzt hatte. Sie waren eben alle sehr erschöpft.

Auf der Fahrt den Berg hinunter hatte sie zweimal versucht, Dr. Gunther zu erreichen, und beide Male eine Nachricht sowie ihre Nummer hinterlassen. Ross hatte ihr erzählt, dass die anderen Gardisten die Leiche und die abgetrennte Hand in die improvisierte Leichenhalle bringen würden, wie die Ärztin angewiesen hatte. Und O'Dell hatte gehofft, dass Dr. Gunther sich direkt an die Untersuchung machen würde. Jetzt bezweifelte sie es.

O'Dell, Jason und Bolo folgten dem Gehweg seitlich am langen Gebäude entlang. Andere Crews parkten vor der Halle und luden ihre Ausrüstungen aus. Die Sonne würde erst in einer Stunde untergehen, doch der graue Himmel und der Regen sorgten dafür, dass es früher dunkel wurde.

»Heute Morgen haben sie hier ein erstklassiges Frühstück serviert«, sagte Jason neben ihr.

Sie sah ihn an. Er gab sich sichtlich Mühe, gelassen zu klingen. Und er hielt Bolo sehr kurz an der Leine, sodass dem Hund nichts anderes übrig blieb, als dicht neben Jason zu laufen. So nahe, dass der Hund bei jedem Schritt

Jasons Hosenbein streifen musste. Kaum fiel ihr Blick auf den Hund, erkannte sie auch, warum. Die Felllinie, die ihn als Ridgeback auswies, sträubte sich auffallend.

O'Dell erinnerte sich, dass Creed ihr erzählt hatte, Bolo würde ihn übertrieben beschützen. Das tat er bei Jason offenbar auch, so misstrauisch wie er die Männer beäugte, die aus den anderen Wagen stiegen. Immer wieder bewegte sich sein Kopf in Richtung der Geräusche. Er sah sie als Bedrohung an, und auf diesem Gehweg fühlte er sich weit außerhalb seines Wohlfühlbereichs. Der lag oben im Wald und entlang des Sturzbaches, wo er sich ganz auf die Gerüche konzentrieren konnte, die er suchen sollte.

»Ich parke da drüben auf der anderen Straßenseite«, sagte O'Dell, als sie sich umsah. »Ich muss mir meine Tasche holen, sonst habe ich nichts Trockenes anzuziehen.«

»Klar.« Jason nickte. »Wir treffen uns bei der Dekon.«

Sein Tonfall war nach wie vor ruhig und lässig, als sei alles bestens. Aber war ihm klar, dass seine angespannte Haltung und die superkurze Leine dem Hund förmlich zuschrien, dass rein gar nichts in Ordnung war? Der Hund war kräftig und muskulös. Hatte Jason Angst, dass er ihn mit einer Hand nicht hinreichend im Griff hatte? O'Dells eigener Hund Jake – ein riesiger schwarzer Deutscher Schäferhund – konnte sie locker umwerfen, wenn er unvermittelt an der Leine zerrte.

Sie wollte Jason fragen, ob er zurechtkam, nur konnte sie das unmöglich, ohne Bolos Anspannung zu steigern und Jason noch unsicherer zu machen. Daher stimmte sie einfach zu, ging in die andere Richtung und bemühte sich, nicht zurückzusehen.

O'Dell stieg in ihren SUV, um aus dem Regen zu kommen, und holte ihr Telefon hervor. Keine Nachricht von Ben. Sie unterdrückte ihre Verärgerung. Jetzt gerade wollte sie sowieso nicht mit ihm reden. Stattdessen rief sie ihren Chef an, Assistant Director Kunze, und hinterließ ihm eine Nachricht. Dann tippte sie eine andere Nummer in ihren Kontakten an und wartete.

Gwen hatte ihre Depression monatelang überspielt, doch die Operation machte es schwieriger. O'Dell musste einfach hören, ob mit ihrer Freundin alles okay war. Niemals hätte sie mit der munteren Stimme gerechnet, die sich nun meldete.

»Und? Hast du ihn schon gesehen?« Ihre Freundin hörte sich an wie ein Teenager.

O'Dell konnte nicht anders. Nach diesem Tag holte sie die Erschöpfung ein, und sie lächelte einfach nur.

40

Creed war froh, hinter dem überfüllten Dekontaminationsbereich Dr. Avelyn zu sehen. Drei große Zelte waren auf einem Gelände errichtet worden, bei dem es sich um einen zweiten Parkplatz zum Turnhallengebäude handeln musste. Die Schlange der Wartenden zog sich um die Ecke des Gebäudes herum. Die Rettungskräfte hatten für heute Schluss gemacht und warteten nun nass und schlammverdreckt darauf, abgebraust zu werden.

Der Regen fiel wieder stetig, und es zeichnete sich kein Ende ab. Bald würde es dunkel werden. Creed fühlte sich wie die meisten hier: erschöpft, hungrig, hundemüde und dennoch nicht gewillt aufzuhören, weil immer noch lebende Opfer da draußen sein könnten, vergraben unter Schutt und Schlamm, die sich an den letzten Rest Atemluft klammerten. Leute wie Mrs. Hamlet, die noch eine Nacht ausharren müssten.

Creed hatte Grace bei der alten Frau gelassen, während er den bewaldeten Hügel wieder hinaufstieg. Vorher hatte er die GPS-Daten des Fundorts eingegeben, weil er keine Zeit damit vergeuden wollte, sie hinterher wiederzufinden. Als er bei Vance und Mrs. Hamlets Tochter war, hatte er die Koordinaten aufgerufen und eine Abkürzung entdeckt.

Sie trugen die Frau zu ihrer besorgten Tochter und warteten auf den Krankenwagen. Und Grace wich erst von der Seite der alten Dame, als sie in den Krankenwagen geladen wurde. Die kleine Hündin hatte sich nicht mal über die Glasscherben beklagt, die in den Lederhäuten ihrer Pfoten steckten.

Nun konnte Creed es nicht abwarten, dass sich um Grace gekümmert wurde. Es warteten nur drei Rettungshunde darauf, untersucht zu werden. Creed bahnte sich einen Weg durch die Rettungskräfte hindurch. Als Dr. Avelyn ihn entdeckte, winkte sie ihm, er solle direkt durchkommen.

Grace lief zwischen den Arbeitern hindurch und grüßte mit einem Schwanzwedeln. Einige von ihnen bückten sich lächelnd, um sie zu streicheln. Andere traten sofort aus dem Weg, als sie die Hündin sahen. Bis sie es zu Dr. Avelyns Zelt geschafft hatten, war sie mit dem letzten der drei Hunde fertig. Kaum hatte Grace sie erkannt, konnte sie ihre Aufregung kaum zurückhalten.

»Ruhig«, sagte Creed zu ihr.

Dr. Avelyn torpedierte das Kommando, indem sie sich hinhockte, ihre Arme ausbreitete und Grace zu sich rief. Also klickte Creed die Leine los, und die Hündin flitzte auf blutigen Pfoten zur Tierärztin.

»Ich hatte erst vor einer Viertelstunde Jason und Bolo hier«, sagte sie.

»Gut. Ich bin froh, dass sie zurück sind. Alles okay mit ihnen?«

»Bolo ist ein wenig nervös, wegen der vielen Menschen.«

»Ich wette, er war selig, Sie zu sehen.«

Sie lächelte. »Ich habe von deinem Abenteuer heute

gehört, Grace«, sagte sie zu der kleinen Hündin, während sie mit den Händen über Graces Körper strich und nach Anzeichen von Verletzungen tastete. Dann sah sie wieder zu Creed auf. »Wie es sich anhört, hatten Sie hier ein paar spannende Tage.«

»Es war verrückt.«

»Sie sehen furchtbar aus«, sagte sie und zeigte zu dem Schnitt über seinem Auge. »Sie sollten das abdecken, wenn Sie draußen arbeiten.«

Er wollte hingreifen, doch ihr Schimpfen hielt ihn auf: »Nicht anfassen!«

»Ich habe ihr einige Scherben aus den Pfoten gezogen«, sagte er, weil es schließlich um Grace ging. »Aber ich glaube, da sind noch mehr.«

Er kniete sich neben die Ärztin, um genauer hinzusehen. Die Strahler an den Zeltrahmen erzeugten zu viele Schatten, deshalb setzte Dr. Avelyn ihre Stirnlampe auf und schaltete sie ein. Dann nahm sie eine Flasche Wasserstoffperoxyd und eine Pinzette.

Creed hob Grace hoch, hielt sie an seiner Brust und lehnte sein Kinn oben auf ihren Kopf, sodass Dr. Avelyn leichter an die Pfote herankam.

»Das könnte stechen, Grace.«

»Sie hat eine irre hohe Schmerztoleranz«, sagte Creed zur Tierärztin und beobachtete, wie sie winzige Glas- und Schuttfragmente aus den Pfoten zog. Jedes Mal, wenn sie ein Teil in eine Edelstahlschale fallen ließ, wollte Creed das Gesicht verziehen.

»Ganz wie ihr Herrchen.«

Als Creed nicht reagierte, sagte Dr. Avelyn: »Ich habe gehört, dass Sie einige Rippen gebrochen haben könnten.

Ich habe ein Röntgengerät dabei. Wenn Sie wollen, können wir uns das mal ansehen.«

»Die Sanitäter haben mich in elastische Verbände eingeschnürt. Würden Sie etwas anderes machen, falls wir die gebrochenen Rippen finden?«

»Bei einem Hund nicht. Bei einem Menschen bin ich mir nicht so sicher, aber ich mache mich mal schlau. Ein Röntgenbild könnte auf jeden Fall zeigen, ob eine Rippe etwas Wichtiges einzustechen droht. Wie ist Ihre Atmung?«

»Ganz okay.« Er rieb sein Kinn an Graces Kopf. Die Kleine wurde es leid stillzuhalten. »Fast geschafft, mein Mädchen.« Dann sagte er zu Dr. Avelyn: »Mein Kopf tut weh. Vielleicht habe ich mir da oben was gebrochen.«

Er lächelte, erntete jedoch nur einen besorgten Blick, sodass er gleich bereute, es gesagt zu haben.

»Die haben Sie auf eine Gehirnerschütterung untersucht, oder?«

»Ich glaube ja. Weiß ich nicht genau. An viel erinnere ich mich offen gesagt nicht. Ich war hinterher noch eine Weile weg.«

»Ryder! Das ist eines der deutlichsten Symptome! Ist Ihnen schlecht? Wie ist es mit dem Sehen?«

»Sehen kann ich gut.«

»Erinnern Sie sich, was passiert ist?«

»Sie meinen, dass ich verschüttet wurde?«

Sie nickte. Inzwischen tupfte sie Graces Pfoten ab.

»Nicht an alles.«

»Hat Sie heute jemand untersucht, bevor Sie wieder rausgingen?«

»Nein.«

»Wie fühlen Sie sich jetzt? Schwindelgefühle? Klingeln in den Ohren?«

»Klingeln hin und wieder. Schwindlig nicht mehr.«

»Nicht mehr? Das heißt, Ihnen war schwindlig?«

»Ein bisschen. Im Moment fühlen sich die Kopfschmerzen an, als würde jemand einen Hammer in meinem Schädel schwingen.«

»Einige Symptome der Gehirnerschütterung können erst Stunden später auftreten. Manchmal sogar Tage. Für mich klingt das definitiv nach einer. Und die könnten Sie *noch* haben.«

»Haben Sie etwas, das Sie mir gegen die Kopfschmerzen geben können?«

»Ja«, antwortete sie, ohne zu zögern. Sie behandelte Grace zu Ende und sah sich noch mal die Pfoten an. »Für dich ist Feierabend, Grace.« Zu Creed sagte sie: »Sie muss sich mindestens vierundzwanzig Stunden ausruhen.«

»Alles klar.«

»Und das sollten Sie auch.« Dann sah sie über Creeds Schulter und sagte: »Ich hoffe, diesmal haben Sie keine Skorpione dabei.«

Creed drehte sich um und fand sich überraschend Maggie O'Dell gegenüber.

41

»Keine Skorpione«, antwortete O'Dell.

Die Tierärztin spielte auf das letzte Mal an, dass sie sich gesehen hatten. Da war O'Dell in eine Skorpiongrube gefallen. Bei dem Gedanken daran schüttelte es sie gewöhnlich, doch momentan galt ihre gesamte Aufmerksamkeit Ryder Creed.

Sie hasste es, wie ihr Herz einige Schläge auszusetzen schien, sobald sie seinem Blick begegnete. Creeds Kleidung sah aus, als hätte er sich im Schlamm gewälzt. Sein Haar klebte nass an seinem Kopf. Sein Gesicht war von blauen Flecken und Kratzern übersät, und seine Wangen und das Kinn wiesen einen dunklen Bartschatten auf. Die Augen jedoch waren leuchtend und klar. Sein Mundwinkel bog sich zu einem schiefen Lächeln. Zerschunden und schmutzig gelang es ihm immer noch, wie ein Covermodel für GQ auszusehen – wenn es eine Ausgabe mit Naturburschen gäbe.

»Was führt dich in diesen Schlamassel?«, fragte er.

»Offizieller Auftrag.« Dabei beließ sie es. Für Geschäftliches war später noch Zeit.

Sowohl Dr. Avelyn als auch Creed richteten sich auf. Er hielt Grace noch in den Armen. Als die kleine Hündin O'Dell erkannte, begann sie zu zappeln. Creed hielt sie fester im Arm und kam wegen Grace einige Schritte näher. Zumindest dachte O'Dell, dass er es wegen Grace tat.

Sie bot der Hündin ihre Hand an, damit sie daran schnüffeln und sie ablecken konnte, dann streichelte sie Graces Kopf, wobei sie achtgab, nicht Creeds Finger zu streifen.

Albern. Total lächerlich. Zumal sie vergessen hatte, welche Wirkung seine pure Anwesenheit auf sie ausübte. Und es ärgerte sie, dass ihr Puls raste und sie es vermied, ihn direkt anzusehen.

»Habt ihr zwei die Vermisste gefunden?«

»Grace hat sie gefunden. Und wir denken, dass Mrs. Hamlet sich wieder vollständig erholt. Sie ist dehydriert und geschafft, nachdem sie fast zwei Tage draußen war, und sie hat sich den Knöchel verstaucht. Aber ansonsten schien sie okay zu sein.«

O'Dell spürte, wie er sie von oben bis unten musterte. »Wie es aussieht, warst du auch den ganzen Tag draußen.«

»Ja, so ziemlich.«

Sie blickte an sich hinab und stellte fest, dass ihre Jeans an den Knien und den Knöcheln schmutzig war, an ihren Stiefeln haftete eine Schlammkruste, und ihr Haar war, trotz der FBI-Baseballkappe, genauso klatschnass wie Creeds. Ihre kleine Reisetasche hing über ihrer Schulter, und selbst mit der bis oben geschlossenen Regenjacke war ihr allmählich kalt.

»Jason hat mir erzählt, dass du gestern in einen Hangabsturz geraten bist. Geht es dir gut?«

»Du hast Jason gesehen?«

Ehe sie es erklären konnte, kam ein Mann aus der Seitentür der Turnhalle und unterbrach sie.

»Hundemann!«, rief er Creed zu. »Ich warte hier schon auf dich!«

Der Mann war kleiner als Creed, aber schlank und durchtrainiert. Ein bisschen älter musste er auch sein. Sein weißblondes Haar war militärisch kurz geschnitten mit einem fransigen Pony. Er trug eine lederne Bomberjacke, eine beige Baumwollhose und teure Wanderstiefel, an denen nicht ein Tropfen Schlamm klebte, wie O'Dell sofort bemerkte.

»Peter Logan.« Er streckte ihr die Hand hin, um ihre darin zu zerdrücken.

»Sie sind also Logan«, sagte sie, den festen Händedruck erwidernd und beobachtete seine Überraschung darüber genüsslich. Eigentlich machte ihr ein sehr fester Händedruck nichts aus. Er war ihr allemal lieber als dieser weiche, überhebliche, den die meisten Männer in Führungspositionen bei weiblichen Kollegen anwandten. »Ich habe einige Fragen an Sie.«

Er neigte den Kopf zur Seite und behielt sein gekünsteltes Lächeln, als er kurz zu Creed sah.

»Ich bin Agent Maggie O'Dell.«

Jetzt begriff er offensichtlich. »Oh, dann sind Sie Bens Freundin!«

O'Dell spürte, wie sie rot wurde.

42

Peter Logan war ein Arschloch, und Creed wunderte nicht, dass er sich in den letzten sieben Jahren nicht verändert hatte.

»Ihr beide kennt euch?« Er sah von Creed zu O'Dell und wieder zurück; dabei zog er die Brauen hoch, als ginge hier irgendwas Unanständiges vor sich.

»Wir hatten schon bei ein paar Fällen miteinander zu tun«, antwortete Maggie.

Creed war nicht sicher, ob er wütend auf Logan war, weil er Maggie in Verlegenheit gebracht hatte, oder weil Logan mehr über den Mann wusste, dem offensichtlich ihr Herz gehörte.

Logan sah zu Grace. »Das war nicht die Abmachung, Hundemann. Du bringst den winzigsten Hund mit, den du auftreiben konntest, um einen Job für mich zu erledigen? Der sieht aus, als würde er nicht mal pudelnass fünfzehn Pfund auf die Waage bringen.«

Grace knurrte ihn an, und Creed fühlte, wie sich ihr Nackenfell sträubte.

»Ihr Name ist Grace, und, nein, sie arbeitet nicht an deinem Projekt mit.«

»Ja, ich habe schon gehört, dass du gar nicht erst an der Fundstelle aufgekreuzt bist.« Er stemmte die Hände in die Hüften, als hätte er immer noch eine Einheit zu kommandieren.

»Jason und Bolo haben fantastische Arbeit geleistet«, sagte Maggie, ehe Creed antworten konnte.

Erst jetzt wurde Creed bewusst, dass sie die FBI-Agentin war, die geschickt wurde, um Logans geheimes Projekt zu überwachen.

»Ja, ich hörte auch, dass Sie einen produktiven Nachmittag hatten«, sagte Logan zu Maggie und wiegte den Kopf hin und her, was seine übliche Geste war, wenn er jemanden lobte. Und sie war auch schon alles, was man von ihm erwarten konnte.

Grace war nach wie vor unruhig in Creeds Armen, streckte ihre Beine durch und wollte sich ihm entwinden. Wahrscheinlich konnte sie Creeds Feindseligkeit gegenüber Logan spüren.

»Solange wir diesen Sturzbach nicht gebändigt haben, können wir nicht mehr tun«, sagte Maggie.

Logans Blick schweifte umher. Er fühlte sich merklich unwohl damit, diese Dinge in der Öffentlichkeit zu besprechen, auch wenn Creed niemanden sah, der das geringste Interesse an ihnen zeigte. Dr. Avelyn war schon längst zu dem Trailer gegangen, den man für sie und die anderen aufgestellt hatte.

»Das können wir später besprechen«, sagte Logan zu Maggie.

»Ja, es wäre gut, wenn wir reden könnten. Ich hätte einige Fragen.«

»Da bin ich sicher.« Er lachte, als handelte es sich um einen privaten Scherz zwischen ihnen. »Jetzt gehen Sie sich erst mal sauber machen. Wir sehen uns morgen früh.«

»Morgen früh?« Maggie war eindeutig verärgert. Sie blickte sich zur Dekontaminationsschlange um, die beträchtlich kürzer geworden war. »Wir müssten in einer halben Stunde durch sein. Vielleicht können wir uns dann beim Abendessen unterhalten. Wie ich hörte, haben sie hier eine Mahlzeit und ein Feldbett für uns.«

Logan schüttelte grinsend den Kopf. »Bedaure, ich bleibe nicht hier. Ich habe eine andere Unterkunft. Aber ich sehe euch beide morgen.«

An Creed gewandt ergänzte er: »Und ich erwarte dich morgen oben am Hang. Nicht einen deiner Ersatzleute.« Dann, als hätte er nicht soeben eine Breitseite ausgeteilt: »Freut mich, wieder mit dir zu arbeiten, Hundemann.«

Er wollte Creed auf die Schulter klopfen, da schoss Graces Kopf nach vorn, die Zähne gebleckt, und sie knurrte.

Logan riss die Augen weit auf, und Creed zog die Hündin zurück.

»Oh ehrlich, Hundemann. Schick dieses kleine Mistvieh zurück nach Hause.«

»Sie hat heute einer alten Dame das Leben gerettet, die ganz sicher gestorben wäre, hätte Grace sie nicht gefunden.«

Sein Kunstlächeln hielt sich immer noch, nur dass er jetzt die Zähne zusammenbiss, als er sagte: »Tja, na ja, ich bezahle dich nicht, alte Damen zu suchen.«

Mit diesen Worten machte er kehrt und ging zur Straße, wo ein Wagen mit eingeschalteten Scheinwerfern auf ihn wartete.

Maggie blickte ihm nach, drehte sich wieder zu Creed und sagte: »Was für ein Typ. Seid ihr befreundet?«

»Nicht mal annähernd. Ich schulde ihm einen Gefallen, und den fordert er gerade ein.«

43

O'Dell hatte die Mädchenumkleide für sich, nachdem die weiblichen Rettungskräfte gegangen waren. Es fühlte sich gut an, wieder sauber und in trockenen Sachen zu sein. Sie wünschte bloß, sie hätte sich ein zweites Paar Wanderstiefel mitgenommen. Von diesem schabte und wischte sie den Schlamm ab, so gut sie konnte, bevor sie mit warmen, frischen Socken wieder hineinstieg.

Sie traf Creed zum Abendessen um halb acht. Die Cafeteria-Mitarbeiter hatten gebeten, dass sie sich in zwei Gruppen aufteilten, damit sie all die Arbeiter und Freiwilligen anständig versorgen konnten. O'Dell hatte weiterhin versucht, Dr. Gunther zu erreichen. Nachdem sie mehrere Nachrichten hinterlassen hatte, gab sie es auf. Doch als sie ihre Sachen und die Tasche in einem Schließfach verstaut hatte, klingelte ihr Telefon.

Zuerst sah sie die Nummer nicht, sondern nur die Textnachricht. Aus der allerdings deutlich hervorging, von wem sie kam.

BEI RALPH'S. KOMMEN SIE ZUM HINTEREINGANG.

Sie erinnerte sich, dass Ralph's das Schlachthaus mit dem Kühlraum war, in dem sie die geborgene Leiche lagerten. O'Dell tippte eine Antwort: BIN IN ZEHN MINUTEN DA.

Sie bat einen der Freiwilligen, ihr den Weg zu Ralph's

zu beschreiben. Die Abkürzung über den Parkplatz führte sie direkt zum Vordereingang, der mit einer Kette und einem Vorhängeschloss gesichert war; dazu mit einem Schild KEEP OUT. O'Dell ging um das Gebäude herum und fand den Hintereingang. Die schwere Holztür knarrte, als O'Dell sie aufschob, und drinnen war alles dunkel.

»Dr. Gunther! Ich bin's, Agent O'Dell.«

Plötzlich ging die Tür hinten im Korridor auf, und Licht flutete in den Gang.

»Sind Sie allein?«, fragte die ältere Frau.

»Ja, natürlich.«

»Dann kommen Sie her. Ich habe nicht den ganzen Abend Zeit.«

In dem Raum befanden sich Arbeitstische aus Edelstahl und mehrere Spülbecken an den Wänden. An einer Wand waren drei Türen zu Kühlkammern. Dr. Gunther trug eine weite Arztkluft und stand auf einem Hocker, den sie sich an einen der Tische gerückt hatte. Die Leiche auf dem Tisch war der Mann mit dem rasierten Schädel. O'Dell sah, dass die Hand, die sie gefunden hatten, auf einem Edelstahltablett auf einer der Arbeitsflächen lag.

Die Ärztin nickte zu einem Schreibtisch, auf dem eine Schachtel mit Latexhandschuhen, eine mit Fußschützern und eine dritte mit OP-Masken standen. Über der Rückenlehne des Stuhls vor dem Schreibtisch hingen ein paar Kittel-Oberteile. O'Dell zog sich alles über und ging zu Dr. Gunther.

»Die Mistkerle haben alles verrammelt und verriegelt. Was dachten die eigentlich, wie ich hier reinkommen soll? Ich werde mich bei deren Boss beschweren.« Dann schnaubte sie hinter ihrem Mundschutz und fügte hinzu: »Übrigens glaube ich, die wollten, dass keiner hier reingeht.«

»Und wie sind Sie reingekommen?«

»Ralph gab mir einen Schlüssel für die Hintertür. Sie haben die doch wieder zugemacht, oder?«

O'Dell nickte.

»Wieso bitten die einen wohl, bei der Bergung zu helfen, wenn sie nicht wollen, dass man die Autopsie macht?«

»Vielleicht wollen sie nicht, dass jemand herausfindet, was tatsächlich mit diesen Männern passiert ist.«

Falls dem so war, hatte es die Ärztin jedenfalls nicht aufgehalten. Sie hatte die Leiche bereits gesäubert und ihre Instrumente auf einem Tablett bereitgelegt. Ein Werkzeug, das wie eine Heckenschere aussah, lag auf dem Arbeitstisch, und O'Dell wusste, dass sie dieses Gerät bräuchten, um den Brustkorb zu öffnen. Es war noch kein Y-Schnitt ausgeführt worden. Keine Proben wurden genommen und katalogisiert. Leere Glasröhrchen warteten darauf, befüllt und beschriftet zu werden.

Ohne den Schlamm konnte O'Dell jetzt das *U. S. Airborne*-Tattoo mit dem Adler darunter deutlich sehen. Was sie für Verbrennungen weiter unten am Arm gehalten hatte, wirkte jetzt eher wie ein großes rotes Hämatom. Kein Ausschlag, sondern ein Druckmal unter der Haut. Kleine weiße Bläschen erhoben sich wie Tapioka an den Rändern. Große rote Flecken waren über den Körper verteilt, und sie erinnerten an Verbrennungen, weil teilweise die Haut abgerissen war. Aber dies hier war etwas anderes.

»Was hat diese Hautschäden verursacht?« O'Dell wusste, dass sie nicht postmortal entstanden sein konnten.

»Ich habe so etwas erst einmal zuvor gesehen. Das war vor Jahrzehnten, damals in den späten Sechzigern. Mein Mann war auf der Eglin Air Force Base außerhalb von Pensacola in Florida stationiert. Zu der Zeit war ich noch Medizinstudentin und durfte ihm assistieren. Sie machten irgendwelche Versuche, versprühten so ein Zeug, das sie Marker-BG nannten. Es sollte eine harmlose Verbindung mit fluoreszierenden Partikeln sein, mit der sie ermittelten, wie sich Wind auf einen feindlichen Biowaffenangriff auswirkt. Wir hatten bestimmt zwei Dutzend Flieger, die Blut husteten oder aus den Ohren bluteten. Und bei denen gab es auch Bläschen und rote Stellen, fast wie diese hier.«

»Wissen Sie, was genau versprüht wurde?«

»O nein, das sagte uns keiner, nicht mal, als wir versuchten, die jungen Männer zu behandeln. Sie bestanden darauf, dass die Symptome abklingen würden und die benutzte Substanz völlig unschädlich war. So sicher, dass sie noch neun weitere Tests durchführten. Mein Mann tobte vor Wut. Es kostete ihn fast seinen besten Freund.«

»Könnte es sein, dass diese Einrichtung hier mit etwas Vergleichbarem experimentierte?«

»Keine Ahnung. Aber was es auch sein mag, es ist auf jeden Fall viel stärker. Sehen Sie sich das an.« Dr. Gunther tippte behutsam auf die gerötete Stelle, die beinahe den ganzen Bauch einnahm. Sie übte sehr wenig Druck aus und bewegte ihren Finger wenige Zentimeter nach rechts. Die Haut löste sich mit der Bewegung ab.

Über ihre Schutzbrille hinweg sah die Ärztin zu

O'Dell. »Wie zum Teufel soll ich hiermit eine Autopsie vornehmen?«

»Kann es eine allergische Reaktion gewesen sein? Oder war er der Testsubstanz versehentlich zu lange ausgesetzt?«

»Möglich wär's. Das muss dann allerdings extrem gewesen sein. Und es ist noch nicht alles«, sagte sie und rückte zu seinem Gesicht. Mit demselben Zeigefinger und ihrem Daumen schob sie die Lippen auseinander und entblößte das Zahnfleisch. Die Zähne waren rostrot verfärbt, und das stärker zum Kiefer hin als unten, weil sich das Zahnfleisch abgelöst und geblutet hatte.

Die Ärztin wartete auf O'Dells Reaktion, dann ließ sie die Lippen wieder los, wobei sie versehentlich schon mit der sanften Berührung eine Stelle einriss.

»Es ist fast, als hätte ihn nur der Schlamm zusammengehalten.«

»Er war an irgendwelche Elektroden angeschlossen«, sagte Dr. Gunther und zeigte auf die deutlichen Kreise an beiden Schläfen. »Und ihm wurde mehrfach etwas injiziert.« Sie drehte seinen linken Arm leicht, damit O'Dell die Einstiche sehen konnte.

»Es war eine Forschungseinrichtung«, sagte O'Dell. Aber ihre Worte klangen hohl, nicht nach der Absicht, etwas zu rechtfertigen. »Wir hatten schon vermutet, dass er nicht durch den Erdrutsch gestorben ist.«

»Nein, das ist er sicher nicht«, bestätigte die Ärztin.

»Hat das … was auch immer es war, dem er ausgesetzt wurde, seinen Tod verursacht?«

»Nein, das glaube ich nicht.«

»Woher nehmen Sie die Sicherheit?«

»Helfen Sie mir, ihn aufzusetzen.«

O'Dell starrte die Frau an, griff aber schon nach seiner rechten Schulter.

»Seien Sie vorsichtig, dass Sie seine Haut nicht reiben«, instruierte die Frau sie. »Ich will nicht noch mehr einreißen.«

O'Dell ging auf die andere Seite des Tisches und griff nach der linken Schulter. Gemeinsam hoben sie den Oberkörper in eine sitzende Position.

Während sie weiter festhielt, beugte O'Dell sich so, dass sie sehen konnte, was Dr. Gunther ihr zeigen wollte. Auf dem Rücken waren noch mehr rote Stellen, doch die waren es nicht, die sie sehen sollte. Vielmehr ging es der Ärztin um das kleine schwarze Loch in der Mitte des Schulterblatts.

Sie ließen ihn vorsichtig wieder nach unten.

»Also wurde er auch erschossen.«

»Ja.«

»Der Erste, den wir fanden, der Wissenschaftler, wurde mit einem Kopfschuss getötet, nicht?«

Die Ärztin blickte sich im Raum um. »Das wurde mir erzählt, aber er ist nicht hier. Ich habe in sämtlichen Kühlkammern nachgesehen. Hier ist keine andere Leiche.«

»Hatte Ross uns nicht gesagt, dass er hergebracht wurde?«

»Vielleicht ist er beim Bestatter. Da bewahren sie die Opfer vom Erdrutsch auf.«

»Oder sie haben ihn schon weggebracht.«

»Tja, hier ist jedenfalls nur dieser Herr. Und die Hand der Frau natürlich.«

»Können Sie an der Hand erkennen, dass sie von einer Frau ist?«

»Ich müsste noch genauer hinsehen, um ganz sicher zu sein, aber sie ist klein und hat die typischen Merkmale einer Frauenhand. Außerdem steckt ein Goldring mit Diamanten am Daumen.«

»Männer tragen solche Ringe auch manchmal am Daumen.«

»Ja, aber nicht viele Männer tragen roten Nagellack.«

44

Creed rief Hannah an, um sie wissen zu lassen, dass es ihnen gut ging.

»Ich wollte nicht, dass Grace arbeitet.«

»Weiß ich«, sagte Creed. Er hatte überlegt, es Hannah nicht zu erzählen, aber sie bekam so oder so immer alles heraus. »Ihr geht es gut.«

»Das will ich auch hoffen. Ich habe sie Jason mitgegeben, weil sie hier wie ein Häufchen Elend herumlief und dich schrecklich vermisste. Nicht zum Arbeiten.«

Als er zu dem Jack Russell Terrier sah, wurde ihm klar, wie gut es ihm tat, sie bei sich zu haben. Sie lag zusammengerollt in dem Hundekissen neben seinem Feldbett. Anfangs hatte sie sich angestrengt, ein Auge offen zu halten und ihn zu beobachten, aber letztlich gab sie der Müdigkeit nach. Nun erkannte Creed an ihrer Atmung, dass sie tief und fest schlief.

Bolo lag ausgestreckt am Fußende von Creeds Feldbett. Einer der Freiwilligen hatte zwei Betten in der hintersten Ecke der Turnhalle aufgestellt, damit Creed und die Hunde abseits von den anderen lagen und Bolo entspannen konnte. Trotzdem hob der große Hund jedes Mal den Kopf, wenn sich jemand in einem Bett unweit von ihnen bewegte. Er sah nach, woher das Geräusch kam, blickte zu Creed und ließ seinen Kopf wieder nach unten sinken.

Jason und Dr. Avelyn hatten ungefähr fünf Betten weiter freie Plätze gefunden. Sie hatten mit der ersten Schicht zu Abend gegessen und anschließend die Hunde gefüttert, während Creed duschte. Wenn er aufstand, konnte er sie sehen.

Um Viertel nach sieben hatte er Jason zu sich gewunken. Sie einigten sich darauf, dass Jason bei den schlafenden Hunden blieb, während Creed sich mit Maggie zum Essen traf. Aber als Creed jetzt in die Cafeteria ging, konnte er Maggie nirgends finden. Anscheinend war sie verschwunden. Oder sie hatte es sich anders überlegt.

Aus Maggie O'Dell wurde er einfach nicht schlau. Gewöhnlich hatte Creed es leicht bei Frauen. Beziehungen waren etwas anderes, aber die meiste Zeit genossen Frauen einfach seine Gesellschaft.

Im letzten halben Jahr hatte er schon bei zwei anderen Fällen mit Maggie zusammengearbeitet. Das eine Mal endete im Blackwater River State Forest, wo sie um ein Haar alle beide zusammen mit Bolo ums Leben gekommen wären.

Er wusste, dass zwischen ihnen die Chemie einfach stimmte. Sie fühlte das genauso wie er, das sah er ihr an. Aber dieser Kerl, Ben – Logan hatte ihm endlich einen Namen gegeben – nahm einen wichtigen Teil in ihrem Leben ein. Was gut war, denn wie es aussah, würden sie mal wieder zusammenarbeiten. Und die einzige Regel, die Creed bezüglich Frauen hatte, war die, dass er nie mit ihnen schlief, wenn er mit ihnen arbeiten musste.

Dennoch ertappte er sich dabei, wie er die Tür beobachtete.

Jemand legte eine Hand auf seine Schulter, und Creed

drehte sich um. Oliver Vance stand mit einem Tablett voller schmutziger, leerer Teller hinter ihm.

»Noch mal vielen Dank für die Hilfe heute.«

»Haben Sie schon etwas von Mrs. Hamlet gehört?«

»Ja, zuletzt, dass sie sich gut macht. Sie behalten sie über Nacht im Krankenhaus.« Er zeigte zu dem Tisch, den er und seine Crew gerade freimachten – ein ganzes Tischende in der Ecke der Cafeteria.

»Holen Sie sich Ihr Abendessen, und bringen Sie mir bitte einen Kaffee mit. Ich halte uns ein paar Plätze frei.«

Creed blickte wieder zur Tür. Die Leute kamen zur zweiten Abendessensschicht herein, aber immer noch keine Spur von Maggie.

»Milch oder Zucker?«, fragte er Vance.

»Beides. Und organisieren Sie mir ein Stück von dem Kirschkuchen, falls noch welcher da ist.«

»Es gibt Kirschkuchen?«

»Selbst gebackenen!«

Creed grinste noch über die Begeisterung des anderen Mannes, als er sich in die Schlange stellte. Und da sah er Maggie in die Cafeteria kommen. Sie blieb stehen und blickte sich an den Tischen nach ihm um. Sie trug noch ihre FBI-Regenjacke, hatte aber offensichtlich geduscht und sich umgezogen. Ihr Haar war zerzaust und feucht, ihr Gesicht gerötet, als sei sie den Weg her gejoggt. Als sie ihn endlich entdeckte, lächelte sie. Er wartete am Ende der Schlange, während sie um die Tische herumging und sich höflich an den anderen Rettungskräften vorbeischob, wobei sich einige nach ihr umdrehten.

Für ein paar Minuten hatte Creed nicht einmal das Pochen in seinem Kopf bemerkt.

45

Creed hatte gehofft, Maggie trotz der überfüllten Cafeteria für sich allein zu haben. Nun war Vance bei seinem zweiten Stück Kirschkuchen und dem dritten Kaffee und redete ohne Ende, als Maggie ihn fragte, ob er Angehörige hätte, die von dem Erdrutsch betroffen waren. Hatte er nicht. Tatsächlich lebte er am anderen Ende des Bundesstaats, was ihn jedoch nicht daran hinderte, unzählige Bilder von seiner Frau und den beiden Töchtern auf dem Mobiltelefon zu zeigen und zu beteuern, dass er sie alle jetzt schon schrecklich vermisste. Erst bei den Fotos vom Hund der Familie schien er zu merken, dass er ins Schwatzen geraten war. Er klickte das Telefon aus und steckte es in seine Hemdtasche.

»Ihre Hunde sind echt fantastisch«, sagte er zu Creed, als wäre es ihm auf einmal peinlich und als würde er sich wünschen, die Aufmerksamkeit von sich abzulenken. »Jason hat mir erzählt, dass die alle quasi vor Ihrer Tür ausgesetzt wurden. Stimmt das?«

»Ja, viele von ihnen. Ich habe auch mehrere aus Tierheimen. Der Stammbaum ist oft weniger wichtig als der Antrieb des einzelnen Hundes.«

»Und der Trainer«, warf Maggie ein.

»Na ja, ich habe schon Hundeführer gesehen, die ihre Hunde eher behinderten.«

Vance nickte und grinste. »Kann ich nur unterschreiben!

Einer meiner Männer hat erst heute mit einem FEMA-Hundeführer vom hiesigen Katastrophenschutz und seinem Hund zusammengearbeitet. Der Hund zeigte an, und sie haben die nächsten drei Stunden damit verbracht, etwas auszugraben, was sie für ein Opfer hielten. Wie sich herausstellte, war es der kaputte Kühlschrank eines verschütteten Hauses mit jeder Menge vergammeltem Fleisch.«

»Was hat der Hundeführer als Belohnung benutzt?«

Vance zuckte mit den Schultern.

»Falls es Futter war, erklärt es, warum der Hund anzeigte. Deshalb ist es immer besser, wenn man Spielzeug benutzt.«

»Tja, ich wünschte jedenfalls, ich könnte Sie morgen wieder mit meiner Crew dabeihaben! Aber ich weiß ja, dass Ihr Boss und Agent O'Dell hier davon ausgehen, dass Sie morgen mit am Hang arbeiten.«

»Wenn sie das Flutwasser nicht abgelenkt haben, können wir da oben gar nichts tun«, sagte Maggie.

»Ja, das ist da, wo sie das schwere Gerät hingeschleppt haben. Komisch, die Bundesbehörden protzen mit ihrem Zeug, um ein paar Kerle auszubuddeln, aber ich schreie nach ein paar Baggern und mehr Hunden, und höre nichts als Ausflüchte.«

Als sie sich von Vance verabschiedet hatten und in die Turnhalle zurückkehrten, waren die Lichter dort bereits gedimmt. Creed musste sich anstrengen, sie durch die Feldbettenreihen zu führen, in denen die meisten Leute schon schliefen. Jason lag ausgestreckt auf Creeds Feldbett und sah sich auf seinem Handy ein Fußballspiel an. Er hörte die beiden kommen, setzte sich sofort auf und raffte wortlos seinen Kram zusammen.

Graces Hundekissen war zwischen den beiden Feldbetten. Die Hündin blickte auf und wedelte mit dem Schwanz. Dann wollte sie aufstehen, weil sie Maggie sah, doch Creed streckte die flache Hand aus, damit sie liegen blieb. Maggie kam um das Feldbett herum und kraulte Graces Kopf, während sie sich auf das Feldbett setzte, das für sie reserviert war.

Creed unterhielt sich flüsternd mit Jason und besprach die Planung für den nächsten Tag. Er bat Jason, bei Grace zu bleiben, und gab ihm ein zerknülltes Stück Papier aus seinem Rucksack. Darauf standen ein Name und eine Telefonnummer.

»Dieser Typ sollte etwas für mich haben. Kannst du ihn anrufen?«

»Ja, klar, kann ich machen.« Trotzdem zögerte Jason. »Bist du sicher, dass du nicht hierbleiben willst und dich ausruhen? Mir macht es nichts aus, noch mal mit Bolo da raufzugehen.«

»Wirklich nett, aber Logan hat recht energisch betont, dass er mich da oben sehen will.«

Jason beharrte nicht, und sie verabredeten kurz, sich zum Frühstück zu sehen, dann ging Jason zu seinem Feldbett.

Creed drehte sich um und stellte fest, dass Bolos Kopf auf Maggies Schoß und Grace auf Maggies Feldbett lag, den Kopf auf dem Kissen.

»Grace …«

»Ich habe sie eingeladen.« Sie umarmte Bolo, bevor sie ihn zu seiner Decke am Fußende von Creeds Bett schickte. Und er gehorchte auf das bloße Zeichen.

Maggie hatte ihre Stiefel schon ausgezogen, warf ihre

Regenjacke über die Decke und zog ihr Sweatshirt aus, sodass sie nur noch in Jeans und T-Shirt war. Sie kuschelte sich hinter Grace.

Creed zog seine Stiefel und Hemd aus und behielt sein T-Shirt an. Er wollte sich gerade hinlegen, als Maggie sich aufsetzte und ihn besorgt ansah.

»Blutest du noch?«, fragte sie und zeigte auf einen Flecken an seinem Brustkorb.

»Vielleicht bin ich ein bisschen ausgelaufen.« Nach dem Duschen hatte er seinen Verband erneuert, und dabei waren einige Kratzer aufgerissen. Er zog das T-Shirt hoch, um nachzusehen.

»Du darfst den Verband nicht so stramm machen.«

»Der Sanitäter hatte ihn noch fester gewickelt.«

»Der muss noch von der alten Schule sein. Tatsächlich verhindert ein zu straffer Verband, dass du richtig tief atmest. Damit könntest du dir eine Lungenentzündung einfangen. Hast du noch Verbände?«

Er griff zum Fußende seines Feldbetts und nahm eine Verbandsrolle aus dem Seitenfach seiner Tasche. Das Ganze noch mal zu machen, war keine schöne Aussicht. Schon das erste Mal war eine Tortur gewesen.

Maggie streckte ihm die Hand hin, und er gab ihr den Verband.

»Zieh dein T-Shirt aus«, sagte sie. Als er zögerte, fügte sie hinzu: »Wir machen es nicht zu fest.«

Nun grinste er und wartete, dass sie begriff, was sie gesagt hatte. Als sie es tat, verdrehte sie die Augen, doch Creed bemerkte, dass sie ein wenig rot wurde.

Er zog sein T-Shirt aus und begann, den Verband abzuwickeln, doch Maggie hielt ihn zurück.

»Warte, lass mich.«

Die nächsten Minuten musste Creed sich nicht um seine Atmung sorgen, denn er hielt praktisch die Luft an. Bei jeder Drehung, die das Abwickeln des alten Verbands und das Anlegen des neuen erforderte, berührten ihn ihre Hände, und sie musste sich so nahe zu ihm neigen, dass ihr Haar seine Haut streifte. Sie vermied es, ihm in die Augen zu sehen, während er nicht aufhören konnte, sie anzusehen. Als sie fertig war, war Creed allein von der Anstrengung geschafft, nicht zu viel zu empfinden.

Sie begutachtete noch ihr Werk und legte sich hin. Dann lagen sie von Angesicht zu Angesicht, getrennt von gut einem halben Meter Abstand zwischen den Feldbetten sowie einem Jack Russell, der bereits ruhig atmete. Creed war ziemlich sicher, dass er an Graces Stelle nicht schlafen könnte, malte sich aber gerne aus, wie es sein musste, Maggie an sich zu spüren.

»Danke«, sagte er.

»Danke, dass du mir ein Feldbett reserviert hast.«

»Denkst du, Ben hätte etwas dagegen?«

Sie öffnete ein Auge und zog fragend die Braue hoch.

»Dass wir miteinander schlafen.«

Maggie antwortete nicht und schloss beide Augen wieder. Doch im matten Licht konnte Creed ihr Lächeln sehen.

46

Washington, D. C.

Ellie hatte sich über die Hintertreppe nach unten geschlichen und gewartet, bis sie Carter das Gebäude verlassen sah. Danach hatte sie mithilfe eines anderen Mitarbeiters die Kartons in den Kofferraum ihres Wagens geladen. Nun lag der Inhalt mehrerer Kartons auf dem Fußboden ihres Wohnzimmers verteilt.

»Mom, George isst Pizza im Kinderzimmer.«

Ellie blickte auf. Ihre Tochter stand am Rand des Chaos, schien jedoch nicht die Spur verwundert – als würde ihre Mutter immerzu Kopien von vierzig Jahre alten Geheimdokumenten mit nach Hause bringen und überall verteilen.

»Ich habe ihm gesagt, dass er das darf.«

Ellie zog noch einen Stapel Aktenmappen aus einem Karton und begann, ihn durchzusehen.

Ihre Tochter rührte sich nicht vom Fleck. Wieder sah Ellie auf und wartete.

»Ist alles in Ordnung?«, fragte sie und rümpfte die Nase, als würde sie so das Durcheinander erst jetzt bemerken.

»Mir geht es gut, mein Schatz.« Doch ihre Tochter wartete immer noch.

Ellie wusste, dass die Kinder ihren Vater vermissten. George Ramos war ein Lügner und würde bald ein verurteilter Verbrecher sein, aber er war immer gut zu seinen

Kindern gewesen. Entsprechend war das letzte Jahr für sie schwierig gewesen. Manchmal fragte sich Ellie, ob die beiden auf Anzeichen lauerten, dass sie zusammenbrechen und sie ebenfalls verlassen könnte.

»Darf ich dann Pizza in meinem Zimmer essen?«

»Klar.«

»Wirklich?« Sie starrte Ellie an, als wäre das ein Trick oder ein Test.

»Kannst du mir ein Stück bringen, bevor du nach oben gehst?«

Das Mädchen nickte und sah Ellie immer noch misstrauisch an, während es aus dem Zimmer ging.

Ellie lehnte sich zurück, streckte die Beine aus und bog ihren Rücken durch. Sie bräuchte ein Dutzend Leute, um dies alles zu ordnen, und wüsste immer noch nicht, wonach sie suchen sollte. Das DoD hatte sie mit so vielen Dokumenten zugeschüttet – viele gänzlich irrelevant –, dass Ellie es schon für Taktik hielt. Als wollten sie den Ausschuss herausfordern, die Nadel im Heuhaufen zu suchen.

Und was spielte es überhaupt für eine Rolle? Es hatte vor Jahren schon eine Anhörung gegeben, bei der es hieß, dass eine Studie durchgeführt worden war. Hatten die Ausschuss-Mitglieder damals nicht all diese Dokumente geprüft? Falls es einen verdammten Beweis gab, wäre der nicht inzwischen schon gefunden worden?

Sie warf die Akten in ihrer Hand beiseite. Ellie hatte nicht mal eine Ahnung, wonach sie suchte. Und war es ihr überhaupt wichtig, oder war sie schlicht wütend, dass Quincy sie womöglich mit Absicht im Dunkeln tappen ließ? Er benutzte sogar ihren eigenen Stabschef gegen sie!

Nur warum wollten sie nicht, dass Ellie von Frank Sadowski erfuhr? Er war ein Veteran aus ihrem Heimatstaat Florida, der vom Projekt 112 betroffen war. Natürlich wollte sie ihn zur Aussage ermutigen. Nur hatte sie im Juli noch gar nichts von diesen Kongress-Anhörungen gewusst. War Sadowski der einzige Grund, weshalb Senator Quincy sie in den Ausschuss berufen hatte? Dachte er, dass er die Aussage des Veteranen irgendwie beeinflussen konnte, wenn Sadowski seine eigene Senatorin auf seiner Seite wähnte? Was für ein Spiel veranstaltete Quincy hier? Und warum setzte er dafür ihren Stabschef ein?

Sie fragte sich, ob Quincy jemals vorgehabt hatte, sie wie ein gleichberechtigtes Mitglied des Ausschusses zu behandeln. Aber wie sollte sie sich beschweren? Sie hatte ihre Rolle der Quotenfrau als Trumpf eingesetzt, um in den Ausschuss zu kommen. Und warum wollte sie das unbedingt? Sie wollte ihr Profil für die Wiederwahl stärken. Wie lahm war das denn? Und wie egoistisch?

Ellie fuhr sich mit den Fingern durch ihr langes Haar und lehnte sich ans Sofa.

Guter Gott, sie war genauso schlimm wie der Rest der Bande.

Spiele, Kompromisse, eine Hand wusch die andere – alles hatte seinen Preis. Ellie hätte sich von Anfang an gegen das sexistische Gebaren und die abfälligen Bemerkungen wehren müssen. In ihrem ersten Monat im Senat war sie sprachlos gewesen, als einer der ältesten Senatsangehörigen ihr sagte, sie hätte »den hübschesten Hintern von allen Senatoren«. Okay, wenigstens hatte er nicht hineingekniffen, aber seine Bemerkung war zum Maßstab dessen geworden, was die anderen für angemessen hielten.

Ellie hatte gedacht, es würde sich überleben, ähnlich wie die Aufnahmerituale von Studentenverbindungen. Doch erst letzte Woche hatte sie ein älterer Senator gefragt, ob es bitter sei ohne ihren südamerikanischen Ehemann, wobei er andeutete, dass sie an jede Menge heißen Sex gewöhnt sein müsse. Und dann bot er gleich seine Dienste an. Ellie hatte gelacht, als wäre es ein unglaublich guter Witz, weil sie nicht wusste, wie sie sonst reagieren sollte.

War es nicht das, was alle Männer taten – sich zotige Witze erzählen und dann kugeln vor Lachen?

Sie zog einen weiteren Aktenstapel aus einem Karton und hielt inne. Das hier war lächerlich, reine Zeitverschwendung. Als sie den Stapel wieder zurückpacken wollte, fiel ein brauner Umschlag heraus. Noch ehe sie ihn aufhob, erkannte sie, dass der Umschlag sehr alt war. Die Flachkopfklammer hatte sich in das braune Papier gegraben und war rostig; und der Umschlag fühlte sich brüchig an. Drinnen war etwas, das dicker als normales Papier war.

Ellie sah zu dem Karton. All diese Akten waren Kopien der Originaldokumente. Könnte jemand versehentlich ein Original hineingesteckt haben?

Vorsichtig bog sie die Klammer auf. Das eine Ende brach ab, und Ellie wurde ein wenig panisch. Sie legte das flache Metallstück zur Seite und ertappte sich bei dem Gedanken, es später wieder ankleben zu müssen.

Wie bescheuert! Öffne *einfach den verfluchten Umschlag!*

Sie schüttete den Inhalt auf ihren Couchtisch. Und dann erstarrte sie, die Hand mit dem nun leeren Umschlag in der Luft. Die Schwarzweißfotos waren zwanzig mal fünfundzwanzig Zentimeter, wie man sie von einem Profifotografen bekam, und die Datumsangaben waren auf die weißen, gewellten Ränder gestempelt: 1953, 1958, 1962, 1965.

Ellie hob die Bilder einzeln hoch. Sie waren ganz und gar nicht, was sie erwartet hatte. Laufend wurde von Schiffen und Stützpunkten geredet, an denen Substanzen versprüht wurden, von Marineleuten und Soldaten, die Biowaffen ausgesetzt worden waren.

Aber das waren keine Bilder von Marinesoldaten oder Schiffen. Diese Fotografien zeigten Schulkinder.

47

Ellie wühlte in dem Karton nach der Akte, in der die Fotos gesteckt hatten. Im Gegensatz zu den anderen war diese nicht beschriftet.

Insgesamt waren es fünf Fotos. Die Kinder standen aufgereiht und lächelten in die Kamera, während ein Mann in einem Anzug einen seltsamen Stab mit einem Lichtstrahl vorn schwenkte. Ellie erkannte, dass es kein Zaubertrick war.

Auf einem Foto richtete er den Stab auf die Füße der Kinder. Auf einem anderen waren sie von der Kamera abgewandt, und der Mann leuchtete auf ihre Rücken.

In dem Umschlag fand sich keine Erklärung. Ellie zog vergilbte Zeitungsausschnitte aus der Aktenmappe. Sie stammten aus der *Chicago Tribune*, der *New York Times* und der *Star Tribune* aus Minneapolis. Zwei waren aus dem Jahr 1994, einer aus dem Jahr 2012. Und alle hatten verstörende Schlagzeilen:

MINNEAPOLIS TESTGELÄNDE FÜR GIFTGASVERSUCHE 1953

ANSCHULDIGUNGEN ERHOBEN, INFORMATIONEN GEFORDERT

ARMY VERSPRÜHT GIFTIGES AEROSOL IN ST. LOUIS

»Du hast deine Pizza ja gar nicht gegessen«, schreckte Ellies Tochter sie auf. Sie stand neben ihr. Hastig klappte Ellie die Akte zu und legte sie auf die Fotos.

»Esse ich gleich. Ich war nur so vertieft.«

»Was machst du überhaupt?«

Für gewöhnlich beachtete ihre Tochter nichts, was sie nicht irgendwie selbst betraf. Sie war eben eine typische Zwölfjährige.

»Ich habe einige Hausaufgaben zu erledigen.«

»Wirklich?«

»Wirklich.«

Kopfschüttelnd ging sie wieder.

Ellie öffnete die Akte erneut und nahm einen der Artikel heraus, um ihn zu lesen. 1953 hatte die Army Nebelwolken von etwas versprüht, das für ungiftig gehalten wurde – Zink-Cadmiumsulfid –, um zu testen, wie sich Chemikalien bei einem Biowaffenangriff verteilten. Zahlreiche Städte wurden als Testgelände genutzt, und in jeder Stadt gab es gleich mehrere Versuchsgebiete. In Minneapolis wurde die Substanz einundsechzigmal in vier Stadtteilen versprüht, jeweils aus Generatoren, die sich hinten in Lastwagen oder auf Dächern befanden.

Eines der Testgelände in Minneapolis war eine öffentliche Grundschule. Die Schüler wurden in Intervallen mit »Speziallicht« angestrahlt, um Überreste der Chemikalie auf ihren Schuhen, ihrer Kleidung oder ihren Körpern zu sehen, da Zinksulfid fluoreszierender Phosphor war. Und zeigten sich Spuren, wurde überprüft, wie lange sie blieben.

Ellie unterbrach und holte tief Luft. Ihr war ein bisschen übel, und die Peperoni auf der Pizza machten es nicht besser.

In den Artikeln wurde eine vollständige Offenlegung von der Army gefordert. Zink-Cadmiumsulfid galt heute als giftig und als mögliche Ursache für Krebs und einige fötale Missbildungen. Trotzdem beschloss ein Ausschuss des National Research Council 1997, dass die verwandten Mengen in diesen Studien nicht schädlich gewesen wären.

Allerdings gaben sie zu, dass ihre Recherchen »lückenhaft« waren und auf unvollständigen Informationen vonseiten der Army und Fort Detrick basierten, was die »versprühten Mengen« und die »exakte Zusammensetzung der fluoreszierenden Partikel« betraf.

Sie gaben zu, dass zwischen 1952 und 1969 über hundert Biowaffen-Simulationstests wie diese von der Army in städtischen und ländlichen Gegenden durchgeführt wurden, ohne dass die Öffentlichkeit es erfuhr. In manchen wurde Zink-Cadmiumsulfid eingesetzt, in anderen *Bacillus globigii* oder *Serratia marcescens* – beides gängige Bakterien, die sich im Wasser, in Nahrungsmitteln und in Abwässern fanden.

Ellie legte die Artikel in die Mappe zurück. Dann steckte sie die Fotos vorsichtig wieder in den Umschlag und bemerkte, dass drinnen noch ein Bild war, das an der Innenseite haftete. Sie löste es behutsam ab und nahm es heraus.

Es war von 1968. Noch eine Gruppe Schulkinder, diesmal mit drei Männern in Uniformen. Sie standen hinter den Kindern und lächelten in die Kamera. Ellie betrachtete erst die Kinder, dann die Männer und stellte fest, dass sie zwei von ihnen kannte.

Nein, das war nicht möglich.

Sie hielt das Bild ins Licht, drehte es um und fand eine Beschriftung auf der Rückseite. Hier wurden die Männer namentlich genannt, was jeden Zweifel ausräumte. Der Mann in der Mitte war der junge Colonel Abraham Hess. Links von ihm stand ein Army-Arzt namens Dr. Samuel Gunther, und der Mann rechts von Colonel Hess war Ellies Vater.

TAG 3

48

Haywood County,
North Carolina

Creed war mitten in der Nacht vom Regentrommeln auf dem Turnhallendach aufgewacht, folglich wunderte ihn nicht, dass am nächsten Morgen Wasser über die Straßen rann. Inzwischen erwartete er nichts anderes mehr, als durch Schlamm zu waten. Womit er jedoch nicht gerechnet hatte, war die Kälte.

Über Nacht waren die Temperaturen gefallen, und die kühle Luft schlug ihm ins Gesicht, sobald er aus der Tür trat. Maggie und er sahen sich an und kehrten zurück nach drinnen, wo sie sich dickere Sachen anzogen.

Peter Logan und der Nationalgardist Ross holten Creed, Maggie und Bolo in einem Land Rover ab. Schlamm bedeckte das Auto von oben bis unten. Die Fenster waren so dicht bespritzt, dass man kaum hindurchsehen konnte. Die rumpelnde Fahrt hinauf zum Berg und die beiden Fremden vorn im Wagen machten Bolo nervös. Creed ließ den Hund auf der Rückbank zwischen sich und Maggie sitzen, obwohl es ihm einen missbilligenden Blick von Logan eintrug.

Zum Glück hatte der Regen aufgehört, und bisher war es auch nicht wieder neblig geworden, doch die blaugrauen Wolken sahen nach wie vor dicht aus und bereit, jederzeit ohne Vorwarnung auszubrechen.

Der Land Rover konnte nicht bis zur Suchstelle fahren,

also stiegen sie unten am Berg aus, nahmen sich ihre Rucksäcke und folgten Ross zu Fuß nach oben.

Logan war heute Morgen sehr still. Keine blöden Sprüche, kein Schulterklopfen, keine unangebrachten Bemerkungen. Auch die Lederjacke war fort. Diesmal hatte er sich gekleidet, als rechnete er damit, schmutzig zu werden. Creed fragte sich, ob Logans Boss allmählich die Geduld verlor.

Warum hatte es zwei Tage gedauert, bis Logan es für nötig hielt, vor Ort zu erscheinen? Und sein Ersatz, Isabel Klein, schien verschwunden zu sein. Keiner von ihnen wirkte bemüht, Überlebende zu finden – Forschungsmitarbeiter, die vielleicht infolge des Erdrutsches im Gebäude gefangen waren. Niemand hatte erklärt, ob die Leichen, nach denen sie heute suchten, Mitarbeiter waren. Creed erinnerte sich, dass Vance ihm erzählt hatte, die Rettungskräfte hätten überhaupt keine Informationen über die Einrichtung erhalten.

So viele Geheimnisse. Alles unter Verschluss. Ja, so mochte Logan es am liebsten. Creed verstand durchaus, dass die DARPA ihre Gründe hatte, um der nationalen Sicherheit willen gewisse Dinge zu verschweigen. Creed und seine Hunde waren für einen Job angeheuert worden, und er stellte nur die Fragen, die ihnen halfen, ihre Arbeit zu machen. Absolute Priorität hatte für ihn die Sicherheit seiner Hunde.

Ob sie nach Drogen oder Kadavern suchten, Creed hatte gelernt, dass es besser war, wenn er keine Einzelheiten wusste. Er konnte es sich nicht leisten, emotional aufgewühlt zu sein, wie es die Regierungskräfte, mit denen er arbeitete, schon mal waren. Ein Trainer, der zu viel wusste oder erwartete, konnte seinen Hund zu Fehlalarmen verleiten. Man fing an, nach Anzeichen zu suchen oder zu mutmaßen, wonach der Hund suchen sollte, anstatt das Tier seiner Nase folgen zu lassen.

Vor lauter Bemühen um professionelle Distanz hatte Creed noch nicht mal gefragt, welche Rolle Maggie in all dem hier spielte; das fiel ihm jetzt erst ein, als sie durch den Schlamm trampelten. Er wusste lediglich, dass ihr vermeintlicher Freund Ben offenbar hinreichend gut bekannt mit Logan war, um sie zu seiner Unterstützung zu schicken. Doch letztlich war Creed egal, wie sie hier gelandet war; es fühlte sich einfach gut an aufzuwachen und sie so nahe bei ihm liegen zu sehen.

Gestern hatte Maggie mit Ross gearbeitet, und die beiden erzählten ihnen, was sie gefunden hatten. Ross erklärte, dass seine Crew die Nacht über eine Wassersperre oben am Berg gebaut hatte, um den Sturzbach umzuleiten. Creed kam es wie ein Riesenaufwand vor, nur um ein paar Leichen zu finden, wenn es in anderen Bereichen noch mögliche Überlebende geben könnte, die gerettet werden mussten.

Von hier aus war die Wassersperre nicht zu sehen, ebenso wenig wie die Ausrüstung, mit der sie gebaut und gehalten wurde. Creed horchte, ob er Maschinen hörte, nahm aber nur einen leichten Dieselgeruch in der Luft wahr. Was übrig geblieben war, bereitete Creed allerdings Sorge.

Tiefe Furchen hatten sich in die Erde gegraben. An deren Grund hingen Betonbrocken im Schlamm – manche groß wie Poller – sowie ausgefranste Kabel, die sich um Äste gewickelt hatten, zersplitterte Trägerbalken und Metallabrisse mit scharfkantigen Rändern.

Von der Kante aus konnte er überdies Abertausende von Glasscherben im Schlick erkennen. Er versah Bolos Pfoten mit einem schützenden Sprühpflaster, das Dr. Avelyn ihm gegeben hatte und das die Absorption von giftigen Substanzen verhindern sollte. Dabei gingen ihm die Schnitte in den Pfoten der armen Grace nicht aus dem Kopf. Dem Hund Schuhe oder Wickel um die Pfoten zu schnüren, konnte mehr schaden als nützen, weil es seinen Tritt unsicherer machen würde. Creed musste schlicht sehr gut aufpassen und Bolo nur für kurze Intervalle in diesen Schlamm lassen.

Ross war weiter nach oben gegangen, nachdem er mit Logan geflüstert hatte. Irgendwann glaubte Creed zu hören, wie Logan den jungen Nationalgardisten erinnerte, dass er immer noch das Sagen habe. Was Creed aus dem Mund des stellvertretenden Leiters von DARPA seltsam vorkam.

Dann knöpfte Maggie sich Logan vor. Creed hörte, wie sie ihn ausfragte und beharrlich nachhakte, wenn sie mit Logans Antworten nicht zufrieden war. Creed versuchte, die beiden zu ignorieren, und machte sich bereit.

Er stellte sein GPS ein und steckte ein kleines Gerät in die Netztasche an Bolos Weste. Die Vorfreude des großen Hundes war schon zu riechen. Creed nannte es den »schwitzigen Kopfgeruch«, obwohl Hunde nicht schwitzten wie Menschen. Das kühlere Wetter war besser für Bolo, geruchstechnisch allerdings eher nicht von Vorteil, da es die Verwesungsprozesse verlangsamte.

Und nur, weil sie das Wasser aus dem Bereich abgelassen hatten, mussten damit nicht alle Gerüche abgeflossen sein. Sogar Creed roch die Mischung von Moder mit etwas Beißendem. Der Schlamm und Schlick hatten bereits ein Gemisch absorbiert, in dem sich auch der Geruch von menschlicher Verwesung finden dürfte.

Maggie hatte ihre Diskussion mit Logan beendet und telefonierte. Logan kam zu Creed und bemerkte, dass der zu Maggie sah. Er zuckte mit den Schultern. »Frauen – meistens machen sie nur Ärger.«

»Warum hast du sie dann hergebeten?«

»Habe ich nicht. Mein Boss wollte jemanden Offizielles mit forensischer Erfahrung, jemanden vom FBI, den er auf unserer Seite glaubt. Garantiert hat er nicht damit gerechnet, dass Benjamin Platt die Frau schickt, die er vögelt.«

Creed fühlte, wie ihm das Blut in den Kopf rauschte. Das Pochen war nach wie vor da, und seine Wut würde es schlimmer machen.

»Ich habe schon mit ihr gearbeitet, Logan.« Er mäßigte seinen Ton, da Bolo ihn anstarrte und immer wieder nervös zu Logan blickte. Falls der Hund glaubte, dass Logan irgendeine Bedrohung für Creed darstellte, würde er ohne Vorwarnung über ihn herfallen. »Sie hat reichlich forensische Erfahrung.«

»Ach ja? Tja, ich brauche jedenfalls keinen, der mich ausfragt und mich vor meinem Boss schlecht aussehen lässt.«

»Also, was ist los, Logan? Warum sind diese Leichen so wichtig?«

Anstatt ihm zu sagen, dass es ihn nichts anging, sah Logan ihn nur an. Creed hatte den Eindruck, dass dieser arrogante Idiot es ihm tatsächlich gern verraten würde. Logans Blick schweifte nach oben, dann über die Schulter zu Maggie.

»DARPA hat im ganzen Land Forschungseinrichtungen«, erzählte er Creed mit gesenkter Stimme. »Die arbeiten weitestgehend unabhängig, weil die Jungs oben es so wollen. Geht irgendwas schief, kann man denen keine Schuld geben, weil sie ja keinen Schimmer hatten, was da vor sich ging, nicht wahr?«

»Soll das heißen, dass du nicht mal weißt, woran diese Einrichtung gearbeitet hat?«

»Wir haben eine ungefähre Vorstellung.«

»Habt ihr die Leiterin immer noch nicht erreicht?«

Logans Gesichtszüge versteinerten und er sagte: »Kann gut sein, dass dein Hund gestern gefunden hat, was von ihr übrig ist.«

Jason hatte Creed gestern Abend von der Hand erzählt, die Bolo aufgespürt hatte.

»Wie kannst du schon wissen, dass es ihre Hand war?«

»Ich bin Dr. Shaw nur ein paarmal begegnet, aber ich habe ihren typischen roten Nagellack erkannt, und sie trug einen Diamantring am Daumen. Natürlich überprüfen wir noch die Fingerabdrücke.«

»Der Rest der Leiche ist wahrscheinlich irgendwo hier vergraben«, sagte Creed.

»Ich weiß bloß, dass mein Boss tierisch angespannt ist. Diese Woche läuft eine Kongressanhörung – jetzt gerade. Deshalb kann Ben Platt nicht hier sein. Der Senat sucht nach einem Sündenbock für etwas, das vor über fünfzig Jahren geschehen ist.«

»Und was hat das hiermit zu tun?«

»Willst du mich verarschen? Erzähl mir bitte nicht, dass du immer noch so naiv bist, Hundemann. Dieser Erdrutsch hätte gar nicht ungünstiger kommen können.

Und ich bin der Neue. Ich habe den Job nicht mal ein Jahr, aber mein Arsch steht hier auf dem Spiel.«

»Du hast doch aber eben gesagt, dass du nicht für etwas verantwortlich gemacht werden kannst, von dem du nichts wusstest.«

»Nein, ich habe gesagt, die Jungs ganz oben können nicht verantwortlich gemacht werden.«

»Also was ist das hier, Logan? Denn wenn du mich in eine weitere Vertuschung reinziehen willst, bleibe ich nicht.«

»Eine *weitere* Vertuschung?«, fragte Maggie, die keine vier Schritte hinter ihnen stand.

49

Washington, D. C.

»Der Ausschuss wäre dann bereit für Ihre Aussage, Mr. Sadowski.«

Frankie hatte die letzte Nacht nicht geschlafen. Vor seinem Hotelzimmer waren zu viele merkwürdige Geräusche zu hören gewesen. Außerdem sorgte ihn, dass er anscheinend niemandem trauen konnte. Er bereute sehr, Susan mitgebracht zu haben.

Die grellen Blitzlichter blendeten ihn. Hätte die Senatsdienerin ihn nicht zu seinem Platz geführt, hätte er ihn wohl nie gefunden. Schon jetzt schwitzte er, und sein Puls raste.

Senator Quincy stellte ihm einige grundlegende Fragen und hielt dann einen Vortrag über Projekt 112 und Projekt SHAD. Wiederholt betonte er, dass Frankie und die anderen verstehen müssten, worum es sich laut Verteidigungsministerium bei diesen Projekten handelte.

»Diese Testreihen wurden zwischen 1962 und 1974 vom Department of Defense durchgeführt. Wie das Ministerium zugibt, wurde im Rahmen der Projekte eine Vielzahl von Waffen mit chemischen oder biologischen Kampfmitteln getestet. Man glaubt, dass einige dieser chemischen und biologischen Kampfmittel VX-Nervengas, Sarin und E.coli enthielten.«

All das las der Senator von einem offensichtlich umfangreichen Dokument ab. Frankie sah, wie er hin und her blätterte.

»Der Zweck dieser Tests war, gemäß dem Department of Defense, die Angreifbarkeit des Landes im Falle von chemischer oder biologischer Kriegsführung zu ermitteln. Man erhoffte sich, anhand dieser Tests Reaktionsmethoden für den Angriffsfall entwickeln zu können. Zu diesem Zweck sollte herausgefunden werden, wie sich chemische und biologische Substanzen bei unterschiedlichen klimatischen, geografischen und anderen Bedingungen verhielten.

Während einer Reihe von Tests wurden Chemikalien oder Simulationssubstanzen von Militärjets aus versprüht. Im Fall von Projekt SHAD wurden die Chemikalien über einem Schiff versprüht. Die Seeleute wurden darauf trainiert, wie sie ein Schiff nach einem Test dekontaminierten und wie sie Luftproben nahmen.

In manchen Fällen wurden die Chemikalien über einen bestimmten Bereich gesprüht und Strömungstests durchgeführt. Einer dieser Tests« – Senator Quincy schob seine Brille höher, bevor er fortfuhr – »war Projekt SHAD Shady Grove. Er fand auf der Eglin Air Force Base in Florida, außerhalb von Pensacola, statt. Soweit ich es verstehe, ist dies einer der Tests, dem Sie ausgesetzt gewesen zu sein glauben, Mr. Sadowski, angeblich ohne Ihr Wissen, was der Test beinhaltete, und ohne Ihre Zustimmung. Ist das korrekt, Mr. Sadowski?«

»Es geschah nicht nur ohne meine Zustimmung und ohne mein Wissen darüber, was den Test beinhaltete. Ich wusste nicht mal, dass ich überhaupt an irgendeinem Test teilnahm. Uns wurde nichts gesagt.«

»Was hatten Sie denn gedacht, weshalb Sie Luftproben nehmen sollten, wenn nicht für einen Test?«

»Ich habe nie Luftproben genommen. Aber ich war dort stationiert, als Shady Grove stattfand.«

»Woher wissen Sie das, wenn Sie damals gar nichts von Shady Grove wussten?«

Frankie wischte sich die Stirn. Er hatte erwartet, dass es hart würde, allerdings nicht, dass er verhört werden würde.

»Ich weiß erst heute von Shady Grove, nachdem ich darüber gelesen habe.«

Ein Raunen ging durch den Saal, als hätte er sich versprochen. Doch er sagte die Wahrheit. Frankie und seine Freunde erfuhren erst kürzlich von den Tests und wie sie hießen.

»Senator Quincy.« Nun meldete sich Senatorin Delanor zu Wort. »Wir kennen die Fakten zu diesen Tests. Keine der Daten werden infrage gestellt. Und wir haben auch die Dienstzeiten von Mr. Sadowski vorliegen.«

Frankie fand, dass Senatorin Delanor müde aussah. Nicht einmal ihr sorgsam aufgetragenes Make-up konnte die Schatten unter ihren Augen verbergen.

Sie redete weiter: »Wir haben Dr. Hess gestern reichlich ununterbrochene Redezeit zugestanden. Sicher können wir Mr. Sadowski dieselbe Höflichkeit erweisen. Hören wir uns bitte seine Geschichte an. Er wartet schon sehr lange darauf, sie uns zu erzählen. Und mich persönlich interessiert sie sehr.«

»Na schön«, sagte Senator Quincy.

Frankie zögerte zunächst, aber dann erzählte er ihnen seine Geschichte. Er berichtete, dass er sich an den Jet erinnerte, der über sie hinwegflog. Von seinen Atembeschwerden, die beinahe sofort einsetzten. Er sprach von dem Veteranentreffen und all den Beschwerden, den Operationen, den Krebserkrankungen und von Gus. Und ehe er endete, beschloss er, ihnen auch von seinem eigenen Krebs zu erzählen.

50

Haywood County,
North Carolina

O'Dell sah Creed an und erkannte an seinem gequälten Ausdruck, dass er ihr nichts sagen konnte oder wollte. Dann sah sie zu Logan.

»Das hat nichts mit Ihnen zu tun«, sagte Logan. »Können wir jetzt bitte an die Arbeit gehen? Beachten Sie, dass ich sogar ›bitte‹ sage, und ich bin kein Mann, der dieses Wort oft benutzt.«

Logan stapfte davon und zerrte sein Handy aus der Jackentasche.

Als O'Dell wieder zu Creed sah, zog er die Gurte von Bolos Weste stramm und traf die letzten Vorbereitungen. Ohne zu ihr aufzublicken, sagte er: »Es kommt mir nicht zu, dir was zu erzählen.«

»Klar. Streng geheim.« Sie hatte diese Heimlichtuerei allmählich satt. Ben hatte ihr auch nichts sagen können.

»Ich habe nicht gesagt, dass es geheim ist.« Er klickte die Leine fest und richtete sich auf. »Warum bist du hier?«

Die Frage überraschte sie, und das umso mehr, als sie keine eindeutige Antwort darauf hatte.

»Das frage ich mich langsam auch.«

Er wartete anscheinend auf eine bessere Erklärung. Als ihm klar wurde, dass er keine bekam, wandte er sich ab. Die Geste fühlte sich an, als hätte er ihr eine Tür vor der Nase zugeschlagen.

Bevor sie die Turnhalle verließen, hatte sie mit Assistant Director Kunze gesprochen und ihm berichtet, was Dr. Gunther entdeckt und was sie gesagt hatte. Danach hatte O'Dell auf seine Reaktion und seine Anweisungen gewartet. Früher hatte ihr Boss keine Skrupel gezeigt, sie in gefährliche Situationen zu bringen, sie einmal sogar buchstäblich in einen Hurrikan geschickt. Aber heute Morgen hatte er besorgt geklungen.

O'Dell war es gewohnt, dass seine Entscheidungen politisch motiviert waren. Er neigte dazu, sich von gewissen Regierungsbeamten und Senatoren gängeln zu lassen, unter anderem von Senatorin Ellie Delanor. Und er war normalerweise allzeit bereit, mächtige Leute zu schützen. Deshalb war O'Dell erstaunt gewesen, als AD Kunze sagte: »Mir gefällt das nicht. Diese Kongressanhörungen laufen gerade jetzt.«

Dasselbe hatte O'Dell auch gedacht, aber keiner von ihnen wollte das am Telefon laut aussprechen. Jemand wollte die Kontrolle über die Mordermittlungen. War Ben beteiligt, oder wurde auch er benutzt?

Kunze ermahnte sie, vorsichtig zu sein. Und er versprach, selbst herumzufragen und sich zu melden, wenn er etwas in Erfahrung gebracht hatte.

Bis dahin war O'Dell nicht sicher, wem sie trauen durfte. Sie erzählte Logan von der Schusswunde, die sie und Dr. Gunther gestern Abend entdeckt hatten. Hauptsächlich wollte sie seine Reaktion sehen und hoffte, einiges aus ihr herauslesen zu können. Leider regte er sich vielmehr über den Einbruch in die improvisierte Leichenhalle auf, als über den Zustand der Leiche.

»Es ist meine Aufgabe, diese Leichen zu schützen. Sie

beide hätten sich ohne mich gar nicht dort aufhalten dürfen!«

»Und wie hatten Sie sich vorgestellt, dass Dr. Gunther ihren Job macht, wenn Sie ihr keinen Zugang zu den Leichen gewähren?«

»Sie hätte warten müssen, bis jemand Befugtes bei ihr ist.«

»Ich war bei ihr«, hatte O'Dell ruhig entgegnet.

Er sagte kein Wort, doch sein Blick verriet ihr, was Kunze und sie bereits vermuteten. Ben hatte sie gebeten, hierherzufahren und sich umzusehen, weil sie jemanden Verschwiegenen brauchten, dem sie vertrauen konnten. Was sie jedoch eigentlich wollten, war jemand, der alles hier unter Verschluss hielt – zumindest bis die Anhörung vorbei war.

Anscheinend waren die Einzigen hier unten, denen O'Dell trauen konnte, Ryder Creed und seine Hunde.

O'Dell bemerkte, dass Bolos Nase schon zu arbeiten begann, als Creed ihn in die tiefe Furche führte, die jetzt wie ein leeres Bachbett wirkte. Ein leeres Flussbett, das von einem brutalen Sturzbach gegraben wurde und immer noch schlammig und voller Pfützen war. Creed hielt die Leine kurz und stramm. Er ließ sich von Bolo führen, während er versuchte, den Hund um die schlimmsten Schuttablagerungen herumzulenken. Wäre der Hund frei, würde er vermutlich losrennen.

Sie waren noch keine zwanzig Minuten bei der Arbeit, als ein Knall von oben ertönte. O'Dell spürte die Vibration unter ihren Füßen. Es klang wie eine Explosion, sodass O'Dell sich unwillkürlich nach Rauch umsah. Creed eilte in ihre Richtung und schrie ihr etwas zu, das sie nicht verstand. Er hatte Bolos Leine losgelassen und bedeutete dem Hund wegzurennen.

O'Dell drehte sich um und sah Logan, der weiter oben im Bachbett stand. Er hatte ihr den Rücken zugekehrt und immer noch sein Telefon am Ohr.

»Lauf!«, hörte sie Creed jetzt. Sie glaubte, dass er es Bolo zurief, erkannte nun jedoch, dass er sie meinte. Sein Gesicht war verzerrt vor Panik. Er rutschte in dem Schlamm aus und eilte zu Bolo, der gestürzt war. Creed hob den großen Hund hoch. Sie waren nach wie vor mitten im Flussbett.

O'Dell rannte zu ihnen, obwohl Creed sie in die andere Richtung winkte. Doch sie grub einen Fuß in ein Stück Gras an der Kante und überlegte, wie sie den beiden am besten helfen konnte. Wenn Creed den Hund bis zum Rand tragen konnte, könnte sie beide nach oben ziehen.

Ein zweiter Knall, näher.

Diesmal begriff O'Dell, was geschah. Das waren keine Explosionen, sondern die Wassersperre oben gab nach. Ein Donnern folgte, und schon sah O'Dell die Wasserwand auf sie zukommen.

51

Zuerst dachte Creed, es wäre ein weiterer Erdrutsch. Er ließ Bolos Leine los und befahl dem Hund zu rennen. Aber der Schlick machte es unmöglich. Die Beine des Hundes verdrehten sich, und er stolperte. Creed blieb stehen und wünschte, er könnte den Hund einfach unter den Arm nehmen.

»Ruhig, Junge«, sagte er zu Bolo, als er die fünfundachtzig Pfund nach oben hievte.

Maggie wartete an der Kante auf sie, dabei hatte Creed ihr zugeschrien, dass sie weglaufen sollte. Ihm fehlten noch anderthalb Meter, als das Wasser da war. Es riss Bolo aus Creeds Armen und warf Creed um. Er versuchte, die Beine zusammenzudrücken und auf dem Rücken zu bleiben, während ihn das rauschende Wasser nach oben schleuderte. Aber nicht weit. Die Welle rammte ihn gegen einen Betonblock, und Creed hielt sich daran fest.

»Bolo!«, brüllte er, aber das donnernde Rauschen übertönte ihn.

Creed kletterte an dem Betonblock hinauf, fand einen Vorsprung und klammerte sich daran. Es war wie vorbeirasenden Stromschnellen zuzusehen. Er suchte nach Bolo. Panik überkam ihn, da keine Spur von dem Hund zu entdecken war. Dann blickte er sich nach Maggie um und konnte sie auch nicht sehen.

Ein Bündel abgerissener Äste schlug in ihn hinein und

warf ihn beinahe von dem Betonblock. Er kickte es weg, sodass es weitertrieb. Wellen krachten über ihn hinweg, und noch mehr Treibgut drohte, ihn von dem Betonblock zu stoßen. Als das Donnern nachließ, zog Creed sich weiter nach oben, stoppte jedoch, als ein stechender Schmerz in seine Brust fuhr.

»Creed!«

Endlich sah er Maggie weiter stromaufwärts. Sie war auf den Beinen und hielt sich an der Kante fest. Und sie hatte irgendwas über der Schulter. Creed wischte sich das Wasser vom Gesicht, um besser sehen zu können. Hinterher war seine Hand blutgestreift. Er suchte das Ufer weiter unten ab.

Immer noch keine Spur von Bolo. Creed wurde übel.

Warum hatte er den Hund nicht festgehalten? Er stellte sich vor, wie Bolos zerschlagener Leib an einer der Betonschwellen lag, und merkte, wie seine Hände abrutschten. Er wollte loslassen und sich zu seinem Hund gesellen.

»Creed!«

Maggie war jetzt parallel zu ihm, etwa drei Meter entfernt am Ufer; nahe, aber zu weit weg, um ihn zu erreichen.

Ein aufgewickeltes Seil hing über ihrer Schulter, und sie wickelte es ab. Innerhalb von Sekunden hatte sie ein Ende an einem Baumstamm vertäut.

Creed lehnte die Wange an den kalten Stein. Seine Arme taten weh. Das Wasser floss langsamer, aber immer noch zu schnell, als dass Creed aufstehen und das Gleichgewicht halten könnte. Er schloss die Augen, und ihm war auf einmal sehr schlecht. Noch nie hatte er einen

Hund verloren. Hannah sagte, irgendwann würde es passieren, und er wäre nie dafür bereit. Natürlich hatte sie recht. Seine Füße waren ins kalte Wasser abgerutscht und zogen ihn nach unten, wo die Strömung an ihm zerrte. Aber noch hing er an dem Betonblock und hielt die Augen geschlossen.

»Creed! Fang das Seil auf.«

Er wollte, dass sie wegging, ihn in Ruhe ließ, wenigstens für eine Weile.

»Als Nächstes hole ich dich, Bolo. Halte durch!«

Creed riss die Augen auf. Was hatte sie gerade gerufen? Er streckte einen Arm nach oben. Maggie sah ihn an, das verknotete Seilende in der Hand und bereit, es ihm zuzuwerfen. Als sie seinen fragenden Gesichtsausdruck sah, zeigte sie stromaufwärts. Creed hatte nur nach unten gesehen.

Aber dort, inmitten des tosenden Sturzbaches, stand Bolo mit allen vier Pfoten auf der flachen Oberkante eines Betonklotzes.

52

Sobald er das Seil hatte, versuchte Creed, sich durch das Wasser zu kämpfen. Zweimal probierte er zu stehen und wurde jeweils umgerissen. Hätte er sich nicht an das Seil geklammert, würde er jetzt abwärts und gegen einen Schutthaufen nach dem anderen geschleudert werden wie eine Flipperkugel.

Es schien ewig zu dauern, an den Rand des Wassers zu gelangen. Er hörte Maggie, die ihn anspornte, während sie immer wieder Bolo zurief, wie brav er sei und dass er nur noch ein bisschen dortbleiben solle.

Jedes Mal, wenn Creed sie mit dem Hund reden hörte, wollte er grinsen.

Schließlich fühlte er, wie Maggie seinen Jackenkragen packte. Sie zog an ihm, und seine Füße fanden endlich Halt auf der glitschigen Uferkante. Creed rollte sich auf die Seite und versuchte, zu Atem zu kommen und den Schmerz in seiner Brust zu lindern.

Er spürte Maggies Finger auf seinem Gesicht und öffnete die Augen. Sie kniete neben ihm, streichelte seine Wange, hielt sein Kinn in einer Hand und strich mit dem Daumen über seine Lippen.

»Ich hatte schon Angst, dass ich dich verloren habe«, sagte sie leise, fast flüsternd. Und dann, als wäre ein Alarm losgegangen, zog sie ihn in eine sitzende Position. »Du musst mir helfen, Bolo zu holen. Denkst du, du schaffst das?«

Sie wollte ihm aufhelfen, doch Creed winkte ab. Seine Knie waren wacklig, und als er stand, verzog er das Gesicht vor Brustschmerzen. Er wartete, dass sie abklangen. Was nicht passierte. Maggies Hand war wieder auf seinem Arm.

»Vielleicht kannst du mir nur sagen, was ich tun soll«, sagte sie.

Sie wickelte das Seil auf, und Creed suchte den Boden nach kräftigen Ästen ab. Er blickte zu Bolo, den er nun richtig sehen konnte. Der Hund bemerkte es und wedelte mit dem Schwanz.

»Bleib, Bolo. Nicht bewegen!«, rief er ihm möglichst unaufgeregt zu.

Der Hund zog den Schwanz wieder ein und legte sich hin. Creed hatte seinen Katastrophenhunden beigebracht, wie sie sich in Flutwasser bewegten und auf Felsen wie diesen Betonklotz kletterten. Er wusste, dass der Hund dort sicher war. Nur hatte er keine Ahnung, wie er Bolo von dort ans Ufer bekommen sollte. Maggie musste seine Zweifel erahnen, denn sie kam wieder zu ihm.

»Ich kann ihn holen«, sagte sie. »Aber du musst mir sagen, wie ich es anstelle.«

»Du kannst ihn nicht tragen. Er wiegt fünfundachtzig Pfund.«

Sie sah zu dem Hund, als wollte sie die Lage neu einschätzen. Dann wandte sie sich wieder zu ihm. »Du hast es kaum aus dem Wasser geschafft und wirst ihn erst recht nicht tragen können. Außerdem wird es für mich schwieriger, wenn ich euch beide rausziehen muss.«

»Wo ist Logan?« Vorher war es ihm egal gewesen, doch jetzt könnte der Mann tatsächlich mal helfen.

»Hat sich den Kopf angeschlagen und ist bewusstlos. Ich habe ihn unter dem Zelt gefunden und rausgezogen, als ich nach einem Seil suchte.«

Creed reagierte zunächst nicht.

»Ryder! Du musst mich das tun lassen.«

Ja, sie hatte recht. Er konnte vor lauter Hämmern in seinem Kopf und in seiner Brust fast nichts mehr hören. Dennoch gefiel es ihm nicht.

»Kann Bolo schwimmen?«

»Sogar hervorragend, aber die Strömung hier ist zu stark.«

»Ich kann mir das Seil um die Taille binden, ihn festhalten und zum Ufer dirigieren.«

»Das Wasser ist schlammig und voller Treibgut, das man nicht mal sehen kann.«

»Er wird sich da aber auch nicht mehr lange halten können. Lass es mich wenigstens versuchen.«

Sie packte seinen Arm und wartete, dass er sie ansah. Er konnte an ihrem Gesicht ablesen, dass sie ihn um etwas bitten wollte, das er nicht so leicht fertigbrachte.

»Ryder, du musst mir vertrauen.«

53

»Okay, du hast recht«, sagte Creed schließlich. »Du musst dich ausziehen.«

»Wie bitte?«

Er glaubte, einen Anflug von Schamesröte zu sehen. Die taffe FBI-Agentin schien immer ein bisschen schüchtern, was das Ablegen ihrer Kleidung betraf.

»Deine Sachen saugen sich voll und ziehen dich nach unten. Im Ernst, zieh dich aus, aber behalte die Stiefel an. Andernfalls schneidest du dir die Füße auf, und vielleicht geben dir die Sohlen besseren Halt.«

Wieder blickte er sich nach einem kräftigen Ast um, den sie benutzen konnte, um ihr Gleichgewicht zu halten. Und wenn schon nicht dafür, dann nach Treibgut zu tasten. Als er wieder aufsah, zog Maggie die letzte Schicht aus, sodass nur noch ihr Sport-BH blieb. Sie öffnete den Reißverschluss ihrer Jeans, hielt inne und blickte abermals zum Wasser. Als sie ihn ertappte, wie er sie beobachtete, zog sie den Reißverschluss wieder nach oben.

»Ich lasse mich nicht von einer Kanalisationsratte beißen.«

Er nickte und verkniff sich ein Grinsen.

Dann half er ihr, das Seil um ihre Taille zu binden. Das andere Ende befestigten sie wieder an einem Baumstamm. Creed packte das Seil in der Mitte. Er würde versuchen, ihr so viel Seil zu geben, wie sie brauchte, und sie hinterher wieder zurückzuziehen. Er reichte ihr den Ast.

»Halte den auf deiner stromaufwärts gewandten Seite. So ist es leichter, ihn festzuhalten, und er lenkt das Treibgut ein bisschen von dir ab. Die Strömung ist sehr stark. Wenn sie dich umreißt, streck die Beine nach vorn aus. Du willst lieber mit den Füßen gegen diese Betonblöcke knallen als mit dem Kopf.«

Sie nickte und nahm alles in sich auf.

»Erinnerst du dich an einige dieser Vertiefungen?«

Noch ein Nicken.

»Wenn du in eine hineintrittst, nicht panisch werden. An den tiefsten Stellen ist das Wasser nur brusthoch.« Er hatte keinen Schimmer, ob das stimmte, doch bei der Strömung bezweifelte er sowieso, dass sie überhaupt den Grund in diesen Vertiefungen berühren würde.

Er zeigte zu einer Stelle am Ufer. »Es wird einfacher, wenn du in einem Fünfundvierzig-Grad-Winkel gegen die Strömung watest. Ich weiß, das klingt komisch, aber in diesem Punkt musst du mir vertrauen.«

Er half ihr hinab ins Wasser und merkte, wie sie erschauderte.

»Wow, ist das kalt! Halte durch, Bolo, ich komme!«

Sie hielt sich besser, als Creed erwartet hatte. Sie kämpfte nicht gegen die Strömung, sondern arbeitete sich langsam vor, manchmal watend, manchmal treibend. Einmal kippte sie um, und Creed holte das Seil wieder ein Stück ein, damit sie nicht stromabwärts getrieben wurde. Sie winkte ihm dankend zu und watete weiter, wobei sie den Ast benutzte, um das Gleichgewicht zu halten.

Als sie bei Bolo war, wedelte der schon aufgeregt und wollte zu ihr ins Wasser springen. Dann tat Maggie etwas, mit dem Creed niemals gerechnet hätte – und was sie auch nicht abgesprochen hatten. Sie nahm die herunterbaumelnde Leine, wand sie um ihre Taille und verknotete sie fest. Falls sie den Griff an dem großen Hund verlor, wäre er immer noch an sie gebunden. Allerdings könnte er sie auch mit sich nach unten reißen.

Creed umklammerte das Seil mit beiden Händen und schlang es um seine Handgelenke. Dann überprüfte er den Knoten am Baumstamm. Der war nach wie vor stramm. Der Schlamm unter seinen Füßen war glitschig, sodass es nicht viel bräuchte, um ihn von den Füßen zu reißen. Creed beugte die Knie und ging in die Hocke, als er fühlte, wie die Strömung an Maggie zerrte. Sie hatte Bolo jetzt im Wasser.

Es sah aus, als kostete es sie enorme Kraft, Bolo zu überreden, langsamer zu machen. Der Hund musste erschöpft sein, doch mit der Energie, die ihm noch blieb, wollte er unbedingt wie verrückt losschwimmen und zu seinem Herrchen. Aber Maggie hielt ihn neben sich.

Der Ast war weggerissen worden, als sie Bolo vom Felsen half. Maggie konnte ihre Füße nicht mehr am Grund halten und gab es letztlich auf. Stattdessen schwamm sie mit den Füßen paddelnd neben dem Hund und ließ Creed das Seil einholen.

Mit der freien Hand wehrte sie Treibgut ab, und das oft schon, wenn Creed es noch nicht mal gesehen hatte. Sie manövrierte die beiden um Hindernisse herum, die sie bereits auf dem Weg zu Bolo entdeckt hatte.

Als Creed die beiden endlich an der Wasserkante hatte, bedeutete er ihr, einen Moment zu warten. Er hielt das Seil straff, als er zu dem Baum ging und dort so anzog, dass es Maggie an Ort und Stelle hielt, während er ihr und Bolo aus dem Wasser half.

Maggie band die Hundeleine los, und Bolo krabbelte den rutschigen Hang hinauf, wobei Maggie von unten schob und Creed von oben zog. Sowie er oben war, schlabberte der Hund begeistert Creeds Gesicht ab.

»Augenblick mal, Kumpel. Wir müssen Maggie noch raufholen.«

Bolo stellte sich zu Creed an die Kante. Dann legte er sich auf den Bauch und streckte die Vorderpfoten über den Rand, als sei er bereit zu helfen. Creed gab ihm einen Seilabschnitt ins Maul, und während er Maggie nach oben zog, zerrte Bolo ebenfalls mit. Creed schlang die Arme um Maggie und fiel zu Boden.

Da endlich alle in Sicherheit waren, versuchte er, Atem zu schöpfen. Maggies Gewicht presste ihm auf die Brust, aber das machte ihm nichts. Er hielt sie immer noch fest an sich gedrückt. Seine Lippen fanden ihre Wange, dann ihr Ohr. Und heiser raunte er: »Du hast es geschafft!«

Sie stemmte sich hoch, wobei sie die Hände auf die Erde stützte, nicht auf seine Brust. Sie lächelte atemlos, sichtlich stolz auf sich, aber Creed erkannte auch Erleichterung. Unglaubliche Erleichterung.

Bolo war bereit zu spielen. Er stieß Maggie energisch mit dem Kopf weg von Creed und in den Matsch. Sie packte seinen großen, nassen Körper und umarmte ihn stürmisch.

Creed versuchte, sich auf die Knie aufzurichten, und

in dem Moment bremste ihn der Schmerz. Er legte sich wieder hin, diesmal mit dem Gesicht voran in den Matsch, und schloss die Augen.

54

Washington, D. C.

Ellie hatte sich bemüht, Frank Sadowskis Aussage aufmerksam zu lauschen. Sie hatte sich Notizen gemacht, um konzentriert zu bleiben, und dennoch schweiften ihre Gedanken immer wieder zu den Fotos von den Schulkindern ab. Sie wurde das Bild von ihrem Vater nicht los, der lächelnd mit ihnen posiert hatte.

Ihren Vater liebte und achtete sie mehr als irgendjemanden sonst in ihrem Leben. Ihr Exmann hatte oft betont, dass es quasi unmöglich sei, mit dem Helden zu konkurrieren, den Ellie mit zweiundzwanzig verloren hatte. Sie hatte ihren Vater vergöttert. Jetzt musste sie all die widersprüchlichen Gefühle verdrängen. Sie musste sich mit den Fakten befassen – mit allen –, selbst wenn unzählige Regierungsbeamte und gewählte Volksvertreter sie in den letzten fünfzig Jahren wieder unter den Teppich gekehrt hatten.

Irgendwann zwischen gestern Abend und der heutigen Aussage war Ellie zu dem Schluss gekommen, dass Senator Quincy von Anfang an geplant hatte, sie in diesen Ausschuss zu berufen. Sie erinnerte sich, dass es Carter, ihr Stabschef, gewesen war, der den Köder ausgeworfen hatte, bis sich ihre Anwesenheit bei dieser Anhörung wie eine sehr kluge PR-Maßnahme ausnahm. Carter war es auch gewesen, der vorgeschlagen hatte, dass sie sich als mitfühlende Zuhörerin bei den vielen

Veteranen inszenierte, die maßgeblich für ihre Wiederwahl waren.

Manche Dinge verstand sie immer noch nicht, doch sie war überzeugt, dass Carter und Quincy mit ihr spielten. Warum? Weil sie vielleicht glaubten, dass sie leicht zu manipulieren sei. Natürlich würde sie zustimmen und sich auf Senator Quincys Seite schlagen. Was Carter anging … nun, Quincys Stabschef zu sein, würde ihm sicher mehr Macht verschaffen, mehr Prestige und noch mehr Geld. In dieser Stadt reichte schon eines von dreien als verlockendes Motiv für einen Verrat.

Ellie begriff nun, dass Quincy keineswegs vorhatte, etwas für Veteranen wie Frank Sadowski zu tun, die körperlich und emotional von Projekt 112 betroffen waren. Es war eine Inszenierung, um Quincy gut dastehen zu lassen und seine Autorität zu demonstrieren – oder zumindest den Eindruck zu erwecken. Am Ende der Anhörung würde er nichts anderes tun als die anderen Ausschüsse zuvor. Am Ende des Tages würde Senator John Quincy vorgeben, dass er alles getan hatte, was er konnte, um dann rein gar nichts zu liefern.

Nach Mr. Sadowskis Aussage machten sie eine kurze Pause, damit alle sich die Beine vertreten konnten. So bekamen die Medien eine Chance, ein paar Brocken für die nächsten Nachrichten zu ergattern. Und Ellie wusste, dass Quincy hinterher die Sache zum Abschluss bringen wollte.

Sie sah Amelia Gonzalez durch einen Seiteneingang hereinkommen, beide Arme beladen und sich umblickend, als wartete sie auf die Erlaubnis, den Saal zu betreten. Ellie winkte ihrer Assistentin zu und beobachtete, wie sich die zierliche Frau höflich durch die Menge drängelte. Das

Mädchen hatte aufmerksam jedes Wort gehört, das Ellie zu ihr gesagt hatte, und sich Notizen gemacht, um sicherzugehen, dass sie die Anweisungen richtig ausführte. Nun war sie hier, mit einem Stapel Umschläge in den Armen. Sie hatte ihre Aufgabe erledigt, und das gerade rechtzeitig. Gonzalez würde eine hervorragende Stabschefin abgeben, wenn Ellie erst mal Carter gefeuert hatte.

Ellie half ihr, die Umschläge auf den Plätzen der Ausschuss-Mitglieder zu verteilen. Dann setzte sie sich wieder hin. Kurz darauf nahmen alle wieder ihre Plätze ein, und Quincy rief zur Ordnung für die Fortführung der Anhörung.

»Wir haben alle Zeugen gehört«, sagte er. »Sofern es keine Einwände gibt, werden wir diese Untersuchung nun abschließen.« Er blickte sich nicht einmal um und war bereit, für heute Schluss zu machen, als Ellie etwas sagte.

»Wenn Sie erlauben, Herr Vorsitzender, ich glaube, dass jeder von uns das Recht hat, einen der Zeugen erneut aufzurufen, wenn wir einige Klarstellungen wünschen. Ist das korrekt?«

Sie schlug ihren höflichsten Ton an, und Quincy blickte sich nachdenklich im Saal um, was bedeuten sollte, dass sie gewiss der einzigen Frau im Ausschuss ein wenig Zeit einräumen könnten.

»Ja, natürlich ist das korrekt«, antwortete er. »Ich bin sicher, dass es unserer Kongressdienerin nichts ausmacht, Mr. Sadowski wieder hereinzubitten.«

»Oh, ich habe keine weiteren Fragen an Mr. Sadowski.«

Quincy wirkte verwirrt, aber Ellie zögerte nicht.

»Ich würde gerne noch einmal Dr. Abraham Hess in den Saal bitten.«

55

Sie mussten fast fünf Minuten warten, bis sich der Saal wieder beruhigt und die Kongressdienerin Colonel Hess gefunden hatte. Derweil sah Quincy wütend zu Ellie, die allen Ausschuss-Mitgliedern erklärte, dass sie warten sollten, ehe sie die Umschläge öffneten, die sie ihnen hingelegt hatte.

Colonel Hess schlurfte mit Colonel Platt an seiner Seite herein. Die beiden Männer schienen dieser Tage unzertrennlich zu sein. Ellie erkannte dieselbe Bewunderung in Benjamin Platts Augen, die sie einst für den Colonel gehegt hatte. Als sie die anderen im Saal beobachtete und sah, wie sie den Mann verehrten, bekam sie plötzlich ein Kribbeln im Bauch.

Was tat sie denn hier?

Hess setzte sich auf seinen Stuhl und richtete sein Mikrofon aus, das wegen seiner gebeugten Schultern tiefer gestellt werden musste. Dann blickte er zu Ellie auf und wartete. Alle warteten.

»Dr. Hess«, begann sie in demselben höflichen Tonfall, in dem sie mit Quincy gesprochen hatte. »Sie waren so freundlich, uns die Geschichte und die Bedeutsamkeit von Projekt 112 und Projekt SHAD zu erläutern. Wie Sie uns erklärten, waren die 1950er und 1960er eine bewegte Zeit. Es ist schwer, das Ausmaß der Bedrohung nachzuvollziehen, da viele von uns hier zu jener Zeit noch Kinder oder nicht einmal geboren waren.«

Hess nickte, und Ellie bemerkte, dass sich alle zu entspannen schienen, weil sie nun ein langweiliges Wiederkäuen und ein öffentliches Schulterklopfen für Dr. Hess erwarteten.

»Ich denke, was keinem von uns klar war, ist, dass diese Tests – wie jene, die für Projekt 112 simuliert wurden – nicht die einzigen waren, die im ganzen Land durchgeführt wurden.«

Sie machte eine Pause, damit die Worte ihre Wirkung taten. Eigentlich hatte sie gehofft, Dr. Hess überrascht zu sehen oder wenigstens ein bisschen verunsichert. Doch er blieb vollkommen regungslos, sein Blick felsenfest. Vielleicht neigte er den Kopf ein klein wenig, als er wartete, dass sie mehr sagte.

»Was genau meinen Sie, Senatorin Delanor?«, fragte Quincy, der nervös klang. Hierauf war er nicht gefasst gewesen.

»Es gab noch andere Tests«, sagte sie gelassen. »Minneapolis, Saint Louis, Detroit.« Sie wies zu den Umschlägen. »Nur zu, sehen Sie nach. Die Beweise wurden vor vielen Jahren dokumentiert. Leider wurden sie diesem Ausschuss nicht zur Kenntnis gebracht. Oder, meines Wissens, den Ausschüssen, die zuvor in Sachen Projekt 112 und Projekt SHAD nachforschten.«

»Jene Tests hatten mit den beiden Projekten nichts zu tun«, sagte Dr. Hess vollkommen ruhig. »Hätten Sie die Berichte gelesen, wüssten Sie das.« Da war wieder der dozierende Ton.

»Ich muss doch bitten, Dr. Hess. Die Ähnlichkeiten

sind nicht von der Hand zu weisen. Die Army hat Nebelwolken mit Substanzen versprüht, die sie für ungiftig hielten.« Sie tat, als würde sie in ihren Notizen nachsehen, obwohl sie alles noch genau erinnerte. »Ich glaube, es war Zink-Cadmiumsulfid. Ist das korrekt, Dr. Hess?«

»Ich habe die Einzelheiten leider nicht vor mir, also muss ich Sie beim Wort nehmen.«

»Zwischen 1952 und 1969 wurden mehrere Städte als Versuchsgelände benutzt, und in diesen Städten jeweils mehrere Bereiche. Das ›ungiftige‹ Material wurde von Generatoren auf Lastwagen oder von Dächern versprüht, und zumindest einer dieser Versuchsbereiche in Minneapolis war eine öffentliche Grundschule.« Sie unterbrach wieder, um Hess anzusehen. »Kommt Ihnen das bekannt vor?«

Er rutschte auf seinem Stuhl hin und her.

»Zinksulfid ist ein fluoreszierender Phosphor, der von den Wissenschaftlern ausgewählt wurde, damit sie die Schüler in Zeitintervallen mit ›Speziallicht‹ überprüfen konnten. Überreste der Substanz konnten so auf den Schuhen, der Kleidung und sogar der Haut der Kinder erkannt werden. Die Tests wurden benutzt, um zu sehen, wie lange sich die Substanz auf ihnen hielt.«

Als Ellie nun wieder aufblickte, war jeder im Saal gespannt. Nirgends eine Spur von Langeweile.

»Ich frage mich jetzt, Dr. Hess, wer bestimmte, in welchen Mengen gesprüht wurde.«

»Wie bitte?«

»Das Zinksulfid. Die Army und Fort Detrick führten diese Tests durch, aber wer entschied über die Zusammensetzung der fluoreszierenden Partikel oder wie viel gefahrlos versprüht werden durfte?«

»Grundsätzlich gibt es bei solchen Maßnahmen eine Gruppe, die derlei Entscheidungen fällt.«

»Eine Gruppe?« Diesmal lächelte sie, bevor sie fragte: »Wollen Sie mir erzählen, dass die Army damals eine solche Entscheidung mittels demokratischer Wahl fällte?«

Nervöses Lachen ging durch den Saal, das sich jedoch nicht hielt, und Hess konnte seine Verärgerung nicht mehr verbergen.

»Lassen Sie es mich konkreter formulieren«, sagte Ellie. »Wer entschied, wie viel Zink-Cadmiumsulfid gefahrlos über Schulkindern versprüht werden durfte?«

Er starrte sie erbost an. Mein Gott, ihr Vater wäre jetzt so wütend. Aber sie fuhr fort: »Das waren Sie, Dr. Hess, nicht wahr?«

»Ich war der zuständige Wissenschaftler in diesem speziellen Bereich.« Es hob leises Getuschel im Saal an, und als wollte Hess es abstellen, ergänzte er: »Zusammen mit Ihrem Vater.«

Ellie blieb still und ließ die Leute flüstern. Hess hatte die Bemerkung mit der Absicht gemacht, sie zu disqualifizieren, aber Ellie hoffte auf das genaue Gegenteil. Wenn sie darauf bestand, diese Sache ans Licht zu bringen, obwohl ihr Vater darin verstrickt war, würde es sie vielleicht umso glaubwürdiger machen.

»Zink-Cadmiumsulfid wird heute als giftig eingestuft. Studien haben gezeigt, dass es toxisch genug ist, um Missbildungen bei Föten und sogar Krebs zu verursachen. Stimmt das nicht?«

»Zu der Zeit galt es als sichere, ungiftige Substanz. Wegen der Phosphoreigenschaften war es leicht nachzuweisen. Es wurden keine Schädigungen festgestellt.«

»Wie sollten sie auch, Dr. Hess, falls es zu Fehlbildungen bei Neugeborenen oder zu Krebs aufgrund ihrer ›ungiftigen‹ Substanzen kam? Wie hätten die Leute es wissen sollen, wenn Sie ihnen nicht mal erzählten, welchen Stoffen sie ausgesetzt worden waren?«

Schweigen. Doch sein wütender Blick sprach Bände.

»Wie viele andere Tests wie dieser wurden durchgeführt, Dr. Hess?«

»Die Zahlen sind mir nicht bekannt.« Er zuckte mit den Schultern, als spiele es keine Rolle.

»Die Army gibt zu, dass mehr als hundert ähnliche Tests in zahlreichen Städten überall im Land an ahnungslosen Bürgern durchgeführt wurden.«

Nun schien der ganze Saal zum Leben zu erwachen. Leute rückten auf ihren Stühlen, Kameras klickten, und Ausschuss-Mitglieder blätterten die kopierten Fotos und die Informationen aus den Umschlägen durch.

»Ihnen steht kein Urteil zu.« Dr. Hess' Stimme dröhnte durch den Saal wie die eines Lehrers, der seine Schüler zur Stille ermahnte. »Es war eine gefährliche Zeit. Wir standen einem Feind gegenüber, wie ihn niemand zuvor gekannt hatte. Die Russen waren schon weiter und hatten riesige Vorräte an biologischen und chemischen Waffen, die jede unserer Städte innerhalb von Stunden auslöschen konnten. Und die Russen zögerten nicht, diese Waffen gegen ihre eigenen Leute einzusetzen.«

»Offenbar haben Sie, mein Vater und die U.S. Army auch nicht gezögert, sie gegen die eigenen Leute einzusetzen.«

»Das Opfer von wenigen, um Millionen zu retten«, sagte er kopfschüttelnd, als würde sie es wohl nie verstehen.

»Schulkinder, Dr. Hess.« Sie hielt das Foto von ihm mit

ihrem Vater und der Reihe lächelnder Grundschüler in die Höhe, damit alle, vor allem die Fotografen, es sehen konnten. »Wenn Sie Tests mit Schulkindern machten, ohne dass die Öffentlichkeit es erfuhr oder die Eltern zustimmten, warum sollten wir dann nicht glauben, dass Sie es auch bei Seeleuten und Soldaten ohne ihr Einverständnis taten? Ohne ihr Wissen?«

Wieder trat Stille ein.

»Wir müssen Veteranen wie Frank Sadowski und all den anderen die medizinische Versorgung zukommen lassen, um die sie bitten. Die sie verdienen. Auch wenn es fünfzig Jahre zu spät kommt.«

56

Haywood County,
North Carolina

Der Geruch von Schlamm und Moder war einem solch streng antiseptischen gewichen, dass es in Creeds Nasenlöchern brannte. Das Atmen tat weh. Er sah die Kanülen in seinem Arm und die Schläuche, die aus seinem Körper hingen. Und er konnte an nichts anderes als seinen Hund denken.

Er hob den Kopf, wollte sich aufsetzen, schaffte es jedoch vor Schmerz nicht. Also sank er zurück auf die sterilen Kissen und weißen Laken, die von seinem Blut befleckt waren. Maschinen gurgelten und surrten irgendwo hinter ihm. Er konnte nicht richtig sehen, als würden seine Augen alles in Ausschnitte mit hellen Lichtkränzen an den Rändern brechen. Trotzdem versuchte er, den Kopf weit genug zu heben, um über die Bettreling hinwegzublicken. Er musste wissen, ob sein Hund okay war. Ob Rufus in Sicherheit war.

Immer an ihrer Seite bleiben. Egal was passiert.

Nicht wie bei Brodie. Er hätte mit ihr gehen sollen.

Etwas erschreckte ihn, und Creed setzte sich auf. Er war gar nicht in einem Krankenhaus. Er lag wieder auf seinem Feldbett in der Schulturnhalle. Grace regte sich neben ihm und sah zu ihm auf, die Ohren nach vorn gerichtet. Sie blickte ihn besorgt an. Auf dem Boden zwischen seinem Feldbett und dem, das letzte Nacht Maggies gewesen war, lag Bolo, ausgestreckt und tief schlafend.

Nun begriff Creed, dass der antiseptische Geruch von seinem Körper kam. Er hatte kein T-Shirt an, und seine Brust war frisch verbunden unter der Decke. Aber nicht stramm. Wie Creed jetzt feststellte, diente der Verband lediglich dem Halt einer Kühlpackung auf seiner Brust.

Er tastete sein Gesicht ab und fühlte Fäden, wo das Schmetterlingspflaster gewesen war. Er schaute sich um. Fast alle Feldbetten waren leer. Niemand hier. Und durch die kleinen Fenster oben unter dem Dach konnte er Wolken vorbeitreiben sehen. Also war es kein Albtraum. Mehr wusste er allerdings nicht.

Sein Körper fühlte sich taub an, doch er konnte trotz des Stechens in seiner Brust atmen. Der Druck in seinem Kopf war mörderisch. Er versuchte nachzudenken, sich zu erinnern. Dabei streichelte er Grace, die ihn immer noch anstarrte. Er ließ seine Finger über ihre Pfoten wandern, und sie rührte sich nicht.

»Alles okay?«, fragte er. »Geht es meinem Mädchen gut?«

Sie schmiegte sich an ihn, drehte die Ohren nach außen und entspannte sich.

»Ich bin auch okay«, sagte er.

»Wir hatten uns schon Sorgen gemacht«, hörte er eine Stimme hinter sich.

Dr. Avelyn kam um sein Bett herum und setzte sich auf Maggies, wo er sie sehen konnte und sie ihn.

Plötzlich fiel ihm das rauschende Wasser wieder ein, das ihn umgerissen und von Bolo getrennt hatte. Creed war gegen Schutt und Felsen geschleudert worden, genauso wie der Hund. Er schrak auf und sah nach unten, wo Bolo lag.

»Holla!« Dr. Avelyn packte seinen Arm. »Ihm geht es gut. Nur ein paar kleine Kratzer. Er ist müde.«

Creed beobachtete den großen Hund, bis er beruhigt war. Dann fragte er Dr. Avelyn: »Haben Sie mich zusammengeflickt?«

»Ja, und ich habe ein paar Kühlpackungen auf Ihre Rippen gelegt und sie nicht zu stramm festgewickelt. Maggie hat recht. Der Sanitäter hätte den elastischen Verband nicht so stramm machen dürfen. Früher galten Druckverbände als sinnvoll bei Rippenbrüchen. Inzwischen hat man erkannt, dass sie das Atmen schwierig machen und das Risiko einer Lungenentzündung verdoppeln.«

»Habe ich eine Lungenentzündung?«

»Noch nicht. Und unter meiner Aufsicht bekommen Sie hoffentlich auch keine.«

Er nickte. »Dann würden Sie das auch bei einem Hund mit gebrochenen Rippen machen?«

»Nein, dem würde ich den Brustkorb stramm verbinden.«

Creed zog eine Braue hoch. »Und wie haben Sie …«

»Wussten Sie, dass Maggie ein medizinisches Grundstudium absolviert hat, bevor sie in die Forensik wechselte?«

Er lächelte. Ihm war schwindlig, aber ansonsten hatte er keine großen Schmerzen. Er sah wieder Dr. Avelyn an. »Haben Sie mir irgendwas gegeben?«

Sie nickte. »Unter starken Schmerzen atmet man nicht so tief, wie man sollte. Keine Angst, es ist nichts, was Sie außer Gefecht setzt.«

»Vielen Dank.«

Er machte sich wirklich keine Sorgen. Dr. Avelyn war einer der wenigen Menschen, denen er blind vertraute, wenn es um seine Hunde ging. Folglich wäre es albern, es bei ihm selbst nicht zu tun.

Wobei ihm einfiel … »Wie geht es Maggie?«

»Einige Kratzer und blaue Flecken, aber ansonsten geht es ihr gut.«

»Wissen Sie zufällig, wo sie ist?«

»Nein, da kann ich Ihnen leider nicht helfen.« Sie stand wieder auf. »Ich muss zurück auf meinen Posten.« Sie sah auf ihre Uhr. »Die Crews kommen bald zurück. Ich sehe beim Abendessen wieder nach Ihnen.«

»Wissen Sie, wo Jason ist?«

»Er sagte irgendwas von einem Auftrag, den Sie ihm heute Morgen gegeben haben.«

Der Morgen schien sehr weit weg, doch Creed tat, als wisse er Bescheid. Vielleicht hatte sie recht, was die Gehirnerschütterung anging.

»Versprechen Sie mir, liegen zu bleiben und sich auszuruhen?«

Er nickte.

»Nein, ehrlich.«

»Ich lasse Grace und Bolo nicht allein.«

Damit war sie zufrieden und ging. Creed sah ihr nach. Was er nicht erwähnt hatte, war, dass er die beiden Hunde auch mitnehmen könnte.

57

»Sie müssen mir erzählen, was hier los ist«, sagte O'Dell zu Peter Logan.

Als er zögerte, ergänzte sie: »Ich habe Ihren Arsch davor bewahrt, den Berg runtergespült zu werden.«

Sie war es gründlich leid, mit dem Mann zu streiten. Es war ein Kampf gewesen, Ross und die anderen Nationalgardisten aufzuspüren und Creed und Logan vom Berg und in Sicherheit zu bringen. Dr. Avelyn hatte ihr versichert, dass Creed wieder werden würde, aber dringend Ruhe brauchte. Logan war zwar umgerissen worden und bewusstlos gewesen, schien aber wieder ganz der arrogante Alte.

»Ross' Team glaubt, dass sie einen Teil der Einrichtung gefunden haben, oberhalb von der Stelle, an der wir gegraben haben. Sie denken, dass sie einen sicheren Einstieg entdeckt haben.«

»Sind noch mehr Opfer da drinnen gefangen?«

Er schüttelte den Kopf, und O'Dell bemerkte einen genervten Blick, den er mit einem Lächeln überspielte.

»Mir ist mittlerweile klar, dass es nie darum ging«, sagte er und beobachtete sie. Offensichtlich versuchte er noch zu entscheiden, ob er ihr trauen konnte oder nicht.

Anfangs hatte O'Dell ihn für einen Bürokraten gehalten, einen politischen Rüpel, der es gewohnt war, dass jeder seine Befehle befolgte und seine Forderungen erfüllte. In den letzten Stunden hatte sie jedoch für Momente Einblick in einen unsicheren Mann nehmen können, der am Rande der Verzweiflung stand.

Diesen Ausdruck kannte sie von Männern, denen klar wurde, dass man sie benutzte oder verriet. Was sie dagegen taten, konnte oft gefährlich sein. Und O'Dell fragte sich, wozu Peter Logan fähig wäre, um zu überleben, und ob ihn die Leute über ihm tatsächlich am ausgestreckten Arm verhungern ließen.

Sie saßen vorn in seinem Land Rover – laut Logan der einzige Ort, an dem sie nicht abgehört werden konnten. Hin und wieder ließ er den Motor für eine Weile an, um das Gebläse auf vollen Touren laufen zu lassen. O'Dell hatte geduscht und sich saubere, trockene Sachen angezogen. Dennoch glaubte sie, dass ihr nie wieder richtig warm würde. Es war, als sei das eiskalte Flutwasser in ihre Blutbahn eingedrungen.

»Ben hat mir erzählt, dass USAMRIID und DARPA gemeinsam an etwas gearbeitet haben«, sagte O'Dell. »Geht es darum?«

Er schien überrascht und fast erleichtert.

»Aber er hat Ihnen nicht erzählt, was das war?«

»Nein. Er sagte, das wäre geheim.«

»Und trotzdem waren Sie bereit herzukommen?«

»Ich arbeite für das FBI, Logan. Die Morde an diesen Männern sind Bundesangelegenheit. Und ich habe schon in Geheimsachen ermittelt. Allerdings mag ich es nicht, wenn mir Dinge verheimlicht werden, vor allem nicht, wenn sie mich fast umbringen.« Sie machte eine kurze Pause, ehe sie hinzufügte: »Es gibt einen Punkt, an dem meine Hilfe Ihnen nichts mehr nützt, es sei denn, ich erfahre mehr Einzelheiten.«

»Meinetwegen. Angekommen.« Und immer noch zögerte er. »Zuerst wurde mir gesagt, dass wir nach Überlebenden suchen und Tote bergen sollen, sofern welche da sind. Erst heute Nachmittag habe ich erkannt, dass das nicht der einzige Auftrag war.«

»Die Leichen waren Mordopfer«, erinnerte sie ihn.

Der erste Mann, vermutlich ein Wissenschaftler, war mit einem Kopfschuss getötet worden. O'Dell hatte seine Leiche nie gesehen. Dem anderen Mann wurde in den Rücken geschossen. Logan hatte ihr bisher noch nicht verraten, wer die Opfer waren. Vielleicht würde er ihr jetzt erzählen, wen er für den Täter hielt.

»Und eine abgetrennte Frauenhand«, ergänzte sie.

»Dr. Clare Shaw.« Er nickte. »Sie hat die Einrichtung geleitet. Dr. Richard Carrington war der Mann, den wir zuerst fanden. Ich habe keine Ahnung, wer der andere ist oder der, der noch da draußen vergraben liegt. Wir glauben, dass jemand sie alle unmittelbar vor dem Erdrutsch umgebracht hat.«

»Und Sie haben ehrlich keinen Schimmer, wer das war?«

»Nein, aber ich könnte mir vorstellen, worauf es der Täter abgesehen hatte.«

O'Dell blieb stumm und wartete.

»Viele unserer Einrichtungen forschen an neuen Medikamenten und Impfstoffen, an neuen Behandlungsmethoden, die unseren Soldaten helfen sollen. Als ich noch Kompanieführer war, haben meine Jungs Sachen wie Wachmacherpillen und explosionssichere Unterhosen getestet.«

»Pillen und Unterhosen?« O'Dell war nicht sicher, was das damit zu tun haben sollte.

»Wir nannten sie Go-Pills.«

Er hatte ihre Reaktion missverstanden; sie fragte nicht, was das für Pillen gewesen waren. O'Dell bemühte sich, geduldig zu sein.

»Ich bin nicht sicher, was in den Dingern war. Jedenfalls hielten sie uns bei längeren Einsätzen wach, und sie hatten keine Nach- oder Nebenwirkungen. Die explosionssicheren Unterhosen waren mit Kevlar verstärkt, also kugelsicher. Was ich meine, ist, dass dauernd etwas entwickelt und getestet wird. Und ich war immer bereit, neue Sachen auszuprobieren. Es war ja für unsere Sicherheit, nicht?«

»Der Mann in der improvisierten Leichenhalle sieht eindeutig nicht aus, als hätte jemand seine Sicherheit im Sinn gehabt, als er an ihm experimentierte.«

»Experimentierte? Wovon reden Sie? Haben Sie nicht gesagt, dass ihm in den Rücken geschossen wurde?«

»Das hat ihn wahrscheinlich umgebracht, ja, aber sein ganzer Körper ist ein einziges Hämatom, als wäre er irgendeiner Substanz ausgesetzt gewesen.« Sie beobachtete Logans Miene. »Warten Sie mal. Das wussten Sie nicht?«

»Ross' Männer haben gesagt, sie hätten eine schlammbedeckte Leiche abgeliefert.«

»Aber über die Hand wussten Sie genug, um zu glauben, dass sie von Dr. Shaw ist?«

»Das ist völlig logisch. Die haben mir von rotem Nagellack erzählt. Und da war der Ring.« Er winkte ab, als sei das alles unwichtig und würde O'Dell ihn unnötig ablenken.

»Aber verstehen Sie denn nicht, dass die Leichen nebensächlich sind?«

»Demnach machen Sie sich keine Sorgen, dass in einer Ihrer Einrichtungen Menschen als Versuchskaninchen benutzt wurden?«

»Falls es Experimente gab, wurden die professionell und mit Freiwilligen durchgeführt, denen die Risiken bekannt waren. Das ist nicht anders als in der Privatwirtschaft, wo Pharmafirmen Leute für ihre klinischen Studien bezahlen. Diese Einrichtungen leisten fantastische Forschungsarbeit. Darauf müssen Sie sich konzentrieren.«

Ja, das war ihr klar. Dasselbe taten Ben und seine Kollegen am USAMRIID. Aber der Mann auf dem Stahltisch in Ralph's Schlachthaus war etwas Außergewöhnlichem ausgesetzt gewesen. Und O'Dell konnte sich nicht vorstellen, dass er sich freiwillig dafür gemeldet hatte.

»Für diese Forschungen«, erklärte Logan weiter, »haben sie manchmal Proben – gefährliche Proben – vor Ort.«

Er blieb stehen und sah sie an, um sicherzugehen, dass sie wusste, worauf er hinauswollte. Sie hielt seinem Blick stand und wartete ab.

Logan atmete tief ein und fuhr fort: »Die Proben werden oft in einer Art Schließfach verwahrt. Das sind tragbare, energieautarke Biobehälter mit eigener Klimaanlage, über die eine Temperatur gehalten wird, die den Inhalt ungefährlich macht.«

»Biobehälter? Über was für Proben reden wir hier?«

»Anthrax, Denguefieber, eine Vielzahl von synthetisch hergestellten Viren.«

»Ebola?«

»Kann sein.«

Jetzt verstand sie, warum er plötzlich so verzweifelt war.

O'Dell hatte schon einmal eine Woche in kompletter Isolation verbracht, nachdem sie mit Ebola in Kontakt gekommen war. Fort Detrick nannte seine Quarantänestation »den Bau«, und es war tatsächlich eine der gruseligsten Erfahrungen gewesen, die O'Dell in ihrem Leben gemacht hatte. Jeder Krankheitserreger der Stufe drei oder vier wäre tödlich. Und dass jemand die Wissenschaftler der Einrichtung ermordet hatte, um diese Proben in die Finger zu bekommen, hieß gar nichts Gutes.

58

Creed hatte seine Stiefel zugeschnürt und arbeitete daran, sein T-Shirt überzuziehen, als er bemerkte, dass Grace den Kopf hob. Plötzlich stand auch Bolo auf. Creed drehte sich um und sah, dass Jason durch die Turnhalle kam. Eine kleine braune Hündin trottete neben ihm her. Ihre Schlappohren waren angelegt, und ihr Kopf ruckte von einer Seite zur anderen, weil die neue Umgebung sie nervös machte.

Ihr rechtes Bein war verbunden, und ihr Nacken war rasiert. Inmitten der kahlen Stelle prangte eine frische Wundnaht. Unwillkürlich dachte Creed, dass die Hündin aussah wie er – zerschunden, genäht, aber nicht gebrochen.

»Hey, Grace, Bolo.« Jason blieb ungefähr zehn Schritte entfernt stehen und begrüßte die Hunde.

Beide sahen zu Creed hoch, als wollten sie seine Erlaubnis, die neue Hündin beschnüffeln zu gehen. Er hielt eine Hand in die Höhe, und beide blieben wo sie waren.

»Als du mir sagtest, dass der Typ etwas für dich hat, hättest du mir ruhig verraten können, dass es ein Hund ist.«

»Dann hat er keine Angehörigen gefunden?«

»Großeltern, aber die dürfen keinen Hund halten, wo sie wohnen. Er sagt, dass sie richtig froh klangen, dass die Hündin ein anderes Zuhause bekommt.«

Creed erinnerte Grace und Bolo daran, auf ihren Plätzen zu bleiben, ging um das Feldbett herum und kniete sich halb hin. Er streckte der Hündin eine Hand hin, die er so weit nach unten hielt, dass sie nicht über dem Hundekopf war. Als sie sich nicht rührte, brachte Jason sie etwas näher. Creed wartete, dass sie seine Hand beschnüffelte, bevor er sie zu streicheln versuchte.

»Der Typ meinte, dass du sie in einem vergrabenen Auto gefunden hast?«

»Bolo hat sie gefunden. Sie war die einzige Überlebende.«

»Kein Wunder, dass sie so schreckhaft ist. Was glaubst du, was sie ist?«

»Das wird Hannah wissen. Ich schätze, es steckt ein Golden Retriever mit drin.«

»Für einen Golden ist sie sehr klein.«

»Kennen wir ihren Namen?«, fragte Creed.

»Auf dem Halsband steht Molly.«

Ihre Ohren gingen nach oben.

»Hey, Molly.«

Sie wedelte mit dem gesenkten Schwanz.

»Ein neuer Rekrut?«, hörte er Maggie hinter sich fragen.

»Eine der Überlebenden vom Erdrutsch«, erklärte Jason.

Als Creed sie beim Aufwachen nicht entdecken konnte, hatte er fast befürchtet, dass sie nach D.C. zurückgefahren sei. Es freute ihn, dass dem nicht so war. In diesem Moment fiel ihm der Bluterguss an ihrer Wange auf, und er musste sich beherrschen, nicht die Hand danach auszustrecken.

»Wie fühlst du dich?«, fragte sie.

»Ein bisschen, als wäre ich mit einem Betonklotz kollidiert.«

Sie lächelte, und ihm entging nicht, dass sie ihn musterte, als wolle sie selbst beurteilen, in welcher Verfassung er war.

»Bist du fit genug für einen kurzen Spaziergang? Nur um ein paar Minuten zu reden?«

Noch vor Creed sah sie zu Jason.

»Ich komme hier klar«, versicherte Jason. Er hatte Molly bereits zu Creeds Feldbett geführt, damit sie sich mit Grace und Bolo beschnüffeln konnte.

»Grace.« Creed wartete, bis die Hündin zu ihm sah, dann zeigte er auf sie. »Sei nett.«

Creed fragte, ob sie nach draußen gehen könnten. Maggie hatte noch ihre Jacke an, und er nahm sich seine. Beim Anziehen verzog er das Gesicht. Maggie bemerkte es, versuchte aber glücklicherweise nicht, ihm zu helfen.

Die Luft war kühl, jedoch nicht mehr so feucht. Die untergehende Sonne tauchte die Wolken in Violetttöne, und Creed entdeckte sogar kleine klare Himmelsflecken mit einigen Sternen.

Er atmete konzentriert und bemühte sich, tiefer einzuatmen, weil er daran dachte, was Dr. Avelyn über Lungenentzündung gesagt hatte. Die Schmerzmittel machten es leichter, nur merkte Creed bereits, wie deren Wirkung abklang.

»Ich konnte dir noch gar nicht danken, dass du Bolo und mich gerettet hast.«

»Wenn ich mich recht erinnere, habt ihr zwei mich auch schon mal gerettet.«

Maggie ging neben ihm. Sie blieben auf dem Gehweg gegenüber der Highschool, um die Rettungskräfte zu meiden, die nun nach und nach zurückkehrten. Creed ließ Maggie den Weg bestimmen, weg von den lärmenden Motoren und den lauten Unterhaltungen. Die restlichen Straßen des Orts waren ziemlich ruhig.

»Du musst mir von Peter Logan erzählen«, sagte sie, und Creed war enttäuscht. Zwar war er nicht sicher, was er sich als Gesprächsthema erhofft hatte, aber ganz gewiss nicht Logan.

59

»Anscheinend fühlst du dich Logan irgendwie verpflichtet«, sagte Maggie. »Und gleichzeitig spüre ich Feindseligkeit zwischen euch beiden.«

»Ja, das stimmt. Ich mag ihn nicht.«

»Und woher die Loyalität?«

»Es ist keine Loyalität. Ich schulde dem Mann einen Gefallen, und er fordert ihn ein.«

Als Creed sah, dass Maggie fröstelte, wies er zur Neonbeleuchtung eines kleinen Diners. Sie gingen hinein und setzten sich in eine Ecknische. Es roch nach fettigem Essen, und obwohl die Gratismahlzeiten in der Schulcafeteria gut waren, bestellten sie sich beide Cheeseburger und Pommes frites.

»Woher kennt ihr euch?«

»Wenn du etwas über Peter Logan wissen willst, warum fragst du nicht deinen Freund Ben?«

Maggie blickte zum Fenster, und Creed wollte sich ohrfeigen.

»Hör mal«, sagte er, »das sollte nicht so rüberkommen. Es ist nur so, dass ich vor dieser Woche seit rund sieben Jahren nichts von Logan gehört oder gesehen habe. Ich weiß insgesamt nicht viel über ihn, und es klingt, als würde Ben mit ihm zusammenarbeiten. Er muss ihn also sehr viel besser kennen als ich.«

»Ich bin hier, weil Ben mich gebeten hat, mir ein paar

der Opfer anzusehen, die vielleicht ermordet wurden. Die Einrichtung wurde von der DARPA betrieben, also sind diese Morde Bundessache. Mein Chef hat genehmigt, dass ich herkomme.«

Creed schien es, als würde Maggie es genauso sehr sich selbst wie ihm erklären, um sich ins Gedächtnis zu rufen, warum sie überhaupt hier war.

Die Kellnerin, die sich als Rita vorgestellt hatte, unterbrach sie, indem sie ihnen ihre Cola in hohen roten Plastikbechern brachte.

Creed sah, dass die Wolken draußen zu fedrigen Fetzen geworden waren, fast schien der volle Mond durch sie hindurch.

»Wir waren zusammen in Afghanistan«, sagte Creed, während er zusah, wie die Straßenlaternen angingen und noch mehr Neonbeleuchtung die Schaufenster erhellte. »Meine K9-Einheit wurde Logans Mannschaft zugeteilt, er war der Kommandant.«

»Dann wart ihr Kameraden.«

»Nein, so war das nicht. Die K9s zogen von einem Platoon zum anderen und blieben bestenfalls Wochen bei einem. Deshalb gehörten wir nie dazu. Außerdem waren wir die Ersten, die rausgingen, also auch die Ersten, die starben. Da freundete sich lieber keiner mit uns an. Aber sie mussten sich auf uns verlassen, sie heil durch ein Feld zu bringen. Was wir machten … schien immer ein bisschen wie Magie. Und sie waren nie sicher, ob wir sie retten oder sie alle in den Tod führen.«

»Darum nennt Logan dich Hundemann. Ich wusste nicht, dass du beim Militär warst.«

»Ich hatte mich gemeldet, um allem zu entfliehen.

Nach Brodies Entführung lag meine Welt irgendwie in Trümmern.«

»Wie alt warst du da?«

Er sah sie an. Sie hatten nie darüber gesprochen, aber er vermutete, dass das Verschwinden seiner Schwester der Grund war, aus dem er sein Unternehmen startete. So viel hatte selbst Jason durch eine simple Internetsuche herausgefunden, und Maggie war vom FBI. Sie hatte Zugang zu ganz anderen Quellen.

Allerdings konnte sie nicht wissen – niemand konnte wissen –, wie qualvoll die Leichensuche zu Anfang für ihn gewesen war. Verdammt, wem machte er etwas vor? Oft war es bis heute furchtbar, denn jedes Mal, wenn sie den nicht identifizierten Kadaver oder die Leiche einer jungen Frau fanden, fragte Creed sich, ob es Brodie sein könnte.

»Ich war vierzehn, Brodie elf. Meine Mom war besessen von der Suche. Bekam sie einen Hinweis auf ein kleines Mädchen, auf das Brodies Beschreibung passte, ließ sie alles stehen und liegen und zog los. Nach L.A., nach Houston, Portland, Chicago. Es war verrückt. Mit der Zeit wurde sie ein bisschen irre. Und dennoch war es mein Dad, der sich am Ende erschoss.« Er schüttelte den Kopf über diese Ironie.

Rita unterbrach sie wieder, stellte ihnen die Teller mit den Cheeseburgern und den Fritten sowie genug Garnitur hin, um daraus einen Salat zu machen. Sie knallte Senf und Ketchup auf den Tisch und fragte, ob sie sonst noch etwas wünschten. Dann verschwand sie, und zunächst schwiegen Creed und Maggie unbeholfen.

Trotzdem lief Creed das Wasser im Mund zusammen, als er seine Pommes frites in Ketchup ertränkte.

Zwischen zwei Bissen fragte Maggie ihn: »Wie bist du dazu gekommen, Hundeführer zu werden?«

»Brodie und ich hatten immer Hunde. Solange ich mich erinnern kann, habe ich deren Gesellschaft menschlicher vorgezogen. Anwesende ausgeschlossen.«

»Das sagst du bloß, weil du die Pommes willst, die ich nicht schaffe.«

»O nein, ich habe dich schon essen gesehen und bin ziemlich sicher, dass es keine Reste geben wird.«

Sie genossen ihr Essen, und Maggie stellte keine weiteren Fragen mehr. Es war Creed, der das Thema wieder aufnahm. Vielleicht glaubte er, ihr für Bolos Rettung etwas schuldig zu sein. Und für seine Rettung. Doch letztlich spielte das keine Rolle.

»Als ich bei Logans Einheit war, wusste ich, dass er Sachen auf dem Schwarzmarkt verkaufte.«

Maggie sah überrascht aus.

»Er hatte dauernd Gratismuster, ob Tabletten oder Designer-Turnschuhe, Sonnenbrillen oder Proteinriegel. Und er gab seinen Jungs Zeug. Ich denke, einiges davon war in der Erprobung. Aber er verkaufte auch was von dem Kram. Da war dieser afghanische Junge, Jabar. Logan ließ ihn so oft ins Camp kommen, dass alle ihn kannten. Also wurde er nie überprüft.«

Creed schob seinen Teller beiseite und starrte wieder aus dem Fenster. Die Erinnerung war durch die jüngsten Albträume aufgefrischt worden. Sieben Jahre, und er konnte immer noch das schiefe Grinsen des Jungen vor sich sehen.

»Eines Tages kam Jabar ins Camp und benahm sich seltsam. Unruhig. Er stritt sich wegen irgendwas mit

Logan. Mein Hund begann, Alarm zu schlagen. Wir waren in der Mitte des Camps, also nicht mal in der Nähe von möglichen Bodenminen. Ich kam gar nicht auf die Idee, dass es Jabar sein könnte, auf den er mich aufmerksam machte, bis ich sah, wie der Junge in seine Jacke griff.«

»O mein Gott. Er hatte eine Sprengstoffweste?«

Creed nickte. »Ich kam im Militärkrankenhaus wieder zu mir. Später erfuhr ich, dass Logan als Held galt, weil er seine Einheit vor einem Selbstmordattentäter gerettet hatte. Keiner fragte sich je, ob er nicht derjenige gewesen sein könnte, der sie überhaupt erst in Gefahr gebracht hatte.«

»Moment mal. Du hast gesagt, dass du Logan einen Gefallen schuldest. Für mich klingt es eher, als würde er dir einen schulden, weil du den Mund gehalten hast.«

»Ja, tut es, nicht? Ich warf mich auf meinen Hund, als die Bombe hochging. Zum Glück wurde er nicht verletzt, denn ich liebte diesen Hund. Vor der Explosion wollte ich mich sogar für einen weiteren Einsatz melden, damit wir zusammenbleiben konnten.« Er sah Maggies Blick. Natürlich wusste sie, worauf er hinauswollte.

»Aber die Hunde gehören dem Militär.«

»Sie gelten als Ausrüstung. So wurden sie zumindest damals noch geführt. Rufus wurde einem neuen Hundeführer zugeteilt. Ich habe alles versucht, was mir einfiel, damit ich ihn nach Hause bringen durfte. Vier Jahre lang war er mein Fels in der Brandung gewesen, mein Halt, mein Leben. Aber keiner wollte mir zuhören. Keiner außer Logan.«

»Rufus ist der schokoladenfarbene Labrador, der neben deinem Bett schläft.«

Creed nickte. Er war beeindruckt, dass sie es noch wusste, denn sie war letzten Monat nur einmal kurz bei ihm gewesen.

»Logan machte es möglich. Er holte mir meinen Hund zurück.«

60

Sie waren auf dem Weg zurück zur Turnhalle. O'Dell fühlte sich ein wenig benommen vor Erschöpfung. Sie wusste, dass es Creed nicht leichtgefallen war, ihr das zu erzählen. In der Hinsicht waren sie sich sehr ähnlich: Beide taten sich schwer damit, anderen zu vertrauen, und hielten ihr Privatleben sehr privat.

Sie gingen nebeneinander auf dem schmalen Gehweg, und O'Dell machte es wahnsinnig, dass sie bei jedem Streifen ihrer Arme einen elektrischen Funken verspürte. Plötzlich wurde ihr allzu bewusst, dass sie heute Abend in ihren Feldbetten liegen und sich gegenseitig beobachten würden, keinen Meter Abstand zwischen sich. Diese breiten Schultern, das Sixpack – und sie stellte sich vor, wie er sich anfühlte. Die leichten Stoppeln an seinem Kinn.

Später mutete es beinahe ironisch an, dass sie an Funken gedacht hatte, nachdem sie die ersten Flammen sah. Der Ort war ihr noch nicht sonderlich vertraut, trotzdem wusste sie gleich, dass sie von Ralph's kamen.

Creed holte sein Handy hervor und tippte Zahlen ein. Maggie ließ ihn stehen und lief die Abkürzung durch die Seitengasse. Die Vordertür dürfte nach wie vor verriegelt sein, deshalb wollte sie es an der Hintertür versuchen. Ihr wurde übel, als sie feststellte, dass die tatsächlich offen war. Drinnen kam sie nicht weit. Eine Leiche lag direkt an der Tür, und in der Dunkelheit stolperte O'Dell über sie. Sie griff nach unten und ertastete eine Pfütze, von der sie vermutete, dass es Blut war – noch warm und klebrig.

Dann hörte sie ein Gurgeln. *Vielleicht nicht tot.*

Die Tür ging auf, und Creed erschien. In dem Licht, das nun hereinfiel, konnte O'Dell Dr. Gunthers gekrümmte Gestalt erkennen. Ihre Kehle war aufgeschlitzt.

»Wir müssen sie hier rausholen«, brüllte Creed.

Ihnen waberte bereits dichter Rauch von hinten entgegen.

O'Dell half Creed, die ältere Frau hochzuheben, die sich vollkommen schlaff anfühlte. Creed trug sie hinaus zum Parkplatz und legte sie dort auf den Asphalt. Innerhalb von Sekunden war er auf den Knien und versuchte mit beiden Händen, die Blutung zu stillen. Aber O'Dell erkannte, dass der Schnitt viel zu breit war.

Sie hörte Rufen und Schreien von der Straße auf der Vorderseite des Gebäudes. Sirenengeheul erklang. So laut. So nahe.

Die ältere Frau war tot, und doch presste Creed weiter die Hände auf die Wunde. O'Dell kniete sich ihm gegenüber hin und fühlte nach einem Puls. Sie wusste nicht, was sie sonst tun sollte. Bei Sterbenden war sie aufgeschmissen. Sie hatte keine Ahnung, was sie sagen oder tun sollte. Erst hinterher, wenn sie tot waren, wusste sie genau, was ihr Job war.

Die Freiwillige Feuerwehr hatte sich den Weg ins Gebäude freigemacht. Wasser rauschte aus einem Hydranten in der Nähe. Die Hitze reichte aus, dass O'Dell schweißgebadet war, dabei hatte sie vorhin noch gefroren.

Drinnen dürfte alles durch das Feuer zerstört worden sein, einschließlich der Leiche und der abgetrennten Hand. Sämtliche Beweise für das, was in der regierungseigenen Einrichtung vorgefallen war, waren fort.

Und O'Dell wusste, das konnte kein Zufall sein, nur wenige Stunden nachdem sie Peter Logan von den seltsamen Hämatomen und dem Ausschlag, die den Toten bedeckten, erzählt hatte. Der Mann, dessen Körper jetzt verbrannt war.

61

»Glaubst du, Logan hat das Feuer gelegt?«, fragte Creed und beobachtete Maggie im flackernden Feuerschein von Ralph's Schlachthaus.

Eben noch waren ihre Augen leuchtend vor Adrenalin gewesen, als sie die Frau aus dem Gebäude brachten. Jetzt war ihr beinahe hypnotisiertes Starren auf die tänzelnden Flammen ein bisschen beängstigend.

Die Rettungskräfte, die von dem Arbeitstag beim Erdrutsch zurückkehrten, waren zu den Feuerwehrleuten gestoßen. Sie sprühten die benachbarten Häuser in der Hoffnung ab, dass sich das Feuer nicht ausbreitete. Eine zweite Explosion in dem Backsteinbau verhinderte, dass sie tiefer ins Innere vordringen konnten.

Creed fühlte den Sprühnebel des kalten Löschwassers, und gleichzeitig war ihm, als würde die Hitze der Flammen seine Haut versengen. Er stand mit Maggie auf dem Hinterhof und bewachte die Tote, die sie mit einer Plane abgedeckt hatten.

Einer der Sanitäter hatte zuvor übernommen und Creed zur Seite geschoben. Doch es war klar, dass es zu spät war. Das Blut an Creeds Händen war warm gewesen, aber er hatte kein Lebenszeichen entdecken können. Kein Flattern der Lider, kein Pulsschlag unter seinen Finger. Kein einziger Hauch oder Atemzug.

Maggie hatte ihm erzählt, die Frau sei Dr. Gunther, die

Gerichtsmedizinerin. Und dann ging sie stumm davon. Nun stand sie mit verschränkten Armen da und sah wütend aus, weil die Feuerwehrleute sie gebeten hatten, hier hinten bei der Leiche zu bleiben. Vielleicht war es auch weniger Wut als Frust. Zumindest er war frustriert, weil er nichts mehr hatte tun können. In die Stille hinein sagte Maggie auf einmal: »Das war Logan.«

Es klang, als würde sie es zu sich selbst sagen, zumal sie seine Frage nicht gehört zu haben schien.

Creed wollte sie noch einmal fragen, da sagte sie: »Denkst du nicht, dass er zu so etwas fähig wäre?«

»Wenn er glaubt, dass es ihm den Hals rettet, halte ich ihn für fähig, so gut wie alles zu tun. Aber warum sollte er? Vor allem nachdem er so dringend alle Leichen geborgen haben wollte?«

Maggie blickte sich um. Suchte sie nach Logan? Oder sorgte sie sich, dass jemand sie belauschen könnte? Niemand achtete auf sie. Leute liefen vorbei, warfen sogar einmal einen Schlauch auf die Plane und bemerkten nicht, wie Creed ihn hochhob und zur Seite legte.

»Die Leiche, die wir gestern ausgegraben haben, hatte seltsame Hämatome am ganzen Leib. Dr. Gunther fand, dass sie wie chemische Verätzungen aussahen.«

»Es ist eine Menge komisches Zeug in den Schlamm ausgelaufen.«

Maggie schüttelte den Kopf, kam näher und drehte sich zu ihm. »Die waren nicht postmortal.«

»War sie da sicher?«

»Die Haut hatte stellenweise Blasen geworfen. Brandwunden schlossen wir aus. Es war fast wie ein Ausschlag, nur tiefer. Eher wie ein Bluterguss. Und an einigen Stellen löste sich die Haut bei der kleinsten Berührung vollständig ab.«

»Löste sich ab? Und nicht durch die einsetzende Verwesung?«

»Er war nicht lange genug tot, dass die schon eingesetzt haben konnte.«

Creed bemerkte, dass sie leiser wurde. Noch leiser, und sie würde flüstern.

»Was vermutete sie, woher das kam?«

»Das konnte sie nicht genau sagen. Ich schätze, deshalb ist sie heute Abend hier gewesen.«

»Aber warum abends? Sollte sie nicht die Leichen untersuchen, die wir gefunden haben?«

»Jemand hatte die Vordertür mit einem Vorhängeschloss verriegelt. Ralph gab ihr einen Schlüssel zur Hintertür. Sonst hätte sie keinen Zugang zu den Leichen gehabt, bis Logan es ihr erlaubte.«

»Dann wollte Logan eigentlich nicht, dass jemand die Leichen untersucht?«

»Nein, ich denke nicht. Aber das ist das Eigenartige. Ich erzählte ihm vom Zustand der Leiche, und er wirkte überrascht. Er wusste von dem Einschussloch auf dem Rücken, behauptete aber, nichts von dem seltsamen Ausschlag zu wissen.«

»Und du denkst, auf diese Weise will er verhindern, dass es jemand anderes erfährt?«

Sie nagte an ihrer Unterlippe, als sie stumm bejahte.

»Da gibt es nur ein Problem«, sagte sie. »Er weiß, dass ich es weiß.«

62

Creed hatte bisher nicht mitbekommen, ob Maggie eine Waffe trug. Nun, als sie auf ihrem Feldbett saß und ihr Sweatshirt auszog, sah er das Schulterhalfter an ihrer Seite, gleich unterhalb der linken Brust. Maggie strahlte eine nervöse Energie aus, die sogar die Hunde spürten.

Auf dem Rückweg vom Brand war sie unentwegt mit ihrem Handy beschäftigt gewesen, hatte Nachrichten hinterlassen, um dann alle fünf Minuten nachzusehen, ob eine Antwort eingegangen war. Jetzt lag das Telefon neben ihr. Creed setzte sich ihr gegenüber auf sein Feldbett, so nahe, dass sich ihre Knie berührten.

»Was ist los, Maggie?«

»Das versuche ich gerade herauszubekommen.« Ihr Blick war auf das Telefon gerichtet. »Logan erzählte mir, dass die Leichenbergung nur ein Teil des Auftrags sei. Er sagte, dass in der Einrichtung Proben von Krankheitserregern der Stufen drei und vier aufbewahrt wurden.«

»Wozu brauchten sie die?«

»Es ist eine Forschungseinrichtung«, antwortete sie achselzuckend. »Da ist das im Grunde nicht ungewöhnlich. Furchterregend, aber nicht unüblich. Falls sie an Impfstoffen oder Gegenmitteln geforscht haben, brauchten sie Proben vom echten Stoff.«

»Warte mal. Worüber reden wir hier? Meinst du Zeug wie Anthrax?«

»Anthrax, vielleicht Vogelgrippe, vielleicht Ebola.«

Creed holte tief Luft und verzog das Gesicht. Von dem Schmerzmittel war so gut wie alles abgebaut.

»Er sagte, die Proben werden in einer Art Schließfach verwahrt, und er denkt, dass jemand versucht hat, sie zu stehlen. Diejenigen könnten Dr. Shaw und Dr. Carrington sowie diese anderen Männer umgebracht und gehofft haben, dass der Erdrutsch alles vertuscht.«

»Warum hast du mir nichts davon erzählt?«

»Ich erzähle es dir gerade.«

»Wann hast du es erfahren?«

»Direkt bevor ich dich holen kam.«

»Aber du sagst es erst jetzt?«

»Logan sagte, dass es vertraulich ist. Der Mistkerl«, murmelte sie. »Jetzt weiß ich nicht mal mehr, ob es stimmt.«

»Könnte Ben es wissen?«

Vor Erschöpfung rieb sie sich mit beiden Händen übers Gesicht.

Als sie nicht antwortete, wurde Creed klar, dass sie unter anderem auf genau diesen Anruf wartete.

Creed ließ es gut sein und fragte stattdessen: »Glaubst du, dass dieser Tote – der mit den komischen Verätzungen – vielleicht einer jener tödlichen Proben ausgesetzt gewesen sein könnte?«

Nun sah sie ihn an, und er konnte an ihrem Blick ablesen, dass sie exakt das auch schon überlegt hatte.

Creed sprach das Offensichtliche aus: »Falls ja, bestünde dann nicht die Möglichkeit, dass du und Dr. Gunther dem ebenfalls ausgesetzt wurdet?«

»Wir hatten Handschuhe und Masken an, und wir

sind mit keinen Körperflüssigkeiten in Berührung gekommen.«

»Bist du sicher?«

Sein Blick hielt ihren, bis er sah, dass sie begriff. Sie nahm seine Hand.

»Ich weiß, was du denkst. Deine Hände waren von ihrem Blut bedeckt. Auch wenn ich dir nicht mit Sicherheit sagen kann, dass wir keinen Erregern ausgesetzt waren, weiß ich, dass Dr. Gunther sehr vorsichtig war. Sie hatte ihn nicht mal obduziert oder ihm Blut abgenommen.«

Ihr Telefon klingelte, und sie beide zuckten zusammen.

Maggie nahm es, sah aufs Display und ging sofort ran.

»Danke, dass Sie zurückrufen. Haben Sie etwas von Logan gehört?« Ihre Miene blieb neutral, während sie zuhörte. »Er hat mir vorhin erzählt, dass Sie die Stelle gefunden haben, wo die Einrichtung verschüttet ist. Sie müssen mich dahinbringen.«

63

Um Mitternacht erhielt O'Dell endlich den Rückruf von Ben.

»Du klingst aufgebracht. Ist alles okay?«

»Nein, ist es nicht. Du musst mir verraten, was zum Teufel hier los ist.«

Sie flüsterte, damit sie die anderen nicht weckte. Creed regte sich zwar, aber Dr. Avelyn hatte ihm noch eine Dosis Schmerzmittel gegeben. Hastig schlich O'Dell sich zum Ausgang.

Draußen war die Luft klar und kalt, roch allerdings immer noch nach dem Feuer wenige Blocks entfernt.

»Maggie, ich weiß nur, dass dem zweiten Opfer, das ihr ausgegraben habt, in den Rücken geschossen wurde. Und dass man mittlerweile Dr. Shaw für eines der Opfer hält.«

»Ihr müsst doch gewusst haben, dass sie in der Anlage Krankheitserreger der Stufen drei und vier hatten!«

Sie wartete, während er schwieg.

»Hat Logan dir das erzählt?«

»Es wäre schöner gewesen, *du* hättest mir etwas davon gesagt.«

»Wir hatten es vermutet, aber ich schwöre dir, Maggie, dass ich es nicht wusste, als ich dich bat, dir die Sache anzusehen.«

»Ich fasse nicht, dass du mich hast in dem Schlamm graben lassen, obwohl du wusstest, was da drin sein könnte!«

»Die Schließboxen, die sie benutzt haben, können unmöglich aufgebrochen sein.«

»War dir bekannt, dass ein Erdrutsch stark genug sein kann, um einen menschlichen Körper in Stücke zu reißen?«

»Nein, war es nicht. Aber anscheinend könnte das mit Dr. Shaw passiert sein.«

»Wenn diese Schlammlawine Gebäude und Körper in Fetzen reißen konnte, warum sollte sie dann euren Sicherheitsbehältern nichts anhaben können?«

»Weil der Behälter nicht beschädigt wurde. Wie mir gesagt wurde, empfangen sie immer noch ein Signal von ihm.«

»So oder so bin ich entsetzt, dass ich das von Logan erfahren musste. Wann hattest du vor, mir irgendwas davon zu erzählen, Ben?«

Wieder schwieg er. Sie hasste diese Ruhe, die er in jeder noch so großen Krise bewahrte. Andererseits hatte er im Irak und in Afghanistan operiert, während um ihn herum Granatfeuer einschlug. Er hatte Patienten mit Marburg-Virus in Sierra Leone behandelt und Maggie und ihren früheren Boss, nachdem sie beide mit Ebola in Kontakt gekommen waren. Und immer blieb er die Selbstbeherrschung in Person, was beruhigend sein, einen aber manchmal auch in den Wahnsinn treiben konnte. Im Moment machte er O'Dell damit komplett wahnsinnig.

»Ich habe gestern Abend mit Dr. Gunther, der Gerichtsmedizinerin, den Toten untersucht. Seine Haut sah aus, als wäre er irgendetwas ausgesetzt gewesen, Ben. Etwas Extremem.«

»Wofür hielt die Ärztin es?«

»Sie war sich nicht sicher. Aber sie glaubte, etwas Ähnliches schon mal gesehen zu haben.«

»Was meinst du?«

»In den 1960ern, als die U.S. Army einen Teststoff über der Eglin Air Force Base versprühte, um einen Biowaffenangriff zu simulieren. Sie fand, dass die Blasen und der Ausschlag des Toten ähnlich aussahen.«

»Wie kann sie das nach so vielen Jahren noch wissen?«

»Offensichtlich hat es einen bleibenden Eindruck bei ihr hinterlassen. Das kommt schon mal vor.«

»Wenn sie die Leiche herschicken, sehe ich es mir mal an.«

»Geht nicht.«

»Ich rede mit Logan.«

»Jemand hat heute Abend Feuer in dem Gebäude gelegt. Alles ist in Flammen aufgegangen.«

Wieder blieb er eine Weile still. »Ich hatte keine Ahnung, Maggie, ehrlich, das wusste ich nicht.«

Sie sagte ihm nichts von ihrem Verdacht gegen Logan, und ihr wurde etwas mulmig, weil es bedeutete, dass sie Ben nicht mehr vertraute. Den ganzen Abend hatte sie darauf gewartet, alles mit ihm zu besprechen, und gehofft, dass er Antworten oder zumindest eine bessere Erklärung für sie hätte, warum er ihr solche entscheidenden Informationen vorenthalten hatte.

»Hör zu, Maggie, vielleicht kann ich mal mit dieser Dr. Gunther sprechen. Wenn sie mir erklären kann, was sie gesehen hat, könnte ich eventuell eingrenzen, was mit dem Mann geschehen sein mag.«

In diesem Moment ging Maggie auf, dass auch Ben bewusst im Unklaren gelassen wurde.

»Leider kannst du das nicht, Ben, denn sie ist tot. Derselbe, der das Feuer gelegt hat, hatte ihr vorher die Kehle aufgeschlitzt.«

Wieder Stille.

Dann sagte er: »Ich komme gleich morgen früh zu dir.«

Das spielte keine Rolle mehr. O'Dell ersparte sich den Hinweis, dass sie bereits weg sein würde, wenn er hier ankam.

64

Dr. Avelyn hatte Creed genug Schmerzmittel gegeben, dass er schlafen konnte, nur nützte es nichts. Er nickte zwar immer wieder ein, wachte jedoch auch häufiger auf. Zweimal bekam er mit, dass Maggies Feldbett leer war bis auf Grace, die zusammengerollt auf dem Kissen lag. Gegen Mitternacht war er aus dem Bett gestiegen. Er war benommen, musste sich aber vergewissern, dass mit Maggie alles okay war.

»Wo ist Maggie hingegangen?«, fragte er Grace.

Sie blickte über ihre Schulter zum Hinterausgang. Dort sah Creed sie draußen auf- und abgehen, das Telefon ans Ohr gepresst.

Creed kehrte ins Bett zurück, deckte sich zu und wartete, dass Maggie zurückkam. Er musste wieder eingenickt sein. Als er das nächste Mal hinsah, lag sie eingerollt neben Grace. Allerdings bemerkte er im schwachen Licht, dass sie ihn beobachtete. Er stützte sich auf einen Ellbogen auf und sah sie an.

»Warum ist dir das hier so wichtig?«, fragte er.

Sie schien nachzudenken.

»Vor einigen Jahren waren mein Chef und ich Ebola-Erregern ausgesetzt.« Sie stützte sich gleichfalls auf einen Ellbogen auf, und Grace rückte dichter an sie heran.

»Grace sollte lieber nach Hause zurück, sicherheitshalber«, sagte Creed und sah, wie Maggie die kleine Hündin anlächelte. »Erzähl, wie kam es dazu, dass ihr dem Erreger ausgesetzt wart?«

»Eine Nachricht führte uns zu einem Haus, von dem wir glaubten, dort würde eine Geisel gefangen gehalten. Die Nachricht wurde übrigens durch einen Boten zur Behavioral Science Unit gebracht – was an sich schon nicht einfach ist. Assistant Director Cunningham nahm sie ernst genug, dass er darauf bestand, selbst beim Einsatz dabei zu sein.«

Sie wischte sich eine Haarsträhne aus dem Gesicht und blickte über Creeds Schulter hinweg, als würde sie in ihre Erinnerungen abdriften.

»Als wir dort ankamen, öffnete uns ein kleines Mädchen und ließ uns rein. Wir dachten immer noch, wir hätten es mit einer Geiselnahme zu tun. Das Mädchen hatte schmutzige Sachen an und verknotetes Haar. Überall stand benutztes Geschirr. Es sah aus, als sei die Kleine dort sich selbst überlassen worden. Aber das stimmte nur teils. Ihre Mutter war in einem der Schlafzimmer und sehr krank. Zu der Zeit erkannten wir nicht, dass sie bereits im Endstadium an Ebola erkrankt war.«

»Und so wurdet ihr beide dem Erreger ausgesetzt?«

Sie nickte.

»Und das kleine Mädchen?«

»Sie hat überlebt. Ihre Mutter natürlich nicht. Cunningham und ich wurden sofort in den Bau von Fort Detrick gebracht. So nennen sie ihre Isolationsstation. Dr. Benjamin Platt hat sich um uns gekümmert.«

Creed glaubte nicht, dass er mit der Wimper gezuckt hatte, doch sie sah ihn an, als hätte er, und fügte hinzu: »Es ist nicht so, wie du denkst. Ich war nicht das Klischee der Patientin, die sich in ihren Lebensretter verliebt. Ich musste ihm mein Leben anvertrauen, sicher, und vermutlich ergibt sich dadurch immer ein gewisses Band. Was nicht zwangsläufig verkehrt sein muss. Wir wurden Freunde. Und letztlich hat er mein Leben gerettet.«

»Was ist mit Cunningham?«

Wieder sah sie über seine Schulter in die dunklen Schatten. »Er hat es nicht geschafft.«

Aus diesem kurzen Satz konnte Creed eine Menge Trauer heraushören. Es mochte das Schuldgefühl des Überlebenden sein. Das kannte er selbst nur zu gut. Er nahm an, dass Cunningham ihr wichtig gewesen war, fragte aber nicht nach.

»Mit anderen Worten: Ich weiß, wie gefährlich diese Proben sind«, sagte sie. »Und es geht nicht bloß darum, sie zu bergen und zu verhindern, dass sie in die falschen Hände geraten. Bisher empfangen sie noch ein Signal von dem Behälter. Aber wer weiß, was passiert, wenn sie ihn nicht finden?«

»Warum überlassen wir es nicht den Experten, sie zu bergen?«

»Die Experten haben bereits mächtig versagt, oder? Ich habe mit Ross gesprochen, und er sagte, dass er gegenwärtig nicht mal mehr weiß, wo Logan steckt. Ich fürchte, Logan interessierte mehr, dieses Chaos niederzubrennen und zu begraben, als das Richtige zu tun.«

Creed stöhnte.

»Was?«

»Wieso umgebe ich mich dauernd mit Frauen, die unbedingt immerzu das Richtige tun wollen?«

Sie schmunzelte. Creed streckte eine Hand über die

Lücke zwischen ihren Betten und Bolos Kopf hinweg aus. Maggie zögerte nur kurz, bevor sie seine Hand nahm und sie drückte.

Er hielt sie fest, als er sagte: »Ist dir bewusst, dass derselbe Mann, der dich gerettet hat, bereit war, dich hier runterzuschicken und möglicherweise etwas ähnlich Gefährlichem auszusetzen?«

Sie wandte diesmal den Blick nicht ab. Sie antwortete nicht, und sie zog ihre Hand nicht weg.

TAG 4

65

Washington, D. C., frühmorgens

Als Colonel Hess seine Haustür öffnete, sah er Benjamin Platt stirnrunzelnd an.

»Das ist hoffentlich dringend, um diese Zeit!«

Hess war in langer Hose, Hemd, Strickjacke und edlen Lederschuhen. Selbst wenn er mitten in der Nacht geweckt wurde, musste der Mann den Anschein erwecken, alles unter Kontrolle zu haben. Platt hingegen hatte sich eine Jeans und ein Sweatshirt übergestreift und in seiner Eile sowohl die Socken als auch das Jackett vergessen.

»Die Situation in North Carolina ist heikler, als wir dachten«, sagte er zum Colonel.

»Gab es weitere Erdrutsche?«

»Nein, aber ein Feuer. Das Gebäude, das sie als Leichenhalle benutzten, wurde zerstört.«

Der Colonel zog die buschigen Brauen hoch. »Und die Leichen?«

»Soweit es irgendjemand sagen kann, sind sie verbrannt.«

Hess nickte, und Platt starrte ihn an. Den Colonel schien die Nachricht kein bisschen zu verstören.

»Hat Logan sich gemeldet?«, fragte Platt. »Hat er Ihnen davon erzählt?«

»Logan«, schnaubte er und bedeutete mit einem Handschwenk, dass er fertig mit Logan war.

»Ich habe jemanden da runtergeschickt«, sagte Platt,

»der jetzt in Gefahr sein könnte. Eine Person, an der mir sehr viel liegt. Und ich habe sie dorthin geschickt, weil Sie mich gebeten haben, jemanden auszusuchen, dem ich bedingungslos vertraue. Sie haben mir erzählt, die Einrichtung könnte – mit Betonung auf *könnte* – Proben der Stufe vier gelagert haben. Von den Experimenten haben Sie mir nie einen Ton gesagt!«

»Beruhigen Sie sich, Benjamin.«

»Ehrlich, Abe, ich respektiere Sie. Sie waren mir ein großartiger Mentor …«

»Dem Sie es vergelten, indem Sie mich mitten in der Nacht aufwecken und mit Verdächtigungen bombardieren.«

»Ich muss wissen, was zur Hölle da unten los ist. Hier geht es nicht mehr darum, die Welt zu schützen, Abraham. Wir sind verantwortlich. Diese Einrichtung ist nicht einmal Teil von Fort Detrick. Die gehört zur DARPA, also fällt sie unter Ihre Zuständigkeit!«

»Genau. Das ist völlig korrekt, und es war ein Fehler von mir, Sie um Hilfe zu bitten. Wie dem auch sei, ich habe alles unter Kontrolle. Ich habe ein Team da unten …«

»Unter Kontrolle? Warten Sie mal.« Erst jetzt wurde es Platt klar. »Sie meinen, unter *Ihrer* Kontrolle. Ihr Spezialteam sucht nicht nur nach dem Sicherheitsbehälter. Die räumen auf, damit ja niemand je irgendwas erfährt.«

»Sie wissen ja nicht, was Sie reden, Benjamin.«

»Dieses Feuer hat Beweise vernichtet.«

Nun starrte Hess ihn an, als hätte die Erwähnung des Feuers einen Nerv getroffen.

»Sie sind nicht der Einzige, der jemanden verloren hat, Benjamin. Ich hatte auch jemanden dorthin geschickt, dem ich vor vielen Jahren mal vertraute. Sie war mit einem meiner engsten Freunde verheiratet, und ich dachte, ich könnte ihr immer noch vertrauen.« Er schüttelte den Kopf, als sei es gleichgültig. Dann sagte er: »Wir alle bringen Opfer.«

»Ich habe keine Ahnung, was Sie meinen.«

»Ihre Freundin ist ein wenig rebellisch, nicht wahr? Genauso wie meine sogenannte vertraute Freundin.«

»Ja, vermutlich könnte man Maggie als Rebellin bezeichnen. Was hat das …«

»Das hatten Sie vergessen zu erwähnen. Rebellen neigen dazu, sich eher einzumischen, statt hilfreich zu sein.«

»Sie tut, was sie für das Richtige hält.«

»Das Richtige? Das Richtige! Wir sind heute mit einer neuen Bedrohung konfrontiert, die den Kalten Krieg wie ein Kaffeekränzchen aussehen lässt. Das ist es, was keiner versteht. Ihre Freundin hat keine Ahnung, was das Richtige in solch einem Fall ist. Sie kann es gar nicht wissen. Ich schlage vor, dass Sie nach Hause gehen und ein bisschen schlafen, Benjamin. Sie müssen mir vertrauen. Ich kümmere mich um die Sache.«

»Und was ist, wenn Logan der Rebell ist?«

Hess starrte ihn an, als hätte er daran bisher gar nicht gedacht.

»Was ist, wenn Logan Beweise vernichtet? Was ist, wenn er andere Pläne verfolgt?«

Hess schüttelte den Kopf. »Ich kümmere mich um alles. Sie können nach Hause fahren. Schlafen Sie ein bisschen.«

»Ich fahre gleich heute Morgen da runter.«

»Dazu besteht keine Notwendigkeit.« Jetzt legte Hess seine arthritische Hand auf Platts Rücken und dirigierte ihn zur Tür. »Bis morgen ist alles geregelt.«

Platt fand, dass es sich anhörte, als wisse der Colonel bereits, was bis dahin geschehen würde.

66

Haywood County,
North Carolina

Bei Sonnenaufgang war der Himmel immer noch klar, doch Creed hatte sich den Wetterbericht angesehen und wusste, dass es nur von kurzer Dauer sein würde. Maggie hatte nicht gewollt, dass er mit ihnen nach oben zu der Stelle kam, an der die verschüttete Einrichtung war. Und sie hatte umso energischer widersprochen, als er ihr sagte, dass er Grace mitnehmen würde, falls dort irgendwelche Viren erschnüffelt werden konnten oder das elektronische Signal zu schwach war. Vielleicht könnte Grace es hören.

Maggie erwiderte, dass sie ein ganzes Stück zu Fuß hinaufsteigen müssten und er und Grace sie nur ausbremsen würden.

»Falls dem so sein sollte, kannst du uns zurücklassen.«

Sie verdrehte die Augen und sagte: »Ich würde Grace niemals zurücklassen.«

Er war froh, dass sie ihren Sinn für Humor wiedergefunden hatte, denn die Maggie O'Dell, die er in der Nacht erlebt hatte, hatte ihm Sorge bereitet. Sie sagte, dass sie das Richtige tun wollte, dennoch zweifelte er an ihren wahren Motiven. Er wusste, dass sie wütend auf Logan war und wahrscheinlich noch wütender auf Ben. Und aus eigener Erfahrung wusste Creed, dass Wut eine sehr destruktive Kraft sein konnte.

Heute Morgen hatte er zumindest einen klaren Kopf.

Das Pochen hatte aufgehört. Seine Brust schmerzte noch, doch er konnte tiefer atmen. Er untersuchte Graces Pfoten und war zufrieden damit, wie sie aussahen.

Jason kam schläfrig mit Molly dazu. Sie setzten sich zu Bolo.

»Vielleicht sollten Bolo und ich mit euch kommen.«

Er beobachtete, wie Creed alles zusammenpackte, was er und Grace brauchen würden. Er nahm einen Netzbeutel für Grace mit, den er über der Schulter tragen konnte, sodass die Hündin an seiner Seite hing. Sie wog nur fünfzehn Pfund, also wäre es nicht anders, als seinen Rucksack zu tragen. Er hatte diese Netztrage schon vorher benutzt, in der sich Grace an ihn lehnte, es aber bequem hatte und alles erschnuppern konnte.

Creed blickte sich um, ob Maggie außer Hörweite war, setzte sich neben Jason und sagte: »Wenn wir bis Sonnenuntergang nicht zurück sind, gib Vance dies hier.«

Jason starrte das kleine Ortungsgerät an. »Du denkst jetzt schon, dass ihr gerettet werden müsst, oder?«

»Ist eine reine Vorsichtsmaßnahme.«

In Wahrheit hatte Creed ein mieses Gefühl. Er erzählte Jason nicht, dass er das Gegenstück zu dem Ortungsgerät in Graces Weste stecken würde, damit man zumindest sie fand.

Er sah, dass Maggie startklar war, und klopfte Jason auf die Schulter.

»Tu mir noch einen Gefallen«, sagte er. »Ruf Hannah an und sag ihr, was los ist. Aber warte damit, bis ich ein bisschen Vorsprung habe.«

Jason grinste. »Ich rufe Hannah an, aber du musst auch etwas für mich tun.«

Creed stimmte zu, bevor ihm klar wurde, dass der Junge es ernst meinte. Jason ging zur Umkleide, und als er zurückkam, hielt er den einen Gegenstand in der Hand, von dem er wollte, dass Creed ihn mitnahm. Da wusste Creed, dass Jason diesen Ausflug auf den Berg für eine sehr schlechte Idee hielt.

Zu dritt stiegen sie in Ross' Geländewagen. Grace hatte sich nicht mal richtig hingesetzt, als sie Creed schon anstarrte. Sie signalisierte einen Fund.

Wie konnte sie das jetzt schon?

Creed blickte sich in dem Wagen um. Maggie saß mit Ross vorn, er mit Grace hinten. Creed drehte sich so, dass er einen klaren Blick auf die Ladefläche hatte. Es könnte sein, dass sich im Wagen noch Überreste von etwas erschnüffeln ließen, das zuvor transportiert worden war, nur konnte Creed nichts Verdächtiges sehen. Außer Maggies und seiner Ausrüstung war da hinten nichts – abgesehen von einem anderen Rucksack. Vermutlich gehörte der dem jungen Nationalgardisten.

Ross war in Tarnuniform. Creed waren seine neuen, blitzblanken Stiefel aufgefallen. Vielleicht hatte er seine Waffe irgendwo an sich versteckt, doch Creed bezweifelte, dass die Grace aufmerken ließ. Einmal bemerkte er, dass die Augen der Hündin zu Ross' Hinterkopf wanderten. Dann sah sie gleich wieder Creed an.

Ross erzählte ihnen, dass er gute Neuigkeiten hätte. Der Weg hinauf zum Berg würde weniger lange als befürchtet dauern, weil der Himmel klar war. Er hatte einen Helikopter, der direkt vor der Ortsgrenze auf sie wartete.

Grace schien sich beruhigt zu haben, und das wiederum beruhigte Creed. Vielleicht war das, was sie alarmiert hatte, irgendwann mal in dem Wagen gewesen. Und vor allem war Creed froh, dass sie nicht endlos durch Schlamm stapfen müssten. Zudem wären sie so viel schneller mit allem durch. Der Helikopterflug würde ihn ein bisschen zu sehr an Afghanistan erinnern, aber Grace liebte das Abenteuer und die Achterbahnfahrt. Vielleicht entspannte sie sich dann.

Trotzdem sah Creed zu Maggie und fand auf einmal, dass der Helikopter keine gute Neuigkeit war.

67

Ein Helikopter! O'Dell biss die Zähne zusammen, während ihr Magen in einen Sturzflug ging.

Sie hasste Fliegen, und in einem Helikopter war es eine Hölle der ganz besonderen Art. Sie setzte sich ihre Sonnenbrille auf und starrte aus dem Fenster. Dabei hatte sie gehofft, dass es die nächsten Tage trocken und sonnig bliebe.

Sei vorsichtig mit deinen Wünschen!

Erneut fragte sie nach Logan, und wieder antwortete Ross, dass sein Team seit gestern nichts von ihm gehört hatte. Der junge Gardist wirkte heute Morgen angespannt, aber das war O'Dell auch. Sie konnte nichts gegen den Knoten in ihrer Brust tun. Die letzte Nacht hatte sie einen überwältigenden Drang verspürt, zu Ryder auf sein Feldbett zu kriechen. Und noch jetzt, wenn sie daran dachte, wollte sie sich schütteln und in ihrem Kopf wiederholen: *Sei vorsichtig mit deinen Wünschen!*

Sie überlegte, ob sie Ross den Helikopter ausreden könnte. Auf den Wetterbericht hatte sie gar nicht geachtet, aber was wäre, wenn es nicht bei dem klaren Himmel blieb? Konnten sie dann noch irgendwie anders von dem Berg herunterkommen?

Sie ermahnte sich aufzuhören. Hauptsächlich wollte sie das alles hinter sich bringen, und sie durften keine Zeit verlieren. Sie erinnerte sich an Dr. Gunther. Wer immer dieses Feuer letzte Nacht gelegt hatte – ob es Logan war oder jemand anderes –, wollte zerstören, was in dem Gebäude war. Und sie würde die Nächste sein, dessen war sie sich sicher.

Sie glaubte nicht, dass sie auf Kunze warten könnte, und sie hatte ihrem Chef gesagt, dass sie Peter Logan finden müssten. Es war doch kein Zufall, dass er so plötzlich verschwunden war.

Die ganze Nacht hatte sie Wache gehalten, war bei jedem Geräusch aufgeschreckt. Es war unwahrscheinlich, dass Logan riskieren würde, die Turnhalle abzufackeln und mit ihr Dutzende von Rettungskräften und Freiwilligen. Aber O'Dell hatte verzweifelte Männer schon verzweifelte Dinge tun sehen.

Am besten war es, wenn sie vor ihm auf dem Berg ankam. Sie musste die tödlichen Proben sichern, bevor jemand, der irre genug war, um eine alte Frau zu töten und einen Brand zu legen, dorthin gelangte. Und sie konnte sich nicht auf Ben verlassen. Er hatte sie mehrfach angerufen, nachdem sie gesprochen hatten. O'Dell hatte ihr Telefon stummgeschaltet und seine Nachrichten ignoriert.

Sie wusste, was sie zu tun hatte. Wäre es ihr doch nur gelungen, Creed zu überreden, nicht mitzukommen.

68

Die Verwüstung oben auf dem Berg war um ein Vielfaches schlimmer als weiter unten. Creed war froh, dass er den Tragebeutel für Grace dabeihatte. Hier würde er sie auf keinen Fall laufen lassen.

Es erinnerte Creed an die Überreste eines ausgebombten Dorfes in Afghanistan. Nichts als Schutt, Baumstämme, deren Äste abgerissen wurden, Dachteile, die aus dem Boden staken. Eine schaurige Bestätigung, dass sie sich auf dem verschütteten Gebäude bewegten. Creed stellte sich noch intakte Flure unter sich vor. Vielleicht sogar weitere Leichen, die dort unten gefangen waren.

Der Geruch von Diesel und Gas war bedenklich stark, und Creed blickte sich nach öligen Pfützen um, während er Ross und Maggie folgte.

Der Pilot war im Helikopter geblieben, und bisher war noch niemand zu sehen. Vor allem sah Ross nicht aus, als erwartete er noch jemanden.

»Es ist nicht mehr weit«, sagte er zu Maggie. Dann drehte er sich zu Grace um und fragte: »Was genau kann der Hund finden?«

»Eine Vielzahl von Dingen. Aber sie ist nicht auf die Viren trainiert, nach denen wir suchen.«

Hätte Creed es nicht besser gewusst, würde er meinen, dass Ross mit der Auskunft zufrieden war, anstatt enttäuscht von Graces Defiziten zu sein.

Grace wurde wieder unruhig. Sie hatte sich bereitwillig in die Trage setzen lassen, ihn dann aber angestarrt und gezappelt. Und nun, da sie sicher an Creeds Seite war, stupste sie ihn immer wieder mit der Pfote an. Als er nach unten sah, zuckte ihre Nase, und ihr Atem ging schnell. Offensichtlich hatte sie einen Geruch gefunden, auf den sie trainiert war.

Multitask-Hunde waren außergewöhnlich, ja, phänomenal. Aber manchmal gerieten sie durcheinander. Die kleinste falsche Spur oder eine Missdeutung, was der Hundeführer von ihnen erwartete, konnte zu einem Fehlalarm führen. Creed benutzte unterschiedliche Kommandos und eine Vielzahl von Geschirren und Westen für jede Aufgabe. Wenn er nicht deutlich klarmachte, was der Hund suchen sollte, konnte es zu Verwechslungen führen.

Bloß kam Grace nie durcheinander.

Dennoch konnte ein Hund etwas riechen, das er als einen Geruch identifizierte, auf den er trainiert war. Und dann konnte es passieren, dass er anzeigte – auch wenn er nicht aufgefordert wurde, diesen Geruch zu finden. Der Erdrutsch hatte den Berg mit hinreichend Gerüchen übersät, um einen Hund verrückt zu machen. Roch Grace menschliche Verwesung?

Vorhin im Wagen hatte Creed den Eindruck gehabt, dass Grace anzeigte. Jetzt tat sie es wieder, so wie sie ihn anstarrte. Und der einzige gemeinsame Nenner war Ross.

Er sah zum Rucksack des Gardisten, musterte seine Jacke. Trugen Gardisten immer Waffen?

Wieder blickte er zu Grace. Ihre Nase zuckte, und sie streckte den Kopf aus der Trage, um besser schnüffeln zu können.

»Es sieht aus, als hätte Grace etwas«, sagte Maggie.

Und diesmal, als Ross sich zu ihm umdrehte, fand Creed, dass er gar nicht zufrieden aussah.

Creed klopfte an seine Jackentasche und blieb stehen. »Ich muss beim Aussteigen aus dem Hubschrauber ihr Spezialhalsband verloren haben«, sagte er, während er sich bemühte, Blickkontakt zu Maggie herzustellen.

»Spezialhalsband?«, fragte Ross.

»Ja. Kein Wunder, dass sie so unruhig ist. Ohne das ist sie nicht sicher, wonach sie suchen soll. Maggie, kannst du vielleicht zurücklaufen und es holen? Ich bin ein bisschen langsam, nachdem ich die letzten Tage so durchgerüttelt wurde.«

Leider schien sie nicht zu begreifen. Sie wusste, dass Creed Westen und Halsbänder benutzte, um Grace zu vermitteln, welchen Geruch sie aufspüren sollte. Creed wollte Maggie signalisieren, dass etwas nicht stimmte. Aber vor allem wollte er Maggie von hier weglotsen.

»Klar, kann ich machen«, sagte sie.

»Das wird nicht nötig sein«, mischte sich Ross ein. Im nächsten Moment richtete er einen Revolver auf Creeds Brust. »Agent O'Dell, geben Sie mir Ihre Dienstwaffe.«

69

Das Loch im Boden erinnerte O'Dell an den Eingang zu einem Sturmkeller: tief, dunkel, eng und mit einer Holzleiter, die nach unten führte. Im Schein ihrer Taschenlampe konnte sie Fragmente eines ehemaligen Büros oder Labors sehen. Da waren zersplitterte Glasschränke, Lampen hingen an ausgerissenen Kabeln, und die Wände waren teils eingestürzt.

Sie konnte nicht glauben, dass sie sich von Ross' Uniform hatte täuschen lassen. O'Dell war überzeugt gewesen, dass Peter Logan das Problem war. Ihr war nie der Gedanke gekommen, die Männer zu verdächtigen, die mit ihr die Leichen aus dem Schlamm geborgen hatten.

Ben hatte sie als »Aufräumkommando« bezeichnet, das Colonel Hess zum Helfen geschickt hatte. Und nun verstand O'Dell, warum der Colonel diesen Ausdruck benutzt hatte. Kunze und sie lagen richtig. Hess und vielleicht noch andere beim DoD wollten nicht, dass irgendjemand von diesem Chaos erfuhr, erst recht nicht, solange sie mit dem Kongress rangen, um ihre anderen Geheimnisse unter Verschluss zu halten.

»Also war Ihr Job nie die Bergung«, sagte sie, als sie Ross ihre Glock aushändigte. »Sie waren hier, um alles zu vertuschen. Gibt es überhaupt einen Sicherheitsbehälter?«

»Meine Männer fanden ihn heute Morgen. Er wird gerade nach unten zu meinem Geländewagen transportiert. Noch vor Sonnenuntergang werde ich ihn an einen sicheren Ort geschafft haben.«

»Ich verstehe, warum Sie mich loswerden müssen«, sagte O'Dell. »Ich habe die Folgen der Versuche gesehen, die hier stattgefunden haben. Haben Sie deshalb Dr. Shaw und die anderen umgebracht?«

Ross runzelte die Stirn. »Ich habe sie nicht getötet. Und ich weiß nichts von Versuchen. Ich kam erst nach dem Erdrutsch her. Wer weiß, was hier vorgefallen ist? Mein Team wurde geschickt, um die Leichen und den Behälter zu bergen.«

»Und dafür zu sorgen, dass niemand etwas erfährt.« Sie blickte sich zu Grace und Creed um, und ihr Magen zog sich zusammen. »Sie haben die Leichen nicht gesehen. Lassen Sie sie gehen.«

»Es war nicht meine Idee, sie mitzunehmen.«

Ihre Kehle wurde so eng, dass sie zu ersticken drohte. *Mein Gott, er hatte recht!*

In diesem Moment bemerkte Maggie noch etwas unten in dem Loch. Ein blonder Haarschopf, blutverschmiert von einer Schusswunde an der Schläfe. Peter Logan.

70

Als Ross die Waffe zog, hatte Creed noch etwas anderes gesehen, das beinahe aus seiner Tasche fiel, und das sah verdächtig nach einer Sprengkapsel aus.

Plötzlich erkannte Creed, was Grace angezeigt hatte. Da unten waren Sprengsätze, und Ross musste geholfen haben, sie anzubringen, weshalb noch Reste von Sprengstoff an seinen Händen oder seiner Kleidung hafteten. Creed ließ seine Hand in Graces Tragebeutel, streichelte sie und beruhigte sie, so gut er konnte.

»Warum bringen Sie uns den weiten Weg hier rauf, nur um uns zu töten?«, fragte Maggie.

Sie bemühte sich, ruhig zu bleiben, aber Creed entging der Anflug von Panik in ihrem Blick nicht.

Dass Ross seine Waffe auf Creed richtete statt auf Maggie, war gut. So hatte sie eine Chance zu kämpfen, selbst wenn es nur Sekunden waren, nachdem er auf Creed geschossen hatte.

»Hier ist alles zur Sprengung bereit«, antwortete Ross. »Unfälle passieren. Es ist schrecklich viel Treibstoff ausgelaufen, und Gasrohre sind gebrochen. Ein Jammer, dass Sie beide hier oben herumgestochert haben, als es geschah.«

»Also haben Sie gestern Abend das Feuer gelegt?«

Er zuckte mit den Schultern.

»Und Sie haben Dr. Gunther umgebracht. Das war kein Unfall.«

»Ein Kollateralschaden.«

Er sagte es vollkommen gefühllos, so wie Dutzende anderer Soldaten, die Creed kannte. Darauf wurden sie gedrillt. Doch dies hier war kein Krieg. Und dann kam Creed ein Gedanke.

»Das Flutwasser gestern war auch kein Unfall, oder?«, fragte er den Mann.

»Es wäre sehr viel einfacher gewesen, wären Sie beide gleich da gestorben.«

»Mit ›beiden‹ meinen Sie Logan und mich«, sagte Maggie.

Ross' stoische Miene verriet Creed, dass Logan bereits Teil des Kollateralschadens war.

»Und für wen genau arbeiten Sie?«, fragte Creed.

»Wichtiger noch«, ergänzte Maggie. »Für wen töten Sie, Ross?«

Als er nichts sagte, fügte Maggie hinzu: »Es ist Colonel Abraham Hess, nicht wahr?«

Creed wusste, wenn Ross sie nicht in das Loch zwingen konnte, hätte er kein Problem damit, sie zu erschießen und ihre Leichen nach unten zu werfen. Wahrscheinlich würde er sogar Grace erschießen. Und das machte Creed wütend.

»Ich lasse Grace laufen«, sagte er zu Ross, während er sich nach vorn beugte, um zwischen dem Hund und der Waffe zu sein.

»Nein, keine Bewegung! Stopp, oder ich verwunde Sie und lasse Sie zuschauen, wie ich den Hund erschieße.«

Creed hielt inne, blieb jedoch über die Tragetasche gebeugt, um Grace möglichst gut zu schützen. Seine Hand war weiterhin in dem Beutel. Er blickte zu Maggie und sah wieder in ihre Augen. Eigentlich hatte er erwartet,

Bedauern zu sehen, wenn schon nicht seinetwegen, dann doch um Graces willen. Aber da war keines. Stattdessen sah er Wut und Kampfgeist. Und während Ross Creed aufmerksam verfolgte, der sich nach unten beugte, achtete er nicht besonders auf Maggie.

Manchmal fanden Such-Rettungsaktionen an seltsamen und gefährlichen Orten statt. Normalerweise war Creed darauf vorbereitet, wenn auch eher, um seine Hunde als sich selbst zu schützen. Es gab viele Dinge in der Wildnis, die ihnen Schaden zufügen könnten. Und obgleich Creed nie eine Waffe trug, bewaffnete er sich doch mit allem, was er bräuchte, um Kojoten oder sogar Bären abzuwehren.

Mit der Hand tastete er in der Trage nach der Dose Pfefferspray, die sicher in dem hinteren Seitenfach steckte. Er schlang die Finger darum, während Grace zappelte.

»Stellen Sie sich wieder hin. Jetzt!«

Creed streifte die Trage von seiner Schulter und stellte sie noch mit Grace darin auf den Boden. Er musste mit dem Spray auf Ross' Gesicht zielen, und Grace durfte nichts abbekommen. Als er sich aufzurichten begann, krachte ein Schuss.

Creed wurde nach hinten geworfen. Die Kugel hatte ihn in die Brust getroffen, und Schmerz explodierte in ihm, sodass er keine Luft mehr bekam. Creed fiel auf Grace. Er konnte an nichts anderes denken, als sie mit seinem Körper abzuschirmen – so wie er es vor sieben Jahren bei Rufus getan hatte.

Sterne blitzten hinter seinen Augen auf. Den zweiten Schuss hörte er nicht einmal mehr.

71

O'Dell stürzte sich auf ihre Waffe am Boden. Sie rechnete damit, dass Ross auf sie schießen würde. Doch er schoss Creed in die Brust.

Nein, sie wollte nicht glauben, was sie sah.

Sekunden vergingen. Ihre Finger umklammerten den Knauf. Creed ächzte, und sie hörte den dumpfen Aufprall, als er zu Boden fiel. O'Dell rollte sich auf den Rücken, während ihre Finger hektisch nach dem Abzug tasteten. Ross richtete seine Waffe auf sie.

Zu spät. Sie würde es niemals schaffen.

Sie hörte den zweiten Schuss und wusste, dass er nicht aus ihrer Waffe kam. Bevor sie feuern konnte, sah sie Blut seitlich aus Ross' Kopf treten. Sprachlos beobachtete sie, wie die Waffe aus seinen Fingern glitt. Er sank auf die Knie, und seine Augen waren bereits tot, ehe er auf den Boden traf.

O'Dell rappelte sich auf.

Ein Mann stand ungefähr dreieinhalb Meter entfernt und richtete den Lauf eines Gewehrs nach unten zum Boden. Er gehörte nicht zu Ross' Team. Er trug eine Art Krankenhauskluft, die schmutzig und eingerissen war. Seine Füße waren mit Verbänden umwickelt.

Vorsichtig bewegte O'Dell sich zu Creed, wobei sie den Mann im Auge behielt.

»Alles okay mit euch?«, fragte er.

»Ich weiß es nicht«, antwortete sie.

Das wollte sie gerade herausfinden, auch wenn sie am liebsten nicht sehen würde, wie schwer Creed verletzt war. Falls sie ihn nicht retten könnte.

Oder er schon tot war.

Sie kniete sich neben ihn. Grace wand sich aus dem Tragebeutel und lief immer wieder um Creed herum, beschnüffelte ihn. O'Dell sah nach Blut. Er war direkt in die Brust getroffen worden.

Grace leckte sein Gesicht ab.

»Es tut mir so leid, Grace«, sagte O'Dell zu der kleinen Hündin.

Dann begann Grace mit dem Schwanz zu wedeln.

O'Dell hörte ein Stöhnen. Plötzlich bewegte er sich. Er drehte sich flach auf den Rücken, öffnete die Augen und sah O'Dell an.

»Wie in aller Welt …«

»Jason«, raunte er mit zusammengebissenen Zähnen und versuchte, sich aufzusetzen.

»Bleib noch kurz unten.« Sie legte eine Hand auf seine Brust, und nun fühlte sie es. »Jason hat dir eine kugelsichere Weste gegeben?«

»Angeblich die neueste, leichteste …« Er keuchte atemlos. »Sein Kumpel Tony. Ein paranoider Idiot.«

Sie hielt einen Finger an seine Lippen. »Bitte, bleib einfach still.« Zwar sagte sie es zu Creed, meinte aber zugleich auch ihr eigenes Herz, denn das galoppierte in ihrer Brust. »Sie hat die Kugel abgefangen, aber wir müssen vorsichtig mit deinen Rippen sein und sichergehen, dass sie deine Lunge nicht punktiert haben.«

»Hast du ihn erschossen?«, fragte er. »Ist er tot?«

Sie wischte sich das Haar aus der Stirn. »Er ist tot, aber ich habe ihn nicht erschossen.«

Sie blickte hoch zu dem Mann in den zerrissenen Sachen, der sich langsam näherte.

»Ist er okay?«, fragte er.

Creed musste sich halb den Hals verrenken, um den Mann zu sehen.

»Diese Typen sind schon seit gestern hier. Ich wusste, dass sie was im Schilde führen. Die haben Sprengsätze unten in den Tunneln angebracht.« Er hielt das Gewehr in die Höhe. »Das hier hatten sie vergessen.«

»Wer sind Sie?«, fragte O'Dell schließlich.

»Ich heiße Daniel Tate.«

»Aber wie sind Sie …«

Ehe O'Dell die Frage beenden konnte, unterbrach Tate sie. »Das war nicht richtig, dass er gedroht hat, den Hund zu erschießen.«

Er bückte sich und hielt Grace seine schmutzige Hand hin.

»Einfach nicht richtig. Gar nicht.«

72

Es kostete einige Überredung, den Piloten zu bewegen, ohne Ross abzufliegen. O'Dell musste ihm ihre Dienstmarke zeigen. Aber er war von einer hiesigen Firma und gehörte nicht zu Ross' Team. Am Ende sorgte er sich mehr um das Wetter als um Ross und wollte sie hauptsächlich sicher zurückbringen. In der Ferne konnten sie bereits Donnergrollen hören.

O'Dell hatte die Zündkapsel in der Tasche des Gardisten entdeckt, als sie nach dessen Wagenschlüsseln suchte. Creed hatte ihr erzählt, dass Grace Alarm gegeben hatte, als sie in Ross' Wagen gestiegen waren.

»Ich habe nur nicht kapiert, was es war.«

Sie erzählte ihm von Peter Logan, und sie begriffen, dass Grace oben nahe dem Loch wohl auf die Leiche hingewiesen hatte. Die arme kleine Hündin hatte zu viele Gerüche wahrgenommen, von denen sie berichten wollte.

O'Dell brachte Daniel Tate zu Vance. Nachdem sie sich seine Geschichte angehört hatte, wurde ihr bewusst, dass Colonel Hess nicht mit einem Überlebenden gerechnet haben dürfte. Mit jemandem, der für die Versuche in der Einrichtung benutzt worden war. Immer wieder sprach Tate von dem Raumfahrer, der einen Spezialkoffer aufgemacht hatte, und O'Dell fragte sich, wie viele Drogen noch in seinem Körper wüten mochten. Wie vieles von dem, was er ihnen erzählte, war real, und was war Halluzination?

Sie brachte Creed und Grace wohlbehalten in die Turnhalle. Inzwischen hatte Creed nicht mal mehr die Energie, mit ihr zu streiten. Sie wusste, dass er furchtbare Schmerzen hatte und hoffte inständig, dass die Verletzungen nicht ernst waren. Unterdes konnte sie nur daran denken, dass er am Leben war. Auf dem Berg hatte sie zum zweiten Mal minutenlang gedacht, sie hätte ihn verloren.

Sie ließ ihn bei Dr. Avelyn und Jason.

»Wo willst du hin?«, hatte er gefragt.

»Ich komme bald wieder«, hatte sie versprochen. »Ich muss nur nachprüfen, ob Ross die Wahrheit gesagt hat, was diesen Behälter betrifft.«

Es hatte wieder zu regnen angefangen, als O'Dell nach draußen kam. Sie war auf dem Weg zum Geländewagen, als sie mitten auf der Straße stehen blieb. Fast wollte sie ihren Augen nicht trauen. Benjamin Platt stand auf dem Gehweg und unterhielt sich mit der Rettungsmannschaft. Er blickte auf und zuckte sichtlich zusammen, als er sie sah. Dann sagte er etwas zu den Leuten, und auch sie drehten sich zu O'Dell um.

»Gott, bin ich froh, dass du in Sicherheit bist.«

Er umarmte sie so fest, dass er sie praktisch an seiner Brust erdrückte. Und erst jetzt bemerkte O'Dell, wie sehr ihr Körper noch von der Rettungsaktion gestern schmerzte. *War das erst gestern?*

»Ich habe dir einen Haufen Nachrichten auf die Mailbox gesprochen.«

»Tut mir leid, ich war ein bisschen beschäftigt.«

»Hast du inzwischen von Logan gehört?«

»Logan ist tot.«

»Was?«

Sie erzählte ihm, was geschehen war, und das so detailliert wie möglich. Dabei ignorierte sie sein entsetztes Gesicht, denn sie war nach wie vor wütend auf ihn.

»Mein Gott, das tut mir so leid, Maggie«, sagte er, als sie fertig war. Und fast zu schnell – ganz der Wissenschaftler und Soldat – fügte er hinzu: »Ich bin so schnell gekommen, wie ich konnte. Und ich habe ein Team mit einem Spezialtransporter mitgebracht, falls wir die Proben finden.«

O'Dell staunte, wie enttäuscht sie war, dass er sich wie ein eiskalter Regierungsbeamter anhörte, eben wie der Leiter von USAMRIID, nicht wie ihr Freund. Er sorgte sich mehr um tödliche Proben in einem Sicherheitsbehälter als um sie. Natürlich waren die Proben wichtiger. Und es war albern, aber O'Dell konnte nichts dagegen tun, dass sie im Moment den Freund dringender brauchte als den Direktor.

»Vielleicht kann ich dir sagen, wo genau diese Proben sind.«

Sie beachtete seinen verdutzten Blick nicht und führte ihn zu dem schlammverdreckten SUV in der hintersten Ecke des Parkplatzes. Dort öffnete sie die Laderaumklappe. Drinnen zog sie die Gummimatte von dem Ersatzreifenfach. Als sie die Klappe öffnete, war sie beinahe so überrascht wie Ben. Der harmlos aussehende schwarze Metallkoffer war genau dort, wo Ross gesagt hatte.

73

Creed hatte sich Dr. Avelyns Vortrag angehört, dass er sich unbedingt ausruhen musste. Diesmal bestand sie darauf, seine Brust zu röntgen. Keine Perforationen. Ein paar Rippen waren definitiv gebrochen. Sie stellte nicht mehr infrage, dass er eine Gehirnerschütterung hatte. Das einzig Erfreuliche, das sie ihm erzählte, war, dass er die nächsten Tage nicht reisen durfte. Und das obwohl Hannah ihn zu Hause haben wollte, wo sie ein Riesentheater um ihn veranstalten könnte.

Doch wie könnte er jetzt abhauen, da er wusste, dass Benjamin Platt hier war?

Creed blickte zu den drei Hunden in der Ecke neben seinem Cafeteria-Tisch. Jason hatte sich nicht davon abbringen lassen, dass Creed sitzen blieb und er ihn bediente.

Die Hunde hatten gefressen und lagen nebeneinander. Molly fügte sich bereits ein, auch wenn es Creed das Herz brach, wie sie jeden ansah, der an ihnen vorbeikam. Sie hielt natürlich noch nach ihren Herrchen Ausschau. Creed streckte die Hand nach unten und streichelte sie.

Als er wieder aufsah, kam Maggie durch die Tür der Cafeteria. Creed war ein klein wenig erfreut, dass sie allein war. Zugleich wollte er sich ohrfeigen, weil er sich jetzt schon fragte, ob sie heute Nacht auf dem Feldbett neben seinem schlafen würde oder bei Ben Platt.

Sie blickte zu ihm und kam quer durch den Raum, ohne die Augen von ihm abzuwenden. Nicht mal, als sie sich ihm gegenüber hinsetzte. Sie rückte ihren Stuhl näher, sodass sie die Ellbogen auf den Tisch aufstützen konnte. Die ganze Zeit sagte sie kein Wort. Zwischen ihnen knisterte es spürbar vor Emotionen. In weniger als achtundvierzig Stunden hatte sie ihn zweimal gerettet.

Schließlich sah sie zur Seite, wobei sie die Hunde als Vorwand nutzte und lächelte, als Grace zu ihr getapst kam.

»Jake und Harvey würden sich auf Anhieb in dich verlieben«, sagte sie zu der Hündin und kraulte sie hinter den Ohren. Dann richtete sich Maggies Blick wieder auf Creed.

»Du kannst sie trotzdem nicht haben«, sagte er, und Maggie lachte.

Nun sagte sie etwas, das Creed niemals erwartet hätte: »Jake und Harvey würden sich auch sofort in dich verlieben.«

Bevor er reagieren konnte, kam Oliver Vance an ihren Tisch.

»Ich bin froh, dass Sie beide hier sind«, sagte Vance. »Meine Crew hat gestern einen Wagen aus einer überfluteten Schlucht gezogen.«

Als Jason und Creed in die Cafeteria kamen, waren sie an dem Whiteboard vorbeigegangen, das Vance in der Turnhalle aufgehängt hatte. Die Zahl der Vermissten war mittlerweile auf drei gesunken. Parallel war die der Todesopfer auf siebzehn angestiegen. Creed befürchtete, dass Vance sich bereitmachte, sie erneut zu erhöhen.

»Wie viele Personen?«, fragte Creed.

»Nur eine, aber ich habe das Opfer erkannt.« Er sah Creed an. »Es war Isabel Klein«, sagte er und machte eine kurze Pause. »Diese Regierungsfrau, die Sie hergebracht hat.«

»Klein?«, fragte Maggie.

»Sie war Peter Logans Assistentin«, erklärte Creed. »Ich habe sie seit der Ankunft nicht mehr gesehen. Was ist passiert? Ist sie von der Straße abgekommen?«

Vance schüttelte den Kopf. »Nein, es sei denn, sie wollte sich selbst ins Krankenhaus bringen.«

»Was meinen Sie?«, fragte Maggie.

»Ihr wurde in den Rücken geschossen.«

»Könnte das Ross gewesen sein?«, fragte Creed an Maggie gewandt.

»Möglich wäre es.«

»Und da ist noch mehr«, sagte Vance. »Ihre linke Hand wurde am Handgelenk abgetrennt. Bisher hat die Rettungsmannschaft sie nirgends im Wagen gefunden.«

Creed sah Maggie an, und sie wurde blass.

»Die Hand, die Jason und Bolo auf dem Hang gefunden haben«, sagte sie. »Es war eine linke Hand, und Dr. Gunther sagte, sie wäre von einer Frau. Aber Logan beharrte darauf, dass sie zur Leiterin der Einrichtung gehörte. Er schien sicher, dass es Dr. Shaws war.«

»Warum tötet jemand diese Frau, trennt ihre Hand ab und platziert sie an dem verschütteten Hang?« Vance schüttelte den Kopf. »Das klingt wie etwas aus Daniel Tates verwirrtem Kopf. Der Mann erzählt ganz schön wilde Geschichten.«

»Da war ein Diamantring am Daumen«, sagte Maggie. Creed konnte die wachsende Beunruhigung in ihren Augen sehen. »Logan war sicher, dass der Ring Dr. Shaw gehörte.« Sie blickte Vance an. »Das mag sich wie eine bescheuerte Frage anhören, aber ist Ihnen zufällig aufgefallen, ob Isabel Kleins Fingernägel lackiert waren? In einem grellen Rot?«

Er überlegte und schüttelte abermals den Kopf. »Ich habe mir ihre rechte Hand ziemlich genau angesehen. Da war kein Nagellack.«

»Warum trennt Ross Isabels Hand ab und versucht es so aussehen zu lassen, als sei sie von Dr. Shaw?«, fragte Creed.

»Ich glaube nicht, dass Ross das war«, sagte Maggie.

Creed starrte sie an, und nun ging es ihm auch auf.

»Dr. Clare Shaw ist noch am Leben.«

74

Platt hatte sich mehr Zeit nehmen und sich vergewissern wollen, dass es Maggie gut ging. Er wusste, dass sie nach wie vor wütend auf ihn war. Und das hatte er verdient. Wenn dies hier vorbei war, würde er es irgendwie wiedergutmachen. Sie war unverletzt. Das war die Hauptsache.

Er hatte fast eine Stunde damit verbracht, den Sicherheitsbehälter ins mobile Labor zu bringen und zu befestigen. Weitere dreißig Minuten gingen drauf, sich den Schutzanzug anzuziehen, den er mitgebracht hatte. Er schwitzte jetzt schon, sodass der Gesichtsschild beschlug.

Das mobile Labor war eng, ganz anders als die Arbeitsräume, die er gewohnt war. Die USAMRIID-Labore in Fort Detrick waren auf dem neuesten Stand der Technik mit einigen der besten Geräte und Technologie weltweit. Seit den archaischen Methoden, über die sie die letzten Tage bei der Kongressanhörung geredet hatten, hatte sich eine Menge getan. Allerdings ließ sich aus der Geschichte vieles lernen. Was Platt höchst ungern zugab, war, dass sich manche Dinge nicht geändert hatten. Es gab immer noch Bedrohungen, genau wie Hess gesagt hatte. Und es gab nach wie vor zu viele Geheimnisse im Namen der nationalen Sicherheit.

Aber so chaotisch, wie diese Situation war, hätte es noch schlimmer ausgehen können. Viel schlimmer. Hess war mal wieder ungeschoren davongekommen.

Nun müsste Platt nur noch sicherstellen, dass in dem Behälter nichts zerbrochen, und, falls doch, dass nichts ausgelaufen war.

Er tippte die Zahlenkombination ein, die Hess ihm genannt und er sich gemerkt hatte. Das digitale Display blieb unverändert. Er dachte schon, dass er einen Dreher in der Zahlenfolge hätte, als das rot pulsierende Licht plötzlich grün blinkte und es im Schloss klickte.

Behutsam hob Platt den schweren Deckel hoch. Kälte stieg aus dem Behälter auf. Selbst nach all diesen Stunden war es im Innern noch eiskalt. Das war ein gutes Zeichen, denn es hieß, dass der Behälter unversehrt war. Platts Schultern entspannten sich ein klein wenig.

Er konnte die versiegelten Glasröhrchen in ihren Halterungen sehen, unbeschädigt und fest verschlossen.

Auf einmal bemerkte er eine leere Halterung. Dann noch eine. Und eine dritte. Keine ausgelaufene Flüssigkeit, keine Glasscherben. Die Probenröhrchen konnten unmöglich aus ihren Halterungen gefallen sein. Jemand musste sie herausgenommen haben.

Drei leere Halterungen. Drei fehlende Glasfläschchen. Drei tödliche Viren, die verschwunden waren.

75

Memphis,
Tennessee

Dr. Clare Shaw tauschte den Geländewagen gegen eine Limousine ein. Sie zückte ihre Kreditkarte und sah kurz auf den Namen, ehe sie die Karte über den Tresen der Mietwagenfirma reichte, um nachzusehen, wer sie heute zu sein vorgab. Im Laufe des letzten Jahres hatte sie sich einen Vorrat an Kreditkarten und Ausweisen mit Foto zugelegt, nebst unentbehrlichen Dingen wie Mobiltelefonen und zusätzlichem Bargeld.

Sie erinnerte sich noch genau an den Tag, an dem ihr klar wurde, dass sie einen Fluchtplan brauchte. Es war der Tag, an dem es ihr gelang, H5N1 zu replizieren. Wenn sie den Vogelgrippe-Virus synthetisch herstellen konnte, wozu wäre sie sonst noch fähig? Doch trotz ihrer sogenannten Unabhängigkeit, die ihr von der DARPA angeblich eingeräumt worden war, hatten ihre Vorgesetzten neue Sicherheitsmaßnahmen vorgeschlagen, zusammen mit neuen Kontrollen in naher Zukunft. Niemals würden sie ihre Brillanz zu würdigen wissen und sie weitermachen lassen. Selbst Richard hatte begonnen, ihre Forschungsmethoden infrage zu stellen, und sich beklagt, dass manche ihrer Experimente extrem seien.

Armer feiger Richard. Ihn zu töten war eine der leichteren Übungen in ihrem Plan gewesen. Es schmerzte sie mehr, die Männer zu opfern, die ihre gegenwärtigen Versuchskaninchen gewesen waren. Und diese Frau von der Regierung.

Bei aller Planung hatte sie nicht mit einem tatsächlichen Erdrutsch gerechnet. Der wochenlange Regen und die massigen Überflutungen reichten aus, um ihren Plan in die Tat umzusetzen. Der Erdrutsch hingegen hatte sie überrascht. Um ein Haar hätte sie den Sicherheitsbehälter in den Trümmern verloren. Aber das darauffolgende Chaos hatte ihr die nötige Deckung verschafft.

Nun überprüfte sie ihr Spiegelbild in der Glasscheibe, die das kleine Büro von der Garage mit den Mietwagen trennte. Sie hatte ihr langes Haar kurz geschnitten, aber den Pony behalten, und sie stellte fest, dass es ihr gefiel, rothaarig zu sein. Der Mann hinterm Tresen schien ihr zuzustimmen.

Er gab ihr ihre Kreditkarte zurück und reichte ihr die Autoschlüssel.

»Brauchen Sie Hilfe mit Ihrem Gepäck?«, fragte er.

»Nein, das schaffe ich.«

Sie hob alles hoch und ließ es betont mühelos aussehen. Sie hatte schon zu viel riskiert, zu viel bezahlt, da durfte sie sich jetzt keinen dummen Fehler leisten. Ganz sicher durfte sie niemanden den kleinen grauen Koffer nehmen lassen, egal wie schwer der winzige Sicherheitsbehälter sein mochte.

Anmerkung der Autorin

Während ich dies schreibe, lese ich Berichte von der National Disaster Search Dog Foundation. In den letzten vierundzwanzig Stunden hat ein Erdbeben im Himalaja – von der Stärke 7,8 – geschätzte 2500 Leben gefordert. Die Nachbeben lösen weiterhin Lawinen und Erdrutsche aus, die bereits ganze Dörfer unter sich begraben haben. Suchteams – Hundeführer mit ihren Hunden – von überall in den USA werden hingeschickt, um bei der Bergung und Rettung zu helfen. Ich mag mir gar nicht ausmalen, was sie dort antreffen, und ich bete, dass ihnen nichts passiert. Auch bin ich gespannt auf die Geschichten, die sie nach ihrer Rückkehr erzählen, denn das wirkliche Leben ist so viel seltsamer als jede Geschichte, die ich schreiben kann.

Viele von Ihnen, die meine Bücher schon kennen, wissen, dass ich ein Nachrichtenjunkie bin. Ich sehe mir die Nachrichten über das Nepal-Erdbeben an oder lese von der Vogelgrippe, und, anders als die meisten anderen Menschen, mache ich mir Notizen zu dem, was ich sehe oder lese. Ich bin außerdem ein Geschichtsfreak, weshalb es nicht ungewöhnlich für mich ist, reale Details – gegenwärtige oder vergangene – in meine Romane einzuflechten. Ein paar solcher Einzelheiten, die in dieses Buch eingeflossen sind, möchte ich erwähnen.

Die Tests, über die Senatorin Ellie Delanor stolpert,

haben wirklich stattgefunden, einschließlich mindestens einem, bei dem 1953 Schüler der Clinton Elementary School in Minneapolis benutzt wurden. Zwischen 1953 und 1969 hat die Army Tausende Pfund Zink-Cadmiumsulfid bei annähernd dreihundert geheimen Experimenten versprüht, unter anderem in Fort Wayne, Indiana (1964–66), St. Louis, Missouri (1953, 1963–65), San Francisco, Kalifornien (1964–68), Corpus Christi, Texas (1962) und in Oceanside, Kalifornien (1967). Die Army beteuert beharrlich, dass die Konzentrationen, die bei diesen Tests verwandt wurden, harmlos waren. Mehrere Studien gehen jedoch inzwischen davon aus, dass Cadmium bei Menschen krebserregend wirkt, die Nieren schädigt und zu Erkrankungen der Leber, des zentralen Nervensystems und der Fortpflanzungsorgane beiträgt.

Projekt 112 und SHAD waren ebenfalls reale Versuchsreihen, die zwischen 1962 und 1973 vom Verteidigungsministerium durchgeführt wurden – auf dem Höhepunkt des Kalten Krieges. Die einzelnen Tests hatten Code-Namen – Autumn Gold, Flower Drum, Night Train und Shady Grove waren nur einige. Seeleute und Soldaten hatten keine Ahnung, dass sie Sprühgasen ausgesetzt waren, oder, falls doch, glaubten sie, dass die Gase harmlose Simulationssubstanzen waren. In manchen Fällen wurden VX-Nervengas, Sarin und eine Vielzahl von Bakterien, einschließlich E.coli, im Rahmen biologischer und chemischer Tests versprüht.

Erst 2002 wurden einige Fakten über Projekt 112 öffentlich bekannt. Warum es so lange dauerte? Das DoD behauptete, dass viele der Informationen geheim bleiben mussten. Bis dahin wurden Veteranen, die an den Folgen der Tests erkrankten, jedwede Leistungen oder medizinische Hilfe verweigert. Schließlich konnten sie ja nicht von etwas krank geworden sein, das es nie gegeben hatte.

Ich hege Bewunderung und großen Respekt für die Männer und Frauen – und die Hunde –, die unserem Land gedient haben und noch dienen. Sie opfern vieles und riskieren ihr Leben. Sie verdienen es, dass ihr Land sich um sie kümmert. Womit ich zu einem anderen realen Punkt komme, den ich in diesem Buch anspreche.

Robby's Law (H.R.5314) machte es möglich, dass Militärhunde adoptiert werden konnten, statt eingeschläfert zu werden, wenn sie nicht mehr diensttauglich waren. Ist es nicht unvorstellbar, dass unsere vierbeinigen Helden lange Zeit so behandelt wurden? Dass man, nachdem sie so viele Leben gerettet hatten, es ihnen dankte, indem man sie einschläferte? Robby's Law sieht auch vor, dass die Hundeführer bei der Adoption der Diensthunde bevorzugt werden.

Allerdings hat die Sache einen Haken, denn das Militär garantiert bis heute nicht den Rücktransport der Hunde in die USA. Gegenwärtig heißt es vonseiten des Militärs, dass der Rücktransport zu teuer ist und Ressourcen erfordert, die sie schlicht nicht haben. Folglich müssen oft diejenigen, die Diensthunde adoptieren, für die Transportkosten aufkommen. Zurzeit liegt dem Kongress ein Gesetzesantrag vor, diesen Zustand zu ändern und dem Militär aufzutragen, die Hunde zuerst zurückzubringen, dann in den Ruhestand zu schicken und, sofern möglich, mit ihren Hundeführern wiederzuvereinen oder sie der langen Liste jener anzubieten, die sie mit Freuden adoptieren wollen.

Mich erstaunt, dass wir ein Gesetz brauchen, um zu tun, was das einzig Richtige und Gerechte gegenüber diesen vierbeinigen Helden ist. Ja, das wahre Leben ist seltsamer als jede Fiktion.

Danksagung

Wie bei jedem meiner Bücher, habe ich auch bei diesem einer Menge Leute zu danken.

Mein Dank geht an:

Meine Freunde und meine Familie, die meine langen Abwesenheiten hinnehmen müssen und es dennoch schaffen, mich zu lieben und mich mit beiden Beinen auf der Erde zu halten: Patricia Kava, Marlene Haney, Sany Rockwood, Amee Rief, Patti und Martin Bremmer, Patricia Sierra, Sharon Kator, Maricela und Jose Barajas, Patti El-Kachouti, Diane Prohaska, Annie Belatti, Nancy Tworek, Cari Conine, Lisa Munk, Luann Causey, Pattie Carlin und Dr. Elvira Rios.

Meine Kollegen und Freunde, die diesen Beruf ein bisschen weniger verrückt machen: Sharon Car, Erica Spindler und J.T. Ellison.

Die Experten, die ich per E-Mail oder Telefon mit den absonderlichsten Fragen und Bitten nerven darf: Leigh Ann Retelsdorf, Melissa Connor, Gary Plank und John Beck.

Ray Kunze, wieder einmal dafür, dass er seinen Namen an Maggie O'Dells Boss ausgeliehen hat. Und um das gleich klarzustellen, der echte Ray Kunze ist ein netter Kerl, der Maggie niemals falschen Fährten hinterherschicken würde.

Mein Rudel verlässt sich auf einige fantastische Veterinärmediziner, die mit der Zeit zu Freunden wie auch zu unschätzbaren Quellen für diese Reihe wurden. Ein besonderes Dankeschön an: Dr. Enita Larson und ihr Team im Tender Care Animal Hospital sowie an Dr. Tonya McIlnay und ihr Team bei Veterinary Eye Specialist of Nebraska.

Nochmals ein besonderer Dank an Dr. Larson, die mir erlaubte, meine fiktive Tierärztin nach ihren Kindern, Avelyn Faye und Ayden Parker, zu benennen. Wir werden Dr. Avelyn Parker auch in den weiteren Creed-Romanen begegnen.

Dank an meine Verlegerin, Megan Beatie von Megan Beatie Communications, dass sie neue und kreative Wege fand, meine Bücher zu ihren Lesern zu bringen.

Und an meine Verlagsteams: Sara Minnich, Ivan Held und Christine Ball von Putnam. Und bei Little Brown/ Sphere: David Shelley, Catherine Burke und Jade Chandler.

An meinen Agenten Scott Miller und seine Kollegin Claire Roberts bei der Trident Media Group.

Dank auch an die Buchhändler, die Blogger und die Bibliothekare, dass sie meine Romane erwähnen und empfehlen.

Ein großes Dankeschön an alle meine VIR-Clubmitglieder, Facebook-Freunde und treuen Leser. Es gibt so viele wunderbare Bücher, deshalb fühle ich mich überaus geehrt, dass ihr weiterhin meine wählt. Ohne euch hätte ich keine Chance, meine abgedrehten Geschichten zu erzählen!